JN043983

明るい夜

チェ・ウニョン

訳
古川綾子

AKISHOBO

目次

This book is published under the support of
Literature Translation Institute of Korea (LTI Korea).

明るい夜

第 1 部

1

私はヒリョンを夏の匂いで憶えている。寺からのお香や渓谷の苔、水や森林、港を歩きながら嗅いだ海、雨が降った日の空気に広がる埃、市場の路地から漂う果物の腐臭、夕立が通り過ぎた後に韓医院で煎じる薬……。記憶の中のヒリョンはいつも夏の都市だった。

はじめてヒリョンに行ったのは九歳のときだった。

祖母の家で十日ほど過ごす間、彼女はあちこち見物に連れていってくれた。バスで山中のお寺に行ったり、家の近所の海辺に行ったりした。市場で揚げたての餡ドーナツやねじりドーナツを食べたり、家で音楽をかけて祖母の友人たちとダンスを踊ったりもした。

幼い私の目に映るヒリョンの空は、ソウルのそれよりも高く青かった。今も忘れられないのは祖母と見たヒリョンの夜空だ。はじめて肉眼で天の川を見たのだが、しばらく言葉を失った。お腹の中が波打ってくすぐったかった。

ヒリョンに着いて一日もしないうちに、私は祖母に心を開いた。子どもはお化けみたいに見抜くから。相手が自分を好いているのか嫌っているのか、自分に危害を加えようとしていたのか、面倒をみようとしているのか。

　市外バスのターミナルで祖母と別れると、私は地面にへたり込んで泣いた。祖母に情が移ったせいもあるが、もう会えないかもしれないという予感のためでもあった。

　ふたたびヒリョンに向かった日、三十一歳の私は車の後部座席に家財道具を詰めこんで高速道路を疾走していた。大雪が降る二〇一七年一月のことだった。

　ヒリョンの天文台で研究員を募集しているという告知を見たのは、離婚して一ヵ月が過ぎた頃だった。ちょうど所属していたプロジェクトチームの仕事が終わった時期だったし、行き場のない状況でもあった。採用の連絡をもらうと、すぐにソウルでの生活を整理しはじめた。ベッドにタンス、机、洗濯機、食卓、カーペット、彼の手が触れた下着や食器をすべて捨てた。六年暮らした家からは、どんなに捨てても物が出てきた。引っ越し当日までさらに数枚のゴミ袋を満杯にして、ようやく片付け終わった。

　ソウルを発つ前日になって、はじめてヒリョンがどんな場所かをインターネットで調べてみた。西側には海抜千メートルを超える山脈、東側には海がある小さな都市だった。海岸低地に農地と市街地が形成されていて、同じ行政区域内の他の市に比べると規模は小さく、人口も十万人に満たなかった。

　春川（チュンチョン）を過ぎる頃になると雪は収まってきたが、小さな車がよろめくほど風が強かった。

ヒリョンに着くまでの間、呼吸を整えるために何度もサービスエリアに立ち寄らなくてはならなかった。普段は車酔いしないほうなのに、そのときは心身ともに弱っていたせいで目眩を感じやすく、胃もむかむかしていた。

ソウルを出発して五時間、ようやくヒリョンの観光ホテルに到着した。疲れ果てていた私は荷解きもせず窓辺に腰掛けた。窓の外には海が見えた。冬だからか人影は見当たらず、数羽の水鳥が海の上を飛んでいるのがすべてだった。こんな近くで海を見たのはいつ以来か思い出せなかった。どれくらいそうしていただろう。夜になると暗闇の中、明るいライトを下げた漁船が列をなして操業するのが見えた。私はそのライトの数を数えてみた。

当時は眠りが浅くて何度も目が覚めた。その日も眠ってはは起きることをくり返した。眠気が完全に覚めてしまったのでカーテンを開けると、水平線から朝日が昇っていた。海を染める赤い陽光が客室まで差しこんできた。私は言葉を失ったまま日の出を見守った。太陽が空の高いところまで昇って、それ以上見えなくなるまで。

その日は住む家を探した。五ヵ所を回ったが、最初に見学した家がいちばん気に入った。二十年前に建てられた二棟の外廊下式マンションで、住人は新婚の夫婦やひとり暮らしの高齢者が多いと聞いた。私が見た家は五階にあった。壁紙と床は張り替える必要がないほど綺麗だったし、遠くには海が見渡せ、日当たりも良かった。引っ越しまで三週間ほど待たないといけなかったが、それくらいは譲歩してもかまわない物件だと思った。

こうしてヒリョンでの最初の三週間はホテル暮らしをしながら出勤した。雪がたくさん降った。除雪用のシャベルを手にした近所の部隊の軍人があちこち回るほどの大雪になったりもした。ヒリョンの雪はなかなか溶けなかった。小さな地方都市は人や車の往来が少ない場所も多く、雪が気化する速度が遅かった。

白色が人を圧倒し、怖がらせることもあるのだとはじめて知った。大雪がやんだ頃、一面の銀世界となった田んぼ沿いの国道を走っていたら動悸が激しくなり、息が苦しくて路肩に車を停めたことがあった。心の防具が折れた気分だった。なるべく感じないようにと考案された装置が消えてなくなったみたいだった。

天文台に初出勤した日に結婚しているかと訊かれた。以前に一度したと答えたが、より詳しい説明を求めているような視線を読み取り、昨年に離婚したと付け加えた。なんでもない風を装ったが心臓が波打ち、小さくなる感じがした。周囲はぎこちない笑みを浮かべて話題を変えた。

仕事を終えてホテルに戻ると、そのままベッドに横になっていた。窓を開けると波の打ち寄せる音が聞こえた。体が凍りつきそうなほどの寒さなのに、横たわったままその音を聞いていた日もあった。窓を閉めなきゃいけないのに、体を起こすのがしんどかった。グラスに水を注いで飲むことすら思いつかず、口はからからだった。

鏡を見ると背中は曲がり、肩は前かがみ、筋肉なんて一切見当たらないほど痩せ細った私がいた。髪の毛がずいぶん抜けたのでショートボブにしたのだが、よけい見慣れない姿になっただけだった。ジウと電話で話すのが、たったひとつの慰めだった。

ジウは日が暮れる頃になると電話をくれた。私の代わりに泣いてくれ、悪態をついてくれ、心配してくれる数少ない人のひとりだった。

「あのケセッキ〔直訳すると犬の子。犬野郎〕、なんて図々しい」

ジウは私の前夫をケセッキと呼んだ。

「どうして犬がスラングになったのかな」

私はジウに訊いた。

ジウは、ケセッキのケ＝犬、セッキ＝子という意味ではないのだと説明した。ここで言うところのケは偽物、つまり〝正常な家族〟という枠の外にいる〝偽の〟子どもを指す蔑称なのだと。そこまで解説すると、悪い言葉だね、これからは使わないようにしなきゃと言った。そうするとケセッキ、ミッチンノム〔頭のイカれた野郎〕、シバルノム〔マザーファッカー〕、どれひとつとして使えないじゃない、人間ってどうしてこんなに幼稚なんだろう、どうしていつも弱者を踏みつける形でしか悪態を作れないのだろうとも。

「斬新な悪態が必要だよ。怒りが収まりそうな」

それがジウの結論だった。私は電話を切り、ケセッキと紙にペンで書いてみた。ケセッキ。語源がそうだとしても、偽の子どもという意味でこの言葉を使っている人はほとんどいないだろう。子犬を思い浮かべてみた。自分に興味もない人間の足元にまとわりついて尻尾を振る姿を。

どうしてケセッキって言うのだろう。犬が人間によくしてくれすぎるからじゃないだろうか。無条件によくしてくれるから、殴っても逃げずに尻尾を振るから、服従するから、好いてくれるから、だから逆に見くびって軽蔑するんじゃないだろうか。それが人間なのではないだろうか。そんなことを思いながらケセッキという単語をじっと見下ろしていた。私自身がケセッキのようだった。

心というものが取り外しのできる体内の臓器だったなら、胸の中に手を入れて取り出し、温かいお湯で洗ってあげたかった。そして隅々まですすいで水分をタオルで拭き取り、日当たりと風通しのいい場所に干したかった。その間は心を持たない人間として生きる。よく乾いたら、柔らかくて良い匂いのする心をまた胸にしまって新たなスタートを切れるだろう。時々そんな想像をしたりした。

引っ越した日から車の後部座席に放置したままだった荷物を新居に運んだ。荷物といっても衣類に食器類、本とノートパソコン、天体望遠鏡、テレビがすべてだった。

マンションは町の西側の高地帯にあった。エントランスの近くには農協スーパーが、後門にはハイキングコースの入口があった。スーパーの横には家庭菜園をしている住宅が何軒かあり、近くには小川も流れていた。マンションの北側に一戸建てや共同住宅が密集する住宅街と市場があり、東に歩いていくと海岸が現れる。亀の甲羅のような丸くて黒い岩があることから亀の浜と呼ばれている場所だそうだ。海岸の前には観光客向けの刺身や焼いた貝を食べさせる店が多く並んでいるが、冬の浜辺は閑散としていた。

引っ越してきたばかりなのに、ずっと前からヒリョンで暮らしているような気分だった。静かなところだった。ソウルに住んでいた私には、時々その静けさが恐ろしく感じられるほどだった。

当時の私は人嫌いなくせに、その一方で誰かに会いたいと切実に願っていた。ソウルにいたときのように友人とおしゃべりしたかったし、手を伸ばしたら届く距離にひとりでも味方がいたらという欲が出たりもした。でも近しい相手だからと心の内を洗いざらい明かし、しつこくしてお互いを困らせるような間柄ではないほうがいいとも思っていた。私にとっては結婚がまさにそういう存在だったけど、もうそんな人間関係が築けるとは信じられなかった。

冬が終わる頃になると、寒ければ窓を閉めるし、喉が渇けば水を注いで飲んでいる自分がいた。相変わらず苦しい夜を過ごしてはいるけれど、以前のように体を丸めて寝ながら泣いたりはしていない自分がいた。二時間、三時間と続けて眠れる自分がいた。それでも〈回復してきているのかな〉という自問に、そうだとすっきり答えることはできなかった。

母が訪ねてきたのはヒリョンに引っ越して二ヵ月になったときだった。

母は玄関に積まれた資源ごみをごそごそ引っかき回していたが、靴を脱いで室内に入ってきた。そして持参した段ボール箱からビーツとキャベツの搾り汁を取り出し、冷蔵庫の野菜室にきちんとしまった。

「これはどこに掛けたらいいの？」

母から受け取ったジャンパーを寝室のタンスに掛けてリビングに戻った。その間に母はソファに寝そべって目を閉じていた。私はスティックコーヒーにお湯を注ぎ、ソファの横のテーブルに置いた。

「あんたみたいな若い子がいるところじゃないでしょ。田舎すぎるし」

母が目を閉じたまま言った。

「田舎じゃないよ。職場もいいところだし」

私はそこまで言うと、しばらくためらってから続けた。

「お母さん、ヒリョンには何回来たことがあるの、おばあちゃんに会いに？」

「知ってるでしょ、おばあちゃんとはそういう仲じゃないってこと。なに、おばあちゃんに会ってみようとでも思ってるの？」

「そういうわけじゃないけど……」

第1部

「時期が来たらソウルに戻っておいで。あんた、まさかキム君、違った、あいつのせいでこんなところにいるの？　偶然会うかもしれないから？」

「私はどうせ研究室か家のどっちかでしょう。ソウルなのか、ヒリョンなのかは大した問題じゃないし」

「あんたの若さがもったいない。男性ともまたお付き合いしないと」

　母はそう言って起き上がり、何度もふうふう吹いてコーヒーを飲んだ。

「男の人がいなくてもちゃんと生きていけるよ、お母さん」

「あんたね、離婚した女が、世の中からどれだけ甘く見られるかわかってる？　みんな裏でこそこそ言ってんだから」

　私は答えずに窓の外を眺めていた。それなら誰よりもよく知ってるよ、お母さん。誰かがトラクターで畑を耕してるね。何か植えようとしているみたい。夏と秋の風景は一見の価値がありそう。催促したからって何も変わらないでしょう。誰も、冬の畑を無理やり耕したりはしないじゃない。

「世の中変わったんだよ、お母さん。お母さんの時代と今が同じだとは思わないで」

「どんなにちんけな男でもさ、垣根にはなるんだから。男がいてこそ、女はぞんざいに扱われなくなる」

「お母さん」

「経験した人間が言ってるのよ」

我慢の限界だったので外に出た。男は必須？　母は、男とその家族から搾取されるだけでは済まなかった。自分の母親に会いにいく時間すら許されないほどの搾取。三兄弟の家の嫡孫と結婚した母は、旧盆や旧正月に実家へ行かなかった。学校が長期休みのときに父方の親戚がやってくることはあっても、祖母が訪ねてきたことは一度もなかった。祖母との関係が今みたいになったのはそのせいだけではないだろうけど、そうじゃないとしても母が祖母に会うのは簡単ではなかったはずだ。

〈それでもキム君は本当に優しい〉。母はいつもそう言っていた。女を殴らず、賭け事に手を出さず、浮気をしないだけでも上等な部類だ、それ以上何を望むのだと。そういう意味で前夫は、母にとって優しい男に該当した。彼の浮気が明らかになるまでは。

　母は、男と暮らす人生に希望があるかのようによく言っていたが、黙って聞いていると、むしろ母のほうこそ男に対する希望がないように思えた。殴らず、賭け事をせず、浮気しないだけでも十分だなんて、人間の存在に対するそんな諦めが他にあるだろうか。

　当てもなく歩いたらスーパーの前だった。アイスクリームをいくつか買うと、ゆっくり帰った。心を引き締めようと深呼吸しながら。家に入ると、母はどうってことないという表情で私を見つめた。母にアイスクリームをひとつ渡し、自分もひとつ食べながら、何事もなかったかのように話そうと努力した。

ひとりで暮らすのは怖くないのか、新しい職場は気に入っているのかと母が訊いた。ここには知り合いもいないけど、具合が悪くなったり、何かあったりしたときに面倒をみてくれる人はいるのか。寂しくないのか、ひとり孤独に暮らしているのが気にかかるとも言ってきた。

「私はひとりが気楽なの」

言えるのはそれだけだった。母は何があっても私の味方をしてくれる、私の心を理解してくれるという希望みたいなものには見切りをつけた。彼と別れると告げたとき、母は私の傷よりも離婚されてひとりになる婿のほうを気遣った。

「あんたは心配ないけど。あのか弱い子がのちのち自殺でもしたら、あんた責任取れるの?」

耳にした瞬間、永遠に忘れられないだろうなと直感する言葉がある。私にとっては、これがそうだった。母は電話をかけてくると、今回の離婚で自分がどれだけ苦しい状況に置かれているか、どれだけつらくて気が滅入っているか訴えた。さらには前夫に連絡をして幸せを祈ったとまで報告してきた。母の目に私の苦しみは見えていないようだった。

男性のほうが共感されやすいことはわかっていた。私たちの離婚を話題にする人が私を悪者扱いしたように、彼の浮気の事実を知る人さえも不倫のきっかけを作ったのは私だと邪推して非難したように。でも母までが自分の娘ではなく他人の息子に共感し、娘の苦しみから目を背けたという事実に、私は打ちのめされた。

「お父さん、あんたが離婚したこと誰にも言わないのよ」

母が何げなく言った。

「自分の娘を恥だと思ってるんでしょ」

「それでもお父さんみたいな人はいないよ」

「そうなんだ？」

「いくらなんでも父親なんだから。そんなふうに言うことないでしょ」

〈男が一度浮気したくらいで離婚だなんて、何をバカなこと言ってる。キム君が負う傷を考えてみろ。広い心を持つべきだ。皆そうやって生きているんだから〉

離婚を決心した私に向かって父が言った言葉だ。まず婿の立場を考慮する態度は別に驚くようなものでもなかった。父が味方になってくれるだろうと期待したことは、これまで一度もなかったからだった。

母は日が暮れる前に席を立った。車で市外バスのターミナルまで送って帰宅する途中、カートを引きながら数人ずつ歩いていく老女が見えた。

四月を間近に控えた土曜日の夕方だった。散歩からの帰り道、坂道でひとりのおばあさんと会った。たまにマンションのエレベーターですれ違うと、こちらを見ながら静かに微笑んでうれしそうにする人だった。蛍光ピンクやシルバーのダウンコートを着るお洒落な老婦人だったが、その日はバラ色のダウンコートに黄色のカートを引いていた。軽く目礼して通り過ぎようとすると彼女が手招きした。

「今日はリンゴが安いっていうから、あっちの青果市場まで行ってきたんです」

「そうですか」

おばあさんはカートに置かれた買い物かごからリンゴをひとつ手に取ると差し出してきた。

「食べてみて。すごく甘いって」

「あ……大丈夫です」

布教活動をするために声をかけてきたのかと疑っていたのだが、断り続けるのも礼儀に反する気がしたので、ひとつ受け取るとポケットにしまった。

「青果市場って……市庁の横にある市場まで行ってこられたんですか?」

「あそこがいちばん安いから」

私たちの脇をスクーターに乗った人たちが通り過ぎた。おばあさんの背後に黄昏の海が金色に輝くのが見えた。穏やかな風が吹いた。

「変に思わないでくださいね」

おばあさんが口を開いた。

「……」

「お嬢さん、あたしの孫娘にそっくりなの。あの子が九歳のときに会ったきりの。娘の娘なんだけど」

そこまで言うと、私をじっと見つめた。

「孫の名前はジョンって言います、イ・ジョン。娘の名前はキル・ミソン」

私はおばあさんの顔に見入った。自分と母の名前だった。何か言わなきゃと思ったが言葉が出てこなかった。

「ソウルに住んでいる子が、ここに来る用事なんてないだろうし」

おばあさんは私の目をまっすぐ見つめながら言葉を続けた。

「それが来たんです、ここに」

私は言った。

祖母は全部わかっていたよと言うように微笑んだ。私たちは坂の上に立ち尽くしたまま、ぎこちなくお互いを見つめていた。祖母の顔にいたずらっ子のような表情が浮かび、最初から気づいていたのだなと私は思った。

「おばあちゃん」

私の言葉に祖母は頷いた。

「久しぶり」

2

マンションまで一緒に歩く間、私たちは特に言葉を交わさなかった。何を言ったとしてもぎこちない雰囲気になっただろう。エレベーターに乗り、私は五階のボタンを押した。祖母が十階のボタンを押しながら言った。

「母さんに似て、背が高いのね」

「はい……そうみたいです」

そうやって短い会話をする間、目の前にいる祖母の顔を眺めた。年齢のわりにふさふさして白髪染めしていないショートヘア、広い額、一重の長い目、すっと通った鼻梁、長い人中と産毛、薄紫色に近い、ぽってりと厚い唇を見た。目尻と口元に笑い皺があり、眉間に二本の深い皺が刻まれていた。背は私より少し低く、姿勢は真っすぐで腰も曲がっていなかった。カートについた手は茶色いしみだらけだった。母と似ているところはほとんどなかった。白髪を嫌がって欠かさず染めている母の黒髪と狭い額を思い浮かべた。

祖母と再会したときに感じたのはぎこちなさだけだった。本当にこの人が私の知るおばあちゃんかと思うほど見覚えがなかった。この先ばったり会ったらなんて声をかければいいのか、祖母だからという理由でプライベートを干渉してくるのではないか、身元を隠して暮らしたい私の意志とは裏腹に、ソウルから来た孫だという事実が周囲に発覚するのではと心配したりもした。

祖母とふたたび会ったのは、それから数日が過ぎた朝の出勤途中だった。駐車場に停まっているワゴン車に老女が何人か乗っていた。全員カラフルな作業服姿だった。ワゴン車に乗りこむ祖母と目が合った。私を見ると、ぱっと笑顔になって手を振ってきた。しばらくためらったが手を振り返した。「もう時間ないよ、遅刻だ」。老女たちが催促すると、祖母もワゴン車に乗りこんだ。

「日傭(ひよう)に行ってくるから、日傭!」祖母が私に向かって叫んだ。「じゃあね」。

祖母を乗せたワゴン車が目の前から走り去るのを見送った。

もし子どもの頃に祖母と会った記憶がなかったら、彼女に対して気が重くなるばかりだったかもしれない。でも祖母の話を聞いた記憶、一緒に笑った記憶は三十一歳になった今も変わらず残っていた。

祖母の目には孫娘というより、扱いにくい三十代前半の女性として映っていたのだろう。可愛がり、慈しみ、肩を持ってあげる孫娘というより、不仲の娘の大きくなった子どもと感じていたのだろう。私はふたりの間に介在する困惑、気まずさ、難しさを悪くないと思っていたし、そういう感情の根底にある淡い友愛が物珍しかった。

翌日の夕方にスーパーで偶然会ったときも心配したほど気まずくはなかった。祖母は醤油を一本とスティックコーヒー一箱を買い物かごに入れ、レジに向かっていた。私も自分の買い物かごを手に、彼女の後ろに並んだ。

「会社の帰り？」

祖母が訊いた。

「はい、食べるものでも買おうかと」

私は買い物かごのイチゴ、リンゴ、シリアル、牛乳、白菜キムチを見せて言った。

そして会話が途切れた。適当な話題を思いつかなかったのだが、それは祖母も同じだったはずだ。支払いを終えた祖母は商品をカートに入れて出入口に向かった。私も計算を終えると後を追った。

「車で送ります」

「歩いて五分ですから大丈夫です」

祖母は気まずいのか敬語で答えた。

「重たい荷物もたくさんあるし、乗ってください。どうせ同じ方向なのに」

「……じゃあ、お世話になろうかね」

車に乗りこみながら見ていると、真っすぐだと思っていた姿勢は腰を曲げるのがつらそうだった。車から降りるときも動きはのろかった。傍から見た祖母は紛れもない老人だった。速度を合わせてエレベーターまでゆっくり歩いた。

「普段は何をしてるんですか？」

祖母はしばらく考えていたが口を開いた。

「農繁期には、あっちの村に日傭に行って……」

「日傭に行くって何ですか？」

「日傭、知らない？」

私は頷いた。

「畑仕事を手伝う日雇いのことなんだけど、あたしはもう年寄りだから、近所のおばあさんたちとブドウ畑の手伝いをぼちぼちやってるの。ハサミで、ハサミ」

祖母が人差し指と中指でVサインを作りながら言った。

「ハサミで剪定して、ブドウが大きくなったら袋をかぶせて、収穫したら箱に詰めて、そういう仕事」

「おばあちゃんの年齢で……」

私が言うと祖母は笑って話を続けた。

「じっと座って死ぬのを待つほうがきついでしょう。畑でおばあさんたちとおしゃべりして、小遣いも稼げて、どんなにいいか。そうやって労働するから、夜もよく眠れるんですよ」

エレベーターは七階から一向に下りてこない。どんな話をしたらいいのか少し悩んだが、やがて口を開いた。

「仕事に行かないときは何をしているんですか？」

「あたし？　まあ、横になってテレビを観たり、憩いの家に出かけたり。大したことはしてないよ」

エレベーターが一階に到着した。祖母と私は乗りこむと、特に言葉も交わさず階数表示器をずっと見上げていた。私が五階で降りようとすると、祖母が引き止めるかのように言った。

「時間のあるときに遊びにおいで。忙しいなら来ないで。絶対に来ないで！」

祖母の家に行ったのは、その一件があってすぐの日曜日だった。また偶然エレベーターで会ったときに交わした約束だった。一度お邪魔しますと言ったら祖母が大喜びしたので、とっさに日にちを決めることになった。

市場でバラの花を買い、近所の店に寄ってワイン一本と小さなショートケーキを求めた。エレベーターで五階の代わりに十階のボタンを押した。廊下を歩いていくと祖母の家の玄関は開け放たれていた。ご飯と汁物の匂い、魚を焼く匂いが流れてきた。私は玄関の外に立つと「おばあちゃん」と呼んだ。

祖母は辛子色のワンピースに花柄のフットカバーを履き、両手を振りながら玄関に出てきた。

「どうぞ、お入り。お花なんて一体どうしたの」

玄関の壁にリンゴが三つ描かれた油絵が飾られていた。私の家と同じ構造だったけど、ベランダの物干しには干した大根の葉が鈴なりに掛けられていて、大きなバスケットには数個の済州みかん(ハルラボン)が盛られていた。一列に置かれた三台のカートの脇には長ネギと玉ネギ、リンゴ、ニンニク、乾燥わかめなどが雑然と散らばっているのが見えた。キッチンに行ってシンク台にケーキとワインを置いた。生姜が強く匂った。

「あっちで座って待っていて」

手伝おうとする私をソファに追いやるように祖母が言った。コーデュロイ素材の茶色い三人掛けのソファだった。肘掛けのカバーはてかてかしていたし、座面のクッションは凹んでいた。腰に負担がかかりそうだったのでソファから下りて床に座った。向かい側に置かれた小型のテレビは画面が細かく上下に揺れ、音が大きかった。テレビの裏に見える壁紙の隅は大きな三角形の形に剥がれていた。

「お箸の配膳でもしますね」

中腰でそう声をかけると、祖母はいやいやと手を振った。

「お客さんなんだから」

言われた私はそのまま腰を下ろすと、目の前の食卓に視線を向けた。使われた痕跡がほとんどない四人掛けの座卓だった。祖母がお盆におかずや箸、スプーンを載せて運んできた。焼いた舌平目、生わかめ、生わかめにつける酢コチュジャン、大根を辛く煮たもの、ミニ大根を丸ごと漬けたキムチが出された。続いて栗とインゲン豆を入れて炊いたご飯と白菜の汁物が置かれた。祖母は水の代わりにケツメイシのお茶をコップに注いだ。向かい合って座るとスプーンを手に取った。

「いただきます」

そう言って汁をすくうと、祖母は「うっかりニンニクを入れ忘れちゃって、味はどうかしらねえ」とこちらをうかがった。私には濃かったけれど味わい深かった。

「おいしい」

私の言葉を聞いた祖母は疑わしげな顔になった。

「本当です。白菜がとろとろでおいしい」

「塩加減はちょうどいい？」

「はい」

ようやく祖母も汁をすくって口に入れた。

「おいしいね」

そう言って笑う祖母の濃いピンクの口紅を塗った唇が目についた。ドライヤーでセットしたのか、短い髪にもボリューム感があった。私に良く見られようと気を遣ったのが感じられて驚きを覚えた。舌平目の身をほぐして祖母のご飯の上に載せた。一夜干しにされた身は弾力があったし、揚げ焼きされた皮も香ばしかった。行儀よく少しずつと思っていたのに、食欲が湧いてきて夢中で食べた。気分のいい満腹感なんていつ以来だろう。そうやって食べていたら祖母とこれといった会話もできないまま、あっという間にお茶碗一杯を平らげてしまった。

「食事は一緒に食べてこそ」

別に同意していないのに頷いてしまった。食事は誰と食べるかによって味が変わるから。ネットフリックスを見ながらひとりで済ませるほうが圧倒的に気楽なときが多かった。でも祖母のご飯はおいしかった。祖母と一緒に食べるご飯はおいしかった。

「おかわりは？」

「お腹いっぱい。それにケーキも食べないと……」

「今日って誰かの誕生日なの？」

祖母が笑って言った。

「おいしいじゃないですか、ケーキって」

「そうね」

「おばあちゃんもケーキ好きですか？」

「ないから食べられないんですよ」

おどけた祖母が敬語で答えた。

一緒に食器を下げた。翡翠（ひすい）色のシートが貼られたキッチンのシンク台と壁紙は古びていたし、食器棚のひとつは扉が取れてなくなっていた。それでも全体的にきちんと整理されている印象だった。シンク台の上には芹（せり）を入れたコップが見えた。私は布巾で食卓を拭き、祖母はケーキをカットして銘々の皿に載せた。そしてコップにワインを注いでゆっくり飲んだ。

その日、祖母は私の近況を一切尋ねなかった。結婚したという事実くらいは母から聞いて知っていたはずなのに、彼のことも訊かなかった。その代わりに大学で何を学んだのか、職場ではどんな仕事をしているのか、仕事以外の時間には何をして過ごしているのか質問してきた。

「お肌がきれいですね」

「よく言われるよ。憩いの家に行くと、皆がこっちを見ながら蛍光灯つけなくても平気だねって言うの。あたしの顔が明るいから」

謙遜しない祖母がおかしくて、私はしばらく笑っていた。

「お母さんも肌がきれいでしょう。吹き出物とかもなくて、すべすべ。そこは似なかったなあ。ちっとも似ていないんです」

「あたしともそんなに似てないよ。あの子はね、あんたのひいおじいさんに瓜二つ」

「私はお父さんとも似てないんです」

私の顔をじっと見ていた祖母が口を開いた。

「あたしにはわかるよ、あんたが誰に似たのか」

「誰ですか？」

「ちょっと待ってて」

祖母は小さい部屋に行くと、しばらくしてから茶色いアルバムを持って出てきた。

「見てごらん」

祖母がアルバムを広げると差し出してきた。白いチョゴリ〔韓服の短い上衣〕に黒いチマ〔韓服のスカート〕姿の女性ふたりが微笑んでいた。左側にいる、真ん中で分けた髪をうなじで束ねた女性が目に入った。

「誰ですか？」

私が指差して尋ねると、祖母もその女性に向かって手を伸ばした。

「あんただよって言っても、みんな信じそう」

そう言うと、指でアルバムの縁を撫でさすった。

片方の目は一重、もう片方は二重で眉毛は薄く、丸い額に短い顎、そして小さな耳まで、その女性は私にそっくりだった。目鼻立ちだけでなく、座っているポーズや表情もよく似ていた。写真に釘付けの私を見ながら祖母は話を続けた。

「あたしの母さんの話、聞いたことある?」

私は首を横に振った。〈あたしには実家がないの〉。母は時々そう言うだけだった。

「確かに。あたしたちが会う機会もなかったしね」

そうは言ったものの、母が曾祖母のことを何も話していないのを寂しく思ったようだった。しばし沈黙が流れた。

「ひいおばあちゃんの名前は?」

「イ・ジョンソン。でもサムチョンとか、サムチョンのおばさんって呼ばれてた」

「どうして?」

「サムチョンの出身だったから」

「サムチョンってどこですか? はじめて聞きました」

「北朝鮮の開城(ケソン)から列車で三時間くらいのところだって」

「おばあちゃんの故郷は開城でしょう」

祖母が開城出身だというのは、なんとなく聞いて知っていた。

「うん。あたしを産む前に開城に移ったんだって。十六歳のときに」

窓の外で日が暮れていた。帰らなきゃと思いながらも席を立ちたくなかった。祖母の話をもっと聞きたかった。私はためらいながら尋ねた。

「どんな人でした?」

「誰? あたしの母さん?」

「はい」

祖母は何か言いかけて止め、また何か言おうとしたが結局は黙ってしまった。ずっと顔に漂っていた笑みは影を潜め、考えに耽っているように見えた。

「ただ……」。祖母はそう言って私を見た。「会いたい」。

私のことをまるで自分の母親であるかのように見つめていた祖母は、やがて口角を上げて笑った。

「会いたい人だよ」

目尻に涙が溜まっているのを目にした私は驚き、見なかったふりをして顔をそむけた。

「あたしったら」

祖母はコップに残っていたワインを飲み干した。しばらく沈黙が続いた。祖母の空いたコップにワインを注いで尋ねた。

「ひいおじいちゃんの写真はないんですか?」

「ない」

祖母は私を見て笑った。

「ひいおじいちゃんはどんな人でした？」

しばらく考えこんでいたが、やがて祖母は口を開いた。

「あたしの父さんは大工の家に生まれたの。でも最初はね、父さんの父さんは甕器（オンギ）〔調味料やキムチを貯蔵する陶器の甕（かめ）〕の陶工をしていたんだって。ほら、天主教の信者が迫害されていた時代があったでしょう。その人たちの子孫なのよ」

最初に天主教を信仰したご先祖さまは馬丁だった。仕えていた両班（ヤンバン）〔高麗、朝鮮王朝時代の官僚や支配階級の身分のこと〕が、我々はこれから主従関係ではなく対等な友人、つまりトンムになるのだと言ったときは、ついに主人は頭がおかしくなったのだなと憐れに思った。それが自らも主人に習って天主教を信仰するようになるんだから、人生わからないものだと祖母は言った。三年後にふたりは耳に矢が刺さり、脚が折れたままの状態でセナムト〔朝鮮時代初期から重罪人の処刑場として使用されていた。カトリック教徒の殉教地としても有名〕へと連行され、ともに処刑された。

それがはじまりだった。生き残った信者は山で炭と甕器を焼きながら身を潜めて暮らした。時が過ぎ、もう隠れて天主教を信じる必要はなくなったが、位牌の継承を捨て、先祖も祀らない彼らに好い顔をする者はなかなかいなかった。高祖父は腕が良く、手先が器用だったから家を建てる大工として働き、おかげで財産を持つこともできた。娘が四人と息子が三人いたが、息子を三人とも学校に通わせられるほどの羽振りの良さだった。曾祖父は彼の末息子だった。

「何を言おうとして、この話をしたんだっけ……。あ、そうそう、あたしの父さん、つまりあんたのひいじいさんが、どうして家族を捨てて母さんを選んだのか説明するためだった。誰もが経験するような出来事じゃないよね。誰かに心を奪われるって。ある一時、完全に……魅入られたんだ」

曾祖父は十八歳、縁談話が持ち上がる頃だった。ところが結婚相手は他にいると言い出したのだ。それが白丁（ペクチョン）〔朝鮮王朝時代の身分制度における最下層の賤民〕の娘だと知った高祖父は呆れて笑うしかなかった。だがよくよく聞いてみると笑い事ではなかった。曾祖父は人間の高貴や下賤は生まれつきのものではなく、その人の言動にかかっていると教会の屋根の下で学んできたのだ。白丁の娘が犬や馬以下の扱いを受けていた時代に。

白丁の娘と結婚できると思っているのかという高祖父の問いに、曾祖父は白丁も天主の子だ、人間に貴賤はないと教会で学んだと言い返した。

――聖書にも白丁は出てこない。

高祖父はそう言うと部屋にあった火鉢をひっくり返し、曾祖父はその足で家を出ると、曾祖母を連れて開城に向かう列車に乗った。

「ひいおばあちゃんに家族はいなかったんですか？」

「もちろんいたよ。母親が」

白丁だった父親は曾祖母が幼い頃に亡くなり、母親がいた。長いこと患って死の床に就いてはいたが。曾祖父はアレンモク〔オンドルの焚き口に近くて暖かい場所〕に臥している高祖母に、お宅の娘と結婚して開城で末永く暮らすつもりだと告げた。高祖母は目やにだらけの目で曾祖母を見つめた。その小さな目からとめどなく涙があふれた。

——一緒に行こう。

高祖母は娘のチマの裾を握りしめて言った。

——あたしも連れてって。

病人なのになんて力なのだろうか、曾祖母は自分のチマの裾にしがみつく母親の手を剝がすのに一苦労だった。ようやくその手を引っぺがすと、しばらく黙っていた高祖母は小さな声で言った。

——わかったよ、行きな。次の人生はお前の娘に生まれるから。生まれ変わって母親だったときにしてやれなかったことを、ひとつ残らず果たすから。また会おう。そのときにまた会おう。

曾祖母は振り返ることもなく家を後にした。一瞬でも後ろを向いたら発てなくなりそうだったからだ。十六年暮らした家、獣臭さが消えなかった家、汲み取り人も相手にしてくれないから自分で汚物を処理しなきゃならなかった家、夕暮れ時に片隅に咲く花が愛らしくて眺めていたら、なんの理由もなく頭に石が飛んでくる、何ひとつ良い思い出のない家。

そんな家を出て駅へと向かう短い距離は千里の道のようにも思えたし、足取りは重くて鉛の靴を履いているようだった。

それでも旅立たなきゃならなかった。それが生きる道だったから。列車で黄色い胃液を吐きながら曾祖母は思った。忘れよう、忘れてしまおう、二度と過去は振り返らないつもりだと。

祖母は、どうして曾祖父が曾祖母に夢中になったのか、なんとなく理解できると言った。曾祖母の目には子どものような好奇心や茶目っ気があった。生まれつきの気質だった。白丁の娘の分際で何を堂々としている、何が楽しくてそんな表情をしている？　そんな理由から子どもの頃は殴られることもあった。うつむいて歩きなさい。善良な一般市民と目を合わせようとするなんて何様のつもり？

でも曾祖母は下を向いて歩ける人間ではなかった。うつむこうとしても自然と元に戻っていた。顔を上げて空を見上げていた。群れを成して飛ぶ鳥に見とれていた。あらゆることが知りたかった。世の中を知りたかったし、人間を知りたかった。ふたりが出会ったのも、そうした経緯からだった。

曾祖母は駅舎の前で茹でたトウモロコシを売っていたが、商いが終わると行き交う人を見物したり、線路に沿って歩いたりした。ある日、この線路が何里くらい続いていて、どこに着くのか気になった。知りたい気持ちを抑えられなくて、向こうのほうで線路を伝って歩いている男のところへ行くと尋ねた。

――この線路は何里くらい続いているんですか？

一方的にしゃべりかけてから我に返った。白丁が一般市民の道を塞いだのだ、ひどく殴られたとしても文句は言えなかった。ところが、きょとんとしていた若者は考えはじめた。

――北は新義州（シニジュ）、南は釜山（プサン）まで行くらしいけど、そうすると何里になるんだ……。

彼は曾祖母のチョゴリの結び紐に付けられた黒い布には関心がなさそうだった。白丁であることを示すその印には気も留めず、ひたすら線路を、枕木を見つめるばかり。立ち去ろうとする曾祖母に向かって彼はこう言った。

――明日もこの時間に来たら教えてあげるよ。トンムの中に鉄道博士がいるから、訊けばわかるはず。

彼は曾祖母に出会う前から開城に行きたかった。別に開城じゃなくてもいいから列車に乗って故郷を離れたかった。さすらいたいという衝動があった。幼い頃からそういう傾向があった。牛に草を食べさせてこいと命じられると、牛を連れて自分の限界まで歩いていってしまうので、日が暮れると村人が捜し回る羽目になるほどだった。夜更けに気の抜けた表情で牛と戻ってくる父親の顔を、しばしば想像してみたものだと祖母は言った。

はじめて列車を見たときに曾祖父は衝撃を受けた。信じられないスピードで走る姿にくらくらしたし、胸が躍った。遠くから響いてくる警笛や、車輪が線路の継ぎ目に触れるガタンゴトンという音を愛した。

それから機会があるたびに村から二時間の駅舎に徒歩で向かい、線路伝いに歩いた。遠くから汽笛の音が聞こえると佇んで列車を見つめ、正気に返って身をかわした。列車は耳をつんざく稲妻のような轟音を響かせて通り過ぎ、その振動は地面を伝って彼の体にも届けられた。

駅舎の前で食べ物を売る人はたくさんいるが、彼はその女の子に気づいていた。白丁の印である黒い布をチョゴリの結び紐の端に付け、まだあどけなさの残る赤黒く日焼けした顔で、行き交う人に大きな手でトウモロコシを差し出す姿を以前から見て知っていた。

この線路は何里くらい続いているんですか？　あのとき不思議なことに、彼は以前にもこんな瞬間を経験したような気がした。明らかにこの場所で、同じように赤黒く日焼けした顔の女の子と立っていて、次に汽笛の音がして、一羽のカササギが西のほうへと飛んでいったはずなんだけど……。彼がそんなことを考えていると、本当に遠くから汽笛の音が聞こえ、痩せたカササギが空を飛んだ。線路下に下りていきながらこっちにおいでと手招きする彼女を見ながら、この瞬間を瞬間で終わらせてはならないと思った。不思議な直感だった。

彼は自分を真っすぐ見つめる女の子に向かって言った。明日ここでまた会おう、会ったら教えてあげると。今この場で答えたら、もう二度とこんなふうに話せる機会はなさそうだったし、そう思うだけで少し悲しくなったのだった。この線路は何里続いているかって？本当は目をつぶっていても答えられる質問だった。

翌日、線路まで二時間歩いていくと彼女を待った。半日が過ぎても彼女は現れなかった。会う場所を間違えているのかと思い、線路沿いをあちこち回ってみたけれど無駄だった。日が暮れて帰り道、女の子が自分の言葉に答えなかったことを思い出した。明日会ったら教えてあげると言ったとき、こちらをまじまじと見つめ、そのまま引き返していったのだった。答えをもらってもいないのに来るはずだと思ったのはなぜだろう。彼は恥ずかしかった。

帰宅してからもその子のことを考えずにはいられなかった。どうやったら白丁の娘があんなに落ち着き払って一般市民の男に話しかけられるのか、人の顔を穴が開くほど見つめられるのか、一般市民の問いに答えようともしないのか、なぜあの瞬間は自分にとってはじめてではなかったのか、赤い頬の女の子が自分を見つめていたときに汽笛が鳴ってカササギが飛んだのか、どうしてあの瞬間を最後にしてはいけないと確信したのか。あの子は白丁の娘だぞ。

そう考えると、どういうわけか胸が苦しくなった。あの子の存在を白丁の娘だという言葉で封印するのは不可能だった。自分でもわかっているくせに、あの子に感じたすべてを白丁の娘だという言葉で否定しようとしている事実に寂しさを覚えた。

翌日も彼はひたすら歩いて駅舎に向かった。片隅に腰掛けるとトウモロコシを売る彼女が見えた。夏の終わりの時季で、まだ夕方前なのに空気には熱気が感じられなかった。彼はゆっくりと近づき、残っているトウモロコシをすべて買うと言った。彼の顔を見分けられないまま彼女は金を受け取り、トウモロコシを差し出した。

――おかげで今日は早く帰れそうです。

彼女が片付けようとしたので、彼は焦って口を開いた。

――昨日、待ってた。

彼女はようやく彼に気づいた。

――いつもそうやってひとりで出歩いているの？

――……。

――なんとなく心配になったから。

――大丈夫です。自分のことは自分でできますから。

彼女は居心地悪そうに片付けはじめた。

――線路が何里なのか知りたいって言ったから……。

――だから明日も来いってあたしに言ったんですか？

彼女が冷たい表情で彼を凝視した。

――知っているなら知っている、知らないなら知らない、そう言えばいいでしょう。あたしは一時も無駄にできない忙しい人間なんです。暇じゃないんですよ。

そう言うと籠を小脇に抱えて立ち去った。彼はぼさっと立ったまま、その後ろ姿を見送った。

彼女は背が高くて肩幅が広かった。風を切って大股で歩く姿に目を奪われた。悔しさや恥ずかしさを覚えるはずの状況なのに、ただただ悲しかった。自分は彼女にとって脅威を感じる人間でしかないのだと思ったからだった。一体どんな経験をしてきたのだろう、あの子は。遠ざかる後ろ姿を見つめながら思いを巡らせた。

その翌日からはまっすぐ駅舎に行って遠くから彼女を見つめた。どこにでもいそうな平凡な丸い顔、大きな手、ポケットからお釣りを取り出して渡す仕草、行きかう人びとをじろじろと見つめながら、時折トウモロコシを食べるようすを眺めた。トウモロコシの胚芽を顔につけてかぶりつく姿を。そうだ、自分はあの子を知っていたんだった。彼は思いの丈を伝えたかった。一緒に列車に乗ろう。君に話したいことがたくさんあるんだ。列車に乗って、いつまでも語り合おう。雲をつかむような話だった。あの日が来るまでは。

あの日、軍人ふたりが彼女に近づいていった。客だと思って歓迎していた彼女の表情が曇った。その姿を見た彼は急いで駆け寄った。

――お前、名前は？　家は？

軍人が日本語で話しかけていた。彼女は睨みつけたまま答えずにいた。彼は笑顔を浮かべ、できるだけ柔らかな日本語で言った。

——私の妻でございます。学校に行ってなくて日本語がわからないので、ご理解くださ い。家がどこか知りたいとのことでしたら、お答えいたしますが……。

それを聞いた軍人は立ち去った。必要なのは未婚の女の子だった。彼もその件は知っていた。自分の村でも軍人が未婚の女の子を調査していたから。そのせいで親たちは、まだ八歳や九歳にしかならない娘を結婚させていた。それが娘を守れる唯一の方法だからと、〈主人〉を作ってやっていたのだった。

軍人がいなくなると彼は尋ねた。夫はいるのかと。彼女は首を振った。お父さんは。彼女は首を振った。お兄さんとか弟は、おじさんは、お父さんの兄弟や従兄弟は。彼女は順番に首を振った。

——じゃあ、家には誰がいるの。あの人たち、家にも行くと思うよ。

そう告げる彼の顔を彼女はじっと見つめた。

——うちの母さん。

彼女は答えた。その姿を見た彼は確信した。この子は軍人に連れていかれるしかないのだろうと。そこでどんなひどい目に遭うかは誰も口にしなかったけど、黙って見過ごすわけにはいかなかった。

——母さん、具合が悪い。

彼女がひとり言のように呟いた。それを聞いた彼は自分でも何を言っているのかわからないまま、こう告げていた。

——僕と一緒に開城に行こう。

彼の言葉を聞いた彼女は腹を立てたように見えた。

——君を捕まえに来るよ。どんなに頑張っても、そうなると思う。

彼女はトウモロコシの籠を覆う布に両手を置くと、その手に視線を置いたまま言った。

——からかわないでください。お宅、誰ですか。名前も知らないのに。

——僕の名前はパク・ヒス。知り合いが開城で商売をやっている。君を連れて一緒に行きたいんだ。

そのとき彼女の顔にはじめて不安の色が見えた。

——あたしを売り飛ばすつもりでしょう。

彼女が言った。

——何を言ってい……

——ほっといてください。いいから、かまわないで。ここでトウモロコシを売って母さんと暮らします。どうして邪魔するの。どいつもこいつも連行できないからって大騒ぎして。

——開城に行けば戸籍を作って、婚姻届けも出して、一緒に暮らせる。

――はあ？

彼女は短く笑うとトウモロコシの籠を持って立ち去った。彼は焦燥に駆られた。彼女を説得できずに、このまま失うことになったら耐えられなくなりそうで。重そうな籠を手によろよろと歩み去る彼女を見ながら、これはもう選択の問題ではないのだと気づいた。開城に行かなければならなかった。あの女の子を連れて。

曾祖母は日本語をほとんど知らなかった。食べ物を売る程度の単語なら理解できたが、ほとんどの文章は聞き取れなかった。日本の軍人が来たときも、何が起こっているのか正確に理解したわけではなかった。でも、彼女もまた駅舎の前で働きながら小耳にはさんだ話があった。

彼と別れて家に着くと、日本の軍人と近所のおじさんが彼女のことを待っていた。足がすくんだ。近所のおじさんが笑顔で話しかけてきた。日本人が経営する工場に就職させてあげる。たくさん稼げるし、その金で何不自由なく暮らせるのだから、こんなにありがたい話はないと。ようやく彼女は悟った。この世は自分にチャンスを与えてくれる場所ではなかった。市民の皮まで剝いで食べる日本の帝国主義が、人間扱いすらされていない自分にそんな機会をくれるはずがなかった。何かおぞましいことが起こるのだろうと思った。

――母さんが病気なんで置いてけません。

するとおじさんの表情が変わった。そしてほかに選択肢はない、四日後に迎えに来ると告げた。その日は眠れなかった。駅舎の前で聞いた話を思い出した。彼女は生きたかった。歩きたければ歩き、歌いたければ歌い、笑いたければ笑い、泣きたければわんわん泣きたかった。白丁の印なんて投げ捨て、世界を見たかった。

一緒に開城に行こうと言ってきた男の顔を思い浮かべた。自分より幼く見えた。まだ声変わりが終わっていないようだったし、いかにも世間知らずといった雰囲気を醸し出していた。そんな人間が本当に私を捕まえて売り飛ばすだろうか。彼女は考えた。全身が不安でいっぱいだった。診療所では母さんに快復の見込みはないと言われた。持って一ヵ月だと。それを聞いたのが十日前のことだった。軍人がやってきてから、彼女はむしろ母親の死を願うようになった。切実に祈った。あの家を出なきゃならない事実は変わらないのだから、どうか母さん、あたしが発つ前に死んでくださいな、彼女はひたすら祈った。涙が止まらなかった。

翌日、あの男がふたたび駅舎の前に現れたときに尋ねた。どうして知りもしない人間と開城に行こうと思うのか。軍人が連行しようがしまいが、いずれにしてもあたしの問題なのに、どうしてあなたが助けようとするのかと。彼はきちんと答えられなかった。代わりにトウモロコシをひとつ買うと、横に立って食べ始めた。その間も彼女はいくつか質問をした。あなたには両親はいないのか。一度も行ってみたことのない場所でどうやって暮らすのか。表向きは彼への疑問だったが、実際は自分自身に問うているも同じだった。

訊きながら彼女は悟った。結局この人について行くのだろうと。彼のことを何も知らないけれど、本当に自分を売り飛ばすかもしれないけれど、それしか方法はないのだと。包丁を持っていこう。彼女は思った。脅かされたら包丁で身を守ろう。

彼は驚くほどゆっくり食べた。食べ終わるとトウモロコシの芯をポケットに入れ、彼女を見て言った。

──行くかどうかは自分で決めて。君が軍人に連れていかれたら耐えられなくなりそうだったから、僕はこうしているんだ。君の言っていることは間違っていない。僕は君を知らない。君も僕を知らない。それでもわかる部分はあるだろう。君がいなくなっちゃったら、僕は不幸になる。取り返しがつかないくらい苦しむ。僕を信じないのは正しいことだよ。今みたいに人を疑いながら生きてほしい。僕を心から信じて、ついて来てほしいとは思っていないし。一緒に開城に行くのなら、君のお母さんの面倒をみるトンムを家に通わせるつもりだ。明日の同じ時間に、そのトンムとここに来るよ。君のお母さんにご挨拶する時間が必要だからね。

──母さんを置いてはいけません。

彼女はそう答えながらも、できない相談なのだとわかっていた。

──軍人が来るだろう。これは想像じゃないんだよ。

彼が言った。

――明日のこの時間に、ここで。

彼はそう言うと立ち去った。随分ゆっくりと歩くんだね。後ろ姿を見ながら彼女は思った。あたしは発たなければ。

その夜、曾祖母は眠れないまま高祖母を抱きしめていた。

母さん、誰かが面倒をみにくるって。いや、来ないとしても、誰も世話してくれないとしても、あたしにはどうすることもできない。そう、あたしは罰を受けるんだろう。たぶん死ぬまで罰を受けるんだろうけど、どうしようもないよ。軍人について行くわけにはいかない。母さん。母さん。あたしたち、もう二度と会えなくなります……。

翌日、彼はものすごく背が高くて首の長い男を連れてきた。まだあどけなさの残る彼と比べると大人に見えた。こちらを見ると小さく目礼までしてきた男。それがセビおじさんだった。

「どうしてセビおじさんって言うんですか?」

「おじさんの育った町の名前がセビだったから」

セビおじさんの先祖も迫害された天主教の信者で、そうした理由から曾祖父の家族と仲良くなり、ふたりは兄弟のように過ごしてきた。故郷を発つと告げた曾祖父をセビおじさんは引き留めた。曾祖父はセビおじさんを説得した。軍人は村を回りながら、もう女の子の数を把握しているだろう。でもあの子には最低限の垣根になってくれる存在すらいない。

兄や弟でもいればよかったが、少なくとも従兄弟でもいればよかったが、男の家族はひとりもいない。そういう境遇の女の子だということは……白丁の娘だということよりも危険な状況に置かれているという意味なのだと。

彼女は曾祖父、セビおじさんとともに家に向かった。セビおじさんは、必ず一日に一度は面倒をみにくると約束した。母親に最後のクンジョル〔ひざまずいて頭を下げるもっとも丁寧なお辞儀〕を捧げると、彼女は振り返ることもなく家を後にした。

三等席に座った曾祖母は、列車が動き出すとようやく座席を握りしめて泣くことができた。曾祖父の前で涙を見せたのは、それが最初で最後だった。母親の訃報を聞いたときも、しばらく沈黙しただけだったのだから。

曾祖母は、祖母によくそういう話を聞かせた。それでもあのとき軍人に連れていかれなかったのは、お前の父さんのおかげだ。あのまま病気の母親の元に残っていたら、自分も力のない家の娘たちと一緒に連行されていただろうと。ことあるごとにそう話して聞かせた。曾祖父のせいで家族が最悪の瞬間を迎えるたびに。それでもお前の父さんはあたしを助けてくれた。それでもお前の父さんはあたしを助けてくれたと。

開城駅に着くと、高祖父のいとこの友人が待っていた。曾祖母はポケットの包丁を触ってみた。でも何も起こらなかった。味噌玉を発酵させる匂いのする小さな部屋が彼女を待っていただけだった。ふたりは別々に布団を敷くと眠りについた。翌日になると曾祖母は彼との婚姻届けを提出し、戸籍を移した。

曾祖母が村を去った二日後にふたたび軍人たちがやってきて、トラックの荷台にたくさんの娘を乗せると走り去ったそうだ。曾祖母は滅多なことでは怒りをあらわにしない人だった。でもその話をするときは必ず顔が赤くなり、声は震えた。軍人たちが……曾祖母はそこまで言うと、まるで当時に戻ったかのように言葉を失った。曾祖母の沈黙は、その思いは、祖母の胸にも沁み入った。

セビおじさんは知りもしない白丁の家に通って水を汲み、食べ物を運んだ。病人を見守った。このとき曾祖母は心に誓った。セビおじさんのためならば、どんなことでもすると。畑の草取りをしろと言われれば草むしりを、毎日水を汲んでこいと言われれば水汲みを、おじさんが危機に陥れば駆けつけて救うと。セビおじさんが高祖母の世話をした日数は十日にも満たなかったけれど。

曾祖父が高祖父のいとこの友人が経営する製粉所（パンアッカン）で働くことになり、部屋を見つけてすぐのことだった。曾祖母は、母親の訃報を亡くなって十日も過ぎてから知らされた。母親を見捨てずに残っていたとしても軍人に連行されるしか道はなかっただろうけど、当然の成り行きだと理解はしていたけど、でも当然だと認めることはできなかった。あたしも連れてってって。自分のチマの裾にしがみつく母親の指を一本ずつ剥がしたとき、彼女はどんな気持ちだったのだろうか。当時の曾祖母はたった十六歳だった。

十六歳はそんな年齢じゃなかった。軍人に捕まるのではないかと不安で眠れない年齢、茹でたトウモロコシの籠を頭に載せ、毎朝売り歩かなきゃいけない年齢、死を目前に控えた母親の恐怖、怒り、孤独を見守らなきゃいけない年齢、永遠にひとり取り残されるのだろうと予感する年齢、道を通り過ぎるときは白丁の印のせいで常に、必ず嘲笑されて威圧される年齢、母親を捨てなきゃいけない年齢、母親の臨終にすら立ち会えず、遠方からの知らせを受け取らなきゃいけない年齢。でも曾祖母の十六歳はそんな年齢だった。曾祖母はその当時の自分を捨てられないまま、ずっと抱えて生きているようだったと祖母は話してくれた。

死の間際になってようやく彼女は十六歳の自分に戻った。生涯にわたって固く口を閉ざし、死人のように生きてきた十六歳の曾祖母が、最期の日々を迎えてようやく自由になった。

病室のベッドに横たわり、こちらを見るとにっこり微笑んでいた曾祖母の姿が目に浮かぶと祖母は言った。母さん、母さん、来たの？　そう言うと祖母に向かって両腕を伸ばしていた姿を。

曾祖母に残っている感情は罪悪感だとばかり思っていたと祖母は言った。でも時が過ぎ、実は母親に対する深い思慕でしかなかったのだと気づいたそうだ。甘えたくて、抱きしめられたくて、駄々をこねたくて、思い切り愛されたくて、母さん、母さんと呼びたい気持ちを幾重にも折り畳んだまま生きてきただけなのだと。そして娘である自分を母さんと呼ぶ曾祖母を見たとき、彼女から聞いた高祖母の言葉を思い出したそうだ。わかったよ、行きな。次の人生はお前の娘に生まれるから。また会おう。そのときにまた会おう。

「ジョン……あたしたちはね、そうやって再会したんだよ」

祖母が私に言った。

3

私は曾祖母について何ひとつ知らなかった。母は幼い頃に曾祖母の手で育てられたという話は聞いていたが、それだけだった。でも今は知っている。自分の曾祖母は白丁の娘で、母親のもとを去って知らない男性と結婚した。名前のない、姿かたちのない、母のおばあちゃんという存在でしかなかった人が祖母の話から抜け出してきて、今にも私の前に現れるのではと思うくらいに鮮明な姿で迫ってきた。

「おばあちゃんは、どうしてそんなに昔の話をよく知ってるんですか？ 私の曾祖母、イ・ジョンソン。」

「あたしの母さん……」

祖母は少し間を置いてから言葉を続けた。

「つまり、お前のひいばあちゃんがたくさん話してくれたんだ。周りが悪く言うくらいにね。どうして昔の話をわざわざ持ち出しては、しつこく娘に聞かせるんだって面と向かって言ってくる人もいたのに、それでも語り続けた。あたしだって、いらいらすることもあったよ。同じ話をくり返すんだから。だからね、あたしが同じ話をするようになったら、あんたも教えてくれなきゃ駄目よ」

「心配ご無用ですって」

祖母の遠慮するようなようすが伝わってきた。

「そろそろ帰らないとね」

時計を見ると、もう夜更けだった。寝る時間なのに空気も読めずに座っていたのが申し訳なくてごめんなさいと謝ると、祖母の家では決して、いかなるときもごめんなさいと言わないのがルールだと返された。何も間違えていないのに間違えたと言うこと、それこそが間違いなのだと。そう話す祖母はどういうわけか寂しげに見えた。翌朝になって、私のごめんなさいという礼儀正しい態度が他人行儀に感じられたのかもしれないと、ようやく思い至った。

帰る前に、言うべきか迷っていた話をした。

「結婚式のときは、申し訳ない結果になってしまって」

祖母は表情を取り繕えないまま私を見た。孫娘の結婚式に招待してもらえなかったおばあちゃん。

「お母さんがどれだけ頑固か、おばあちゃんも知ってるでしょう」

祖母は作り笑いを浮かべて頷いた。

「それから……別れたんです。夫とは」

「でかした」

祖母はなんのためらいもなく、そう言った。私は少し面食らって祖母を見つめた。

「電話番号、教えてくれる？　連絡はしないから」

祖母が言った。

祖母の携帯電話に私の番号を保存すると、そのまま通話ボタンを押して自分の携帯電話に祖母の電話番号が表示されるようにした。

「退屈なときは連絡して」

「はい」

「煩わしい思いはさせないから。もしそんなことしたら、すぐに切って」

「そうします」

笑いながらそう言うと、祖母が包んでくれた残りのケーキを持って家を出た。

招待された一週間後、ふたたび祖母の家を訪れた。

自分は本好きな人間だったと祖母は言った。母を育てていたときも推理小説を読んでいたせいで、ただでさえ睡眠不足なのに寝る時間がなくなるほどだった、若い頃は活字に飢えた人のように本を読んでいたと。それなのに時が経つにつれ、内容がまるっきり入ってこなくなったそうだ。文章を読みたいという欲求は強いのに字が見えにくいし、長いこと集中して読むのも難しくなった。白内障の手術を受けてからは本を開く気にもならないのだと。テレビが古くて画面が揺れているのが目に良くないのではという私の言葉に、テレビはもう観るものじゃなくて聴くものになったからと祖母は答えた。

自宅のリビングの隅に置かれたテレビを眺めた。サイズは小さいけれど画面はきれいに映った。いつからだろう、リビングに布団を敷いてひたすらテレビを観るのが習慣になっていて、ちょうど片付けなきゃと思っていたところだった。祖母に電話をかけ、家のテレビを持っていくから都合のいい時間を教えてほしいと言った。

テレビは見た目よりも重かった。なんとか運んできた私を見ると、祖母は何度もごめんねと言った。こんなことになるとわかっていたら、自分が下りて一緒に持ったのにと。玄関からはふたりで移動させた。リビングのテレビ台に設置すると祖母が尋ねた。

「本当にテレビ観なくていいの？」

私は床に下ろされた祖母のテレビを見ながら言った。

「こっちは捨ててね、おばあちゃん。目に良くないから。捨て方はわかりますよね？」

「何年ひとりで暮らしてると思ってるの」

「そうでした」

「とにかく使わせてもらうよ。ありがとう」

テレビの設置を終えると、並んで座って柚子茶を飲みながらチーターが出てくるドキュメンタリー番組を観た。祖母はこくりこくりと居眠りしていたが、やがて目を覚ますとふたたびテレビに目をやった。私はご飯を食べていきなさいという誘いを断って帰り支度をした。こんな形で毎週一緒に食卓を囲む関係にはなりたくなかった。

「お願いがあるんです」

「何？　言ってごらん」

「ひいおばあちゃんの写真って、この前見せてくれた、あの一枚だけですか？」

「うん。あの一枚きり。母さんの写真は」

「あれ、私の携帯電話で写真を撮っても構いませんか？」

嫌がるかもしれないと思っていたが、祖母はむしろ喜んで小さな部屋からアルバムを持ってきた。

自分と瓜二つの曾祖母の顔をじっと見つめた。かすかな微笑みからは悪戯めいた表情が顔をのぞかせていた。口じゃなくて目が笑っていた。曾祖母の顔をひとしきり眺めると、ようやく隣の女性が目に入った。一見するとふたりとも体を前に向けて座っているようだが、よくよく見ると、その女性は曾祖母のほうに少し体をひねって座っていた。チマの上で重ねられた曾祖母の手を、その女性が自分の片手で包んでいた。小柄で目鼻立ちもこぢんまりとしていた。

「この人は誰？」

「セビおばさん」

「セビおじさんの奥さん？」

「うん」

「ふたりは友だちだったんですか？」

祖母は私をじっと見つめて頷いた。

「ただの友だちじゃなかったね」

「どういう意味？」

写真を撮ったら帰るつもりだったのに、ひっきりなしに訊いている自分がいた。

「開城に着いてからも母さんには友だちがいなかった。さぞ寂しかっただろうね」


曾祖母が白丁の娘だと知られるのに、たいして時間はかからなかった。この世に秘密なんてものは存在しないのだから。曾祖父が最初に勤めた製粉所の経営者が高祖父のいとこの友人だったのが問題だった。彼は当然ながら曾祖母の出自を知っていた。

曾祖父は純真な人間だった。正しいと思って実行したのだから、周囲もある程度は理解してくれるはずだと思いこんでいた。自分が連れてこなかったら彼女は日本軍に連行されていただろうと、いくら話したところで周囲が信じるはずはなかった。親の許しを得ずに、向こう見ずにも白丁の娘と結婚した曾祖父に好意的な目を向ける者はいなかった。

「それでも父さんは男だからマシだった。少なくとも父さんの前でこそこそ言う人はいなかったから」

曾祖母の出自が明らかになると、しばらく周囲が騒がしくなった。一般市民と結婚したのだから彼女も一般市民になったのだという結論には至ったが、白丁に生まれついた者は死ぬまで白丁だった。故郷にいたときのようなひどい扱いは受けなかった。厳然たる一般市民の妻だったから。

人びとはひたすら避けた。話をしているところに彼女がやってくると、口をつぐんで仲間に入れなかった。挨拶されると顔をそむけた。彼女を脅かす人はいなかったが、攻撃されていたときと同じように傷ついた。踏み石にぼうっと腰を下ろし、庭に落ちる陽光を眺めたものだった。

曾祖母は何が起こってもすぐに道理をわきまえ、諦めるのが生きる術だと母親から教わった。人生に何かを期待する？　それは贅沢である前に危険なことだった。どうしてあたしにそんなことするの？　なぜあたしにこんなことが起こるの？　こういう類（たぐい）の疑問の芽は摘み取ってしまいなさいという意味だ。どうして何も悪いことをしていないあたしを殴るの？　なぜ夫は治療を受ける間もなく、あんなに早くこの世を去ったの？　どうしてあたしには一緒に泣いてくれる人がひとりもいないの？　そう問いかける代わりに、こう思いなさいと言った。

今日は通りすがりに殴られた。うん、そんなことがあった。

夫が原因不明の病で死んだ。うん、そんなことがあった。

ひとりで悲しんだ。うん、そんなことがあった。

不浄で不吉な人間だと言われている。うん、そう言われている。

起こった出来事を評価せず、抵抗せず、そんなふうにそのまま受け止めなさい。それが生きる術だと。

彼女は踏み石に座ったまま、母親から教わったやり方で考えてみようと努力した。

あたしは病気の母さんを捨てた。うん、そんなことがあった。

あたしは母さんを埋葬してあげられなかった。うん、そんなことがあった。

開城の人たちはあたしに心を開かない。うん、そんなことがある。それはいつものことだ。

母親の言葉どおりに考えてみようとしたが、そういう考え方はむしろ腹が立つばかりだった。彼女には才能があった。どんなときも自分を偽らない才能。不当なことに不当だと、悲しいときに悲しいと、寂しいときに寂しいと感じる才能。

うん、開城の人たちはあたしに心を開かない。そんなことがある。

そこまで考えると、彼女は目をぎゅっと閉じて拳を握りしめた。

白丁の娘だと軽蔑する眼差しには相変わらず心が痛むし、慣れない。あたしは悔しい。

怒っている。寂しい。状況が変わることを願っている。心を開いてほしいとまでは言わないにしても、少なくとも軽蔑されるのは避けたい。いや、違う。あたしは、皆に心を開いてほしいと思っている。

彼女には希望という芽があった。いくら摘み取っても雑草のように広がっていくからどうしようもなかった。希望を支配することはできなかった。希望が自分を引っ張っていくのなら、茨の道だとしても引きずられていくしかなかった。母親が言ったように、それは安全な生き方ではなかった。知りもしない男について列車に乗り、開城に向かうなんて。そんな真似をやらかすことのできる人間は滅多にいないだろう。人びとの軽蔑を受け入れられない、諦められないという心は、どんなに粘り強く、どんなに苦しかっただろうか。

借りた家には還暦を迎えようとしている大家、一歳の子どもを育てるトンイ家、五人の子を育てるポック家が暮らしていた。曾祖母と曾祖父が訪ねたとき、彼らは新婚夫婦を歓待してくれた。曾祖母が白丁の娘で、ふたりが親の許しも得ずに駆け落ちして結婚したという事実を知るまでは、だった。はじめて受ける歓待に曾祖母は驚いた。布団が足りないのを知ったトンイ家は布団まで貸してくれた。子どもたちも彼女と一緒に仲良く遊んだ。

曾祖母はずっと子どもを恐れてきた。子どもたちが笑いはしゃぐ姿を見かけると道を引き返すほどだった。でも一般市民になってから出会った子どもたちは彼女に笑いかけてくれた。サムチョンのおばさんと呼びながら彼女のチマの端を摑んだり、ついて回りながらぺちゃくちゃおしゃべりしたりした。

ある日、洗濯を済ませて家に戻ろうとすると、ポック家の子どもがひとりやってきて遊ぼうと駄々をこねた。三歳くらいの可愛い子だった。彼女がいつものように子どもを追いかけるふりをすると、子どもは気が遠くなるんじゃないかと思うほど笑い転げて走った。すると遠くからポック家のおばさんが駆けてきた。

——お前、何やってんだい？

そう言うとおばさんは子どもを連れて家に入った。変だった。彼女はそんな人じゃなかったから。夕方になるとトンイ家のおばさんが部屋の前にやってきて、貸してある布団を返してほしいと言った。新しく買ったから返すと言ったときは頑強に拒んでいたのに、それで終わりだった。

曾祖父に連れられていった聖堂でも同じことが起こった。信心深いパウロが洗礼も受けていない女に入れ込んで親と故郷を捨てたという話が、開城の聖堂に広まらないわけがなかった。曾祖母は純真な男の子をそそのかした罪人だった。真実は重要ではなかった。この世でもっとも重い罪があるとしたら、それは女に生まれ、女として生きることだった。彼女はこのとき、その事実を知った。

曾祖父が製粉所で働いている間に彼女は家で仕事をした。小川で洗濯をして、機を織り、火鉢に火を起こしてアイロンをかけ、糊付けをして砧打ちをした。薪を割り、食器を洗い、ナムルを漬けこんでさまざまな保存食を作り、市場へ行って食材を買い、大根の水キムチや葱キムチを漬けた。朝は起きるとご飯を炊き、曾祖父が持っていく弁当を用意した。

あからさまに言いこそしなかったが、一緒に台所を使うのをほかの家族が不快に思っていると知ってから、彼女は皆よりも一時間早く起きるようになった。曾祖父は仕事から帰ってくるのが遅かったので、ほかの家族が夕飯を片付けた後に台所を使うことができた。裏庭の空いているスペースで家庭菜園をはじめ、色々な種を撒いて育てもした。それでも時間は信じられないほどゆっくり過ぎていった。

冬になると故郷から曾祖父の長兄がやってきた。長兄は彼女の挨拶を拒否した。来たくなんてなかったのに、無理やり引っ張られてきた人のように腹立たしげだった。唇がものすごく薄く、普通にしているときでも口をぎゅっと結んでいた。

曾祖母は大事にとっておいた干し鱈を出して大根と煮つけた。米びつからぎりぎり二人前の白米をすくって炊いた。ご飯茶碗をお盆に載せて部屋へ向かおうとすると、台所の入口にポック家の六歳の男の子が立っていた。曾祖母がよく知る、見慣れた顔つき。悪意と愉快さが入り混じった表情。男の子は両腕を広げて行く手を遮った。

――どきな。

彼女が言うと、男の子は近づいてきてお盆を叩(はた)いた。ご飯茶碗のひとつは割れ、もうひとつは無事だったが、白いご飯粒が台所の床に散乱した。一瞬の出来事で防ぐ間もなかった。早く飯をくれという曾祖父の叫び声が部屋から聞こえてきたので、彼女はまず干し鱈の煮つけと副菜からお膳に並べた。

——ご飯はどこだい？

曾祖父が尋ねた。

——運んでくる途中で、ポックんとこの子どもにいたずらされて……お茶碗が割れて床に散らばってしまったので……。

——兄さんが来ていらっしゃるのに、ご飯なしで食えって言うのか？

——麦飯が残ってるんで、お話ししてらっしゃる間に用意します。

その言葉を聞いた途端、長兄が立ち上がった。

——兄さん。

——こんなもてなしを受けるために来たわけじゃないぞ。このアマが、飯の支度ひとつろくにできないで何の役に立つって言うんだよ。旦那の兄である俺が来たっていうのにまったく。

長兄は外套を羽織り、出ていく素振りをした。

——兄さん、待ってください。失敗したけど、わざとじゃないんですから。行かないでくださいよ、兄さん。

曾祖父はそう言うと、早く台所に行ってご飯を炊くようにと催促した。

台所に急いだ曾祖母は鋭く尖ったご飯茶碗の破片を踏んでしまった。足が焼けるように痛んだが、我慢して歩き続けた。急いで麦飯を洗っていると、外から声が聞こえてきた。庭を抜けて行ってみると、すでに荷物をまとめた長兄が家から出ていくところだった。頭が割れそうなくらい寒い日だった。もっといてくださいと声もかけられず、立ち去る姿を見送った。

曾祖母は何も見なかったかのように二人分の麦飯を炊きはじめた。傷は大きくなかったが、かなりの深手だった。布切れで縛って止血し、ふたたびポソン〔布製の指なし靴下〕を履いた。普段は味見すら叶わない白飯が床に散乱しているさまに胸が張り裂けそうだったが、汚れた白飯を掃き集めて肥料桶に入れた。炊き上がった麦飯を盛りつけて部屋に運んだ。曾祖父は怒っているように見えた。ぴりぴりした空気が充満していた。のちの曾祖母にとって日常茶飯事となる光景だった。どういうわけか曾祖父が腹を立てていて、その意中を探らなければならない光景。

——新しく炊き直してきました。おかずと一緒にどうぞ。

曾祖父は何も言わずにスプーンを手にすると食べはじめた。曾祖母もスプーンを手に取った。

そうやって沈黙の中で食事をするうちに、曾祖母は諦めの境地というものをはじめて学んだ。足が燃え上がるように痛んだが、夫に言ったところでなんの意味があるだろうか。

血の滲むポソンを明らかに見たはずなのに、ただの一度も大丈夫かと訊かない人間に何を望めるだろうか。どういうわけでご飯が散乱したのか、ポック家の子どもにどんないたずらをされたからなのか、訳を聞いてほしいと思うのは行き過ぎた欲だった。高祖母が死んだときも、これといった言葉や行動のなかった人なのだから。夫はあたしの苦しみに興味がないんだ。曾祖母は思った。これっぽっちの関心すらもないんだ。じゃあ、どうしてあんなことをしたんだろう。軍人に連れていかれそうになったあたしを、黙って見過ごすことはできないって言ったんだろう。それは曾祖母にとって生涯の疑問だった。

虚栄心のパワーがどれほど強いものなのか曾祖母はわかっていなかった。

曾祖父は殉教者の話を聞いて育った人間だった。手中にあるすべてを、命までも捨てて天主への愛を守ろうとした彼らの話に感化されていた。曾祖母と出会い、生きる姿を目にしたから、彼女のためにすべてを捨てる用意をした。君を救うために僕の人生を犠牲にするといった心情だった。

その結果、曾祖父は生涯にわたって悔しさや憤り、罪悪感を抱いて生きなければならなくなった。自分はそれほど大した人間ではないという事実を、親元を離れた時点ではまだわかっていなかったのだった。いや、彼は死ぬまでわかっていなかった。自分がどれほどちっぽけな損害にも敏感で、器の小さい人間なのかを。親元を旅立つくらい勇気があると思っていたが、それは単なる衝動でしかなかった。旅立ちたいという衝動。自分が味わい、楽しむはずだった人生を曾祖母によって奪われたと考えていたのだろう。

開城に来てからの曾祖父は郷愁に苦しんだ。兄や姉に会いたくて、母や父に会いたくて、置いてきた友人たちも思い出された。人づてに聞いていたときは夢のように思えた開城の街並みも騒々しくてややこしいばかり、心を寄せられる場所ではなかった。なんとか借りることができた部屋も家畜小屋のように見えた。立派な庭と井戸がある実家を恋しく思いながら目覚めることも度々だった。親が決めた相手と結婚していたら、今もあの家で、あの素晴らしい数々に囲まれながら暮らしていたはずなのに。失ったのと同じ分だけ、妻は自分に対して償う必要があった。でも彼女は夫の期待を理解できていないようだった。少なくとも感謝の気持ちくらいは示すべきじゃないのか？　どうして女のくせに、あんなに不愛想なんだ？　そう思っていた。

妻への愛情がないわけではなかった。自分と違って堂々としていて強靱な妻に憧れる一方で恐れてもいた。ひと握りほどの夫としての権威すらも奪われるのだろうと予感していたし、妻が内心では自分をあざ笑っているのではと気にしてもいた。こっちはお前を助けるためにすべてを捨てたのに、どうしてそれなりの扱いもしてくれなければ、気分を合わせてくれようともしないんだ？　彼はいつも疑問に思っていたし、騙されたようにも感じていた。妻はひたすら自分の仕事に集中しているように見えた。最初から一般市民だったかのように振る舞っていた。白丁の分際で。

そんなふうに考えてはいけないと頭ではわかっていながらも、そういう目で見てしまうのはどうしようもなかった。育ちが悪いから夫にどう接するべきかわからないのだ。いつも背筋をぴんと伸ばして前を向いている姿に、曾祖父はうっすらとした憤りを感じていた。こうした理由から自分が憤慨しているのだとは認めようとしなかったが。

「じゃあ、ひいおばあちゃんは、セビおばさんといつ出会ったんですか？」

「母さんが十八歳のとき。ちょうど私を妊娠してたんだけど、セビおじさんとセビおばさんも開城に来るしかなかったんだよ」

当時のセビおじさん一家は、日本人の高利貸しから担保に取られていた土地を奪われたも同然の状態だったからだ。そうなると三兄弟の末っ子のセビおじさんまで田畑を耕しながら一緒に暮らすわけにはいかなかった。

曾祖母は開城に到着したセビおじさん夫婦の顔を見て仰天した。おじさんは同じ人間かと思うほどやつれていた。寒さに疲弊して震えていた。雀みたいに小さなセビおばさんは、もっと状態が良くないように見えた。目の下にはクマができていたし、唇には水ぶくれのかさぶたが、口元には白い疥癬が広がっていた。セビおばさんは一言でも口を滑らせたら殴られでもするんじゃないかというように萎縮し、早くも怯えているようだった。

曾祖母の心に怒りの炎が燃え上がった。自分にとって生涯の恩人であるセビおじさんが土地を奪われ、自分の意思とは無関係に開城へ追いやられるしかなかったなんて、悲しみを通り越して怒りを感じる事態だった。長いこと飢えに苦しんでいたのが一目瞭然の顔、冬だっていうのにどうしてあんなに薄着なのか。曾祖母は台所から茹でたさつまいもを持ってくると、ふたりに差し出した。セビおじさんは礼儀を考えてそのままポケットにしまったが、セビおばさんは踏み石に座って一気に食べ終えた。どれだけ働いてきたのか、さつまいもを握る小さな手はまるで老婆のそれだった。曾祖母がはじめてセビおばさんに会ったとき、彼女には表情と呼べるものがなかった。

セビおじさん夫婦は、曾祖母の家から歩いて五分の距離にある部屋を借りた。セビおばさんはずっと空腹だったうえに、緊張した状態で長いこと汽車に揺られたせいで、数日にわたって寝込んだ。セビおじさんが職を求めて歩き回る間、曾祖母はお粥を作ってセビおばさんに会いにいった。戸棚に食べ物を入れておき、ほどよく冷めたお粥とキムチをセビおばさんに食べさせた。

——おいしいです。

そう言って笑うセビおばさんの姿に曾祖母は涙が出そうだった。十七歳とはいっても、同年代より小さく幼く見えるこんな子が味わった苦労に心が痛むのも事実だったが、こちらを見て微笑んでいるあの顔が、自分を拒絶する冷たい表情に変わる未来が想像できたからだった。いつ拒絶されるのかもわからないまま、そのときを待つのはうんざりだし、悲惨でもあった。いっそ自分から先手を打つほうがマシだと思った。

――セビ、あんたは知ってます？

――何をですか。

――あたしの父さんが白丁だったことです。

セビおばさんは曾祖母をまじまじと見つめた。どうしてそんな話を持ち出すのかわからないという表情だった。

――あ……奥さんはものすごく苦労したって、お父さんが亡くなってからひとりで稼いで、お母さんの面倒をみていたって聞きました。

口元にキムチの汁をつけた天真爛漫な顔でセビおばさんが言った。

――苦労が多かったそうですね。奥さん、苦労されましたね。

どう答えたらいいのかわからなくて、曾祖母は涙を堪えながら黙って座っていた。

――おいしいですよ、奥さん。

セビおばさんは、そんな曾祖母を見ながら言った。

自分の作ったご飯をおいしいと言ってくれたのもセビおばさんがはじめてだった。その子どものような顔をずっと見ているのはつらかった。心がセビおばさんのほうへと傾いて、喜びも、悲しみも、やるせなさも、すべてがそちらに向かって流れていくような気分になったからだ。そんなふうに傾いた心のまま、ぐらぐらしながら生きていきたくなかった。

まだよく知りもしないうちから、曾祖母はセビおばさんを失うのではないかとびくびくしていた。いつか自分に背を向け、二度とその清らかな顔を見せてくれなくなるとしたら、凍りついた表情で失望したと言われて見限られたら、息ができなくなりそうだった。〈人間は本来そういうもんだ〉。曾祖母の心の中で高祖母が言った。〈人に期待すんじゃないよ〉。〈母さん、あたしは人に期待してるんじゃないです〉。曾祖母は思った。〈あたしはセビに期待してるんだ〉。

いつからか曾祖母は心の中で高祖母に話しかけるようになっていた。ひとり家にいるときは声に出して語りかけた。あんまり寂しいから、誰彼かまわず捕まえて話がしたいと思っていた時期だった。

〈セビも人間だよ。何が違うって言うんだい？　お前が傷つくんじゃないかって心配なんだよ。口上手な人間、無条件に信じたら駄目だ〉。高祖母が言った。

〈口上手だからじゃないの、母さん。セビは違う〉。曾祖母は答えた。

セビおじさんは軍服を染める工場に就職した。曾祖父が高祖父のいとこに紹介してもらったのだった。きつい仕事だったが夫婦がなんとか食べていくくらいは稼げた。縁故なしには得られない職だと言われた。その年は洪水の被害がひどくて、田畑を耕して暮らしていた人びとが当座の仕事を求めて開城に押し寄せていた。農村では餓死する人まで出るほどだったが、金持ちの口に入る餅の需要は普段よりも多かった。製粉所は人手が足りず、曾祖母も曾祖父と一緒に仕事に通った。

――あたしも働けないかな。

セビおばさんが曾祖母に尋ねた。

――どんな仕事だってできるよ。なんでもそつなく丁寧にこなすんだから、餅作りだって上手だし。

――あんたはたくさん食べて太るのが先だよ、セビ。

曾祖母の目にセビおばさんはあまりに小さく、か弱く見えた。骨が鳥のように細くて、腕を組むと木の枝に触れているような感触だった。石があるわけでもないのに足を踏み外して前のめりに転ぶのはしょっちゅうだったし、食後はいつもこくりこくりと居眠りをしていた。

――体力もないくせに、どうやって野良仕事をやってたの。

――こう見えても仕事が早くて、唐辛子を摘むのも、草むしりも、てきぱきこなしてたんだから。

――嘘つくのも上手だね。

――そんなことない。本当だよ。一年くらいずっと食べられなかったから体力が落ちたんだよ。こんなおかしなことになっちゃって……前はこんなじゃなかったんだよ、サムチョン。

なんでもいいから答えたかったが、曾祖母は喉が詰まってしゃべれなかった。

――苦労もほんの一時だった。こっちに来てからはよく食べてるでしょ。

――セビ。

――うん。

――あたしが飢えさせないから。あんたが食べられなくなることは二度とない。製粉所には話しておくから、あんたは自分の健康を取り戻しな。

――心配ないってば。

セビおばさんはそう言うと笑ってみせた。

祖母は息を整えると、コップに残っていた柚子茶を飲んだ。

「あんたに話したからかね、夢を見たの」

祖母は自分の手を揉みながら話を続けた。

「冷気が吹きこんできて空咳をしていたら、母さんが部屋に入ってきたんだ」

「ひいおばあちゃん?」

「そう。あの写真くらいの年齢だった。そしたらさ、ヨンオク、あんた風邪ひいたのかい?

ちょっと手を貸してごらんって言うんだよ」

祖母はそう言いながら、私のほうに片手を突き出した。

「死ぬ前の母さんはいつも手が冷たかった。寒がって真夏でも厚手の靴下を履いてたし、冬になると部屋の中でもパーカーを着て、手袋をしてね。それでも寒い寒いって言ってた。手足が氷みたいだったの。でも夢の中で、ちょっと手を貸してごらんって言われて差し出してみたら、なんてこと、信じられないくらい母さんの手が柔らかくて温かったのよ」

「夢とは思えなかったでしょう」

「うん」

祖母は私を見て微笑むと言った。

「そのとおりだった。本当に」

4

春雨が降り続いた日、仕事帰りに母の乳がんが再発したと連絡があった。

発病したのは二〇一二年だった。早期発見だったので摘出手術後に何度か放射線治療を受けた。母にはこれといった友人がいなかったので見舞いに来る人もほとんどなく、しかも母の母ですら病院に来なかった。娘が手術したことを知っているのかと私が訊くと、あんたのおばあちゃんと連絡を取らなくなって何年になると思ってんだと母は話をそらした。それから五年の月日が流れ、母が再手術することになってはじめて、自分が同じ立場でもそうしただろうという気になった。

金曜日の午前中が手術だったから、有休を取ってソウルに向かった。母とは特に言葉を交わさなかった。痛くないかと私が尋ね、大丈夫だと母が答えたのが会話のすべてだった。どういうわけか今回の母は父の食事の心配をしなかった。

〈お父さんのご飯は心配じゃないみたいだね?〉と皮肉りたかったけれど、排液バッグをぶら下げて横たわる母を見たら、そんなことを思った自分が憎くなった。心ならずも皮肉を言わせ、冷たい言い方をさせる母のことも憎んだ。憎んで、憎んで、憎んでいるうちに、いくら事情があるとはいっても子どもにまったく歩み寄ろうとしない祖母のことも憎くなってきた。

手持ち無沙汰で補助ベッドに横になっていたら、こんな言葉が口をついて出た。

「おばあちゃん家に遊びにいったんだ」

「ふん」

母はつまらなそうに反応した。

「ご飯作ってくれたの。焼いた舌平目と、生わかめと、ミニ大根のキムチでご飯を食べて、ケーキも食べた」

「そう」

「おばあちゃんが白内障の手術したこと、お母さん知ってた？」

「いや」

「家に行ったらさ、テレビがひどい状態で。画面が揺れてたんだよ。だから私のテレビをあげた」

「偉いね」

「離婚したことも話した」

「そうなの？」

「でかしたって、おばあちゃんが」

「あの人はキム君のこと知らないでしょ」

「どういう意味？」

「彼への情がないでしょ」

「じゃあお母さんはさ、そんなに情を感じているから、浮気した婿をかばってあげたってわけだ？」

「あんたってさ、なんでそうやってひねくれた解釈をするの？」

補助ベッドから起き上がると外に出た。あと一秒でも一緒にいたら、ひどいことを言ってしまいそうだったからだ。病院の前の大学街を一周した。腹が立って悲しいときは深呼吸してみなよというジウの言葉が思い出された。ベンチに座って呼吸に集中しようと努力した。息を吸いこみ、吐き、そうやって呼吸に集中しているのに涙が出てきて、ついには両手で顔を覆って泣いた。

日曜日の午後遅く、母が眠りについたのを確認してから付添人と交代した。しばらく週末は私が付き添い、平日は付添人を頼むことにした。夜中に車を走らせてヒリョンに戻る道すがら、付きっきりで母の看病ができない自分の状況に罪悪感を覚えないよう努めた。

数日もしないうちに、偶然スーパーの前で祖母に会った。車に乗せ、そのままマンションに帰る代わりに市内を一周した。祖母は窓を開けて穏やかな春風に当たっていた。短い髪が四方になびき、川辺には花が満開だった。ラジオからはチュ・ヒョンミの歌が流れてきた。夜気にうっすらと花の香りが混じっていた。気持ちのいい風、完璧な春の夜だった。祖母はラジオから流れる曲をハミングした。

「孫娘のおかげでドライブまでできて」

祖母の声が穏やかに響いた。祖母が母の病気を知らなくて良かったと思った。

「おばあちゃんは、具合の悪いところないですよね」

私の問いに祖母は声をあげて笑った。

「一日に飲む薬だけでも片手いっぱい。でもね、ジョン、あんたとはそういう話はしたくないのよ。うんざりじゃない。年寄りが孫娘に向かって具合が悪いんだってぶうぶう言ったりするの、あたしは好きじゃない。そんなおばあちゃんにはならない。あんたとは楽しい話だけするつもり」

おかしくもないのに祖母と一緒になって笑った。今この瞬間も母に対する心配が頭から離れなかった。このまま帰りたくないなと思っていたら祖母が口を開いた。

「柚子茶、飲みにこない？」

祖母は冷蔵庫から柚子茶の素が入った瓶を取り出し、やかんをガスコンロにかけた。そしてお茶を淹れる間、家の中を見物してなさい、どの部屋を見ても構わないと言った。私はアルバムのある小さな部屋に行った。天井の蛍光灯がひとつ切れていて、電気をつけても薄暗かった。壁の一面に置かれた飾り棚には何冊かのアルバムと本、お菓子の箱、クマのぬいぐるみ、さまざまな果物の瓶詰めがあった。別の壁にはクローゼットがあったが、片方のドアが開いていたので中が見えた。並んで置かれた段ボール箱の上にセーターなどの冬物が畳んで積み重ねられていた。

「整理しなきゃいけないってわかってはいるんだけど」

部屋に入ってきた祖母が柚子茶を差し出した。甘くて熱かった。

「近所のおばあさんたちは、あれを全部捨てなって言うんだけど、どうしてもできなくて」

祖母が段ボール箱を指差して言った。「あんなもの、後生大事に取っとく人いないって」。

「何が入ってるんですか？」

「昔の手紙。あたしがもらったのもあるし、母さん宛に来たのもね。小っちゃな家だったのに、母さんったら本当に手紙を大切にしていた。ご先祖さまを祀るみたいに真心込めて保管してたのに、もう死んだからって紙くずみたいに捨てることはできなかった。母さん宛の手紙を読んでるとね、まるで母さんが生きているみたいな気になった。それなのに捨てるなんて。読むことはできなくても、そのまま持ってることにしたんだ」

「読むの、大変ですか？」

「またみっともない話をしちゃったね。目が良く見えないでしょ。手紙は本より読みにくくて。紙とかインクが色褪せてるから、拡大鏡を使ってもよくわからないのよ。白く濁って見えるばっかりで……」

「私が読みましょうか？」

「大丈夫、いいってば」。祖母はひらひらと手を振った。「明日、会社だろ」。

「私に読まれるのは気まずいですか？」

「そんなんじゃないったら。あんたにしょっちゅう何かしてもらうとね、こっちにはお返しできるものが何もないから問題なんだよ」

「おばあちゃんは話を聞かせてくれるじゃない」

「ジョンが聴いてくれてるんだよ」

「そんなことないのに」

その瞬間の私は祖母に対して恨めしさを感じていて、自分が恨めしさを感じたという事実に驚いていた。何度も会ったわけでもないのに、この人に親密な感情を抱いているのだろうか。しばらく沈黙が流れ、私はぎこちなさをどうにかしようと口を開いた。

「セビおばさんの話、もっと聞かせてください。それで、セビおばさんは製粉所で働けるようになったんですか？」

「うん。母さんが出産することになって代打で入ったんだけど、手先が器用だからそのまま重宝されることになった」
「そのとき生まれた子どもが……」
「そのとおり。それがあたし。一九三九年だった」
祖母が笑った。

丸一日以上かかったうえに、産後も出血がひどい難産だった。出血が止まってからも曾祖母は起き上がることができなかった。どういうわけか食べ物を見るとむかむかして、重湯も喉を通らなかった。

友だちが死んでしまうかもしれないとセビおばさんは気を揉みながら涙を流し、これまで自分がどれほど彼女に頼ってきたか、彼女と交わした心がどれほど大切かを理解した。助かるのなら、セビおばさんは思った。サムチョンが助かるのなら一点の曇りもない人間として生きると天に祈った。

セビおばさんは山盛りのご飯をもって曾祖母の家に行った。そして食べ物を飲みこめない曾祖母に、ご飯を口に入れて嚙んだら鉢に吐き出しなと言った。曾祖母は言われたとおりにした。嚙んでは吐き出し、また嚙んでは吐き出した。数日続けているうちに、少しずつ体力が戻ってきた。飲みこむことはできなかったが、嚙むことによって米粒から染み出てきた水分が少しずつ喉を通っていったのだった。次は重湯、その次はもう少し濃い重湯、そしてお粥へと移っていった。そうやって曾祖母は助かった。

するとようやく娘に目が行くようになった。赤い顔、小さな小さな体。その小っちゃな存在が生きていく世の中を思うと胸が張り裂けそうで涙が滲んだ。先が見えなくて不安だった。

世間ではよく、女は子を産むとひと目で愛するようになると言う。でも曾祖母は子が生まれて百日を迎えても、これといった愛情を感じられず、そんな自分が恥ずかしくて誰にも打ち明けられずにいた。可愛がるふりをしている自分が恐ろしかった。ふたりきりでいるときは冷めた表情で子どもの顔を見つめた。自分が病める者のように思えた。

〈お前は母さんも捨てた小娘じゃないか〉

ふたたび自分に向かってささやいた。

〈母さんも捨てるようなアマが、自分のガキだからって可愛がるわけがない。いやらしいアマが〉

子どもは素直で、生後百日を過ぎると夜中に目を覚ますこともなく眠り続けた。お腹が空いたとねだることもなかったし、歯が生えてきているのにむずがったりもしなかった。誰も自分の誕生を喜んでいないことを、体で理解しているのかもしれないと曾祖母は思った。女の子だと知ったときの曾祖父の失望も大きかったから。子どもだって立場をわきまえるのかもしれなかった。小さな体と心で空気を読み、そのせいで思う存分泣くこともできないのではと気がかりだった。曾祖母の愛情は、その気がかりから育まれていった。見つめ合いながら笑っていたある日、この子を心から大切に思っている自分に気づいた。それは世間で言うところの母性愛とは異なる感情だったかもしれないけれど。

そうやって健康を回復させている間、セビおばさんは製粉所で曾祖母の代わりに働いていた。床に落ちた米粒を掃き集める仕事だった。

セビおばさんのところは夫婦仲が良かった。街の老人たちがマッコリを飲みながらふたりの話を持ち出し、話が出たついでにと仲を取り持ったのがきっかけだったが、お互いをひと目で気に入った。結婚して最初の一年はなんとか暮らしていけたが、翌年にほとんどの土地を日本人に奪われてからは食べるに事欠く日々が長く続いた。セビおじさんの母親はきつい言い方をする人だった。嫁はまともな女じゃないとね、変なのが来たせいで潰れた家をいくつも見てきたと、セビおばさんの前でこれ見よがしに言った。

本当だろうか。セビおばさんはじっと座りこんで考えた。本当に自分のせいで家が傾いたんだろうか。自分が嫁に来たせいで、こんなことが起こっているんだろうか。姑に何度も言われているうちに、もっともらしく聞こえてきたのだった。ある日、姑は息子が背後にいるのも知らずに、またその話を持ち出した。セビおじさんは生まれてはじめて母親に対して声を荒らげた。今後一度でも妻の前でそういう話をしたら、二度と母さんの顔を見るつもりはないと告げた。

「セビ夫婦は友だちみたいだった。おじさんが元々そういう性格だったんだろうね。どんなときも、人の上に立って主人面するのを嫌う人だった。当時はね、どんなに開けて進んだ人でも、妻よりは上の立場にいなきゃ威信が保てないって風潮だったんだけど、おじさんはそれに抗おうとしていた。こだわりみたいなものだったんだと思う」

セビおじさんは染色工場の仕事を長く続けられなかった。有害な気体を吸いこむことは、肺が弱い彼にとっては大問題だったからだ。喘息の急性発作のために仕事を辞め、療養しなければならなくなった。セビおばさんの稼ぎだけで暮らさなければならなかったから、おばさんは製粉所以外にもセメントの袋からナイロンの糸を取り出す副業をしていた。同じ頃、なんとか手離さずに済んだ土地までもセビおじさんの長兄が賭博で失ってしまった。家族全員でいくら返済しても借金は膨れ続けた。

日本で働く母方のいとこから話があったのは、セビおじさんが長い療養生活を終えた頃だった。ここには仕事が溢れているし、自分の作った基盤があるから、一からはじめる苦労はしなくても済むだろうと手紙には書かれていた。何年か真面目に頑張れば借金を返せるくらいの額を稼いで故郷に戻れるだろうとも。

職を探してさまよい、途切れ途切れに日雇いの仕事をしていたセビおじさんにとって、いとこからの誘いは唯一の希望に思えた。でも妻を連れて玄界灘を渡る勇気はなかった。故郷のセビから開城へ、開城から日本へと漂流生活を続けなければならない、そんな苦しみを妻に味わわせたくなかったからだった。妻はサムチョンのおばさんと心を通わせ、開城での生活にも溶けこんでいるように見えた。寝るとき以外はひたすら働いているのに、それでも時間ができるとサムチョンのおばさんと会って豆を剝き、菜っ葉の下処理をした。一緒にキムチを漬け、醬油や味噌を仕込み、市場に通った。副菜を作って分け合い、子どもの面倒も一緒にみていた。妻はサムチョンのおばさんにハングルも教え、どこからか持ってきた文庫本の小説をふたりで声に出して読んだりもしていた。ようやく開城に馴染んだ妻を、またしてもここから引き剝がすようなことはできなかった。

「セビおばさんは幸せ者だったんですね」

私は言った。

「そのとおり。世間ではセビおばさんほど運がない人も珍しいなんて言ってたけど、あたしはそうは思わない」

写真の中のセビおばさんを思い出してみた。なぜかあの人が気になった。長いこと飢えていた、セメントの袋から糸を抜き、製粉所の床に落ちた米を掃き、ご飯を炊いて具合の悪い友だちを生き返らせた人。その友だちの手の甲に自分の片手を載せたまま、笑みを浮かべてカメラを見つめていた人が気になった。

私たちは曾祖母やセビおばさんの話をしながらも、お互いの人生についてはほとんど触れずにいた。複雑できめ細やかな愛情で結ばれている関係だったら、祖母は私に向かってこんなふうに話をできなかったはずだ。私が幼い頃のひと時をともにしただけ、ずっと他人として生きてきたから、ためらいもなく曾祖母の話をできたのかもしれなかった。でもこのまま話が続けば、いつかは祖母自身の人生についても聞けるかもしれない。どういうわけで母とこんな仲になってしまったのか、なぜ孫娘の結婚式にすら招待してもらえなかったのかについても。

「ミソンは」、祖母が口を開いた。「あんたのお母さんのミソンは元気にしてる？」

祖母をまじまじと見つめながら頷いた。

「具合の悪いところはない？　今でも本を読んで、文章を書いたりしてる？」

「文章？」

祖母は意外だと言うような顔で私を見た。

「ノートみたいなのを持ち歩いて、あれこれ書いてたじゃないか。日記やら、物語やら」

「えっと……別々に暮らすようになって長いからよくわからないけど、一緒にいたときに書いてる姿を見たことはなかったです」

私の言葉に頷きはしたものの、祖母は残念な知らせを聞いたときのような表情をしていた。

「お母さんによろしく伝えますね」

「そんな必要はない」。祖母の表情が一瞬にして強張った。「そんな必要はない」。

「おばあちゃん」

「うん」

「おばあちゃんに、お母さんと仲良くしてって言うつもりはないから。心配しないでください」

「約束だよ」

「もちろん」

ようやく祖母の顔の緊張が少しほぐれたので話題を変えた。

「セビおばさんにも子どもがいたんですか？」

「うん。一九四二年に生まれた」

「おばあちゃんと三歳違いですね」

「そうなるね」


セビおばさんは悪阻（つわり）がひどかった。製粉所の仕事も、セメントの袋から糸を抜き出す仕事もできなくなった。婚家からは、もう少しセビおじさんに借金を負担してほしいという要求が来ていた。おじさんはあちこちで日雇いの仕事をしていたが、そのお金では食べていくのがやっとだった。そんなとき、いとこからまた連絡があった。いい工場に仕事の口ができた、ここに来るなら寝食は確保してやるという内容だった。

セビおばさんは夫の決定を受け入れられなかった。妊娠中の自分を置いて玄界灘を越えるなんて。彼女は説得したが、セビおじさんの決意は揺るがなかった。

セビおじさんは何かに取り憑かれているかのようだった。誰もが強く引き止めているのに、どうしても日本に行くと言い張った。そんなふうに意地を張る人間ではなかったから、その態度は人びとを驚かせたし、もしかすると妥当な理由があるのかもしれないと思わせた。

曾祖父はセビおじさんに借りがあった。開城に行けるよう手助けしてくれたし、義母の面倒をみて遺体を埋葬してくれた。だから心配するな、セビおばさんのことはちゃんと目を配るからと約束した。その代わり、必ず二年以内に戻ってこなきゃいけないとも言った。それより遅くなると、子どもが父親だとわからなくなってしまうからと。

曾祖母はセビおじさんの決定に最後まで反対した。遠すぎるし、知らない土地へ行ったら苦労するのは目に見えている、しかも戦時中だった。いくら暮らしが苦しいからって、たった数通の手紙で日本に行って暮らそうと考えるなんて理解できなかった。しかもセビおじさんは体が丈夫なほうでもなかった。曾祖母は何日もセビおじさんの家に行っては泣いてすがった。

――おじさん。

曾祖母はセビおじさんをそう呼んでいた。

――セビのことを考えてくださいよ。家族もいないこの開城で、たったひとりで子どもを産んで育てろと言うんですか？

――妻のためです。

――その気持ち、わからないわけじゃないですけどね、やり方が間違ってますよ。おじさん、おじさんみたいに物知りな人が、どうしてそんな話に騙されたんですか。

――おばさん、おばさんだって我が家の事情はよくご存じでしょう。ここでちまちまと稼ぐだけでは借金返すのも大変だし、セビが子どもを産んだあとも生活がきついのは目に見えてる。そんなの耐えられませんよ。

――おじさん。

――だから、うちのセビの傍にいてやってください。僕はサムチョンのおばさんだけを信じているから。

――話のわからない人だね、おじさん。どうしてそうなんですか。

そんな会話が数日にわたって続いた。セビおじさんの決心を覆すのはとても無理だと理解した日、曾祖母は地団太を踏んで家に帰った。地面を、塀を何度も蹴った。はらわたが煮えくり返っていたし、生涯の恩人であるセビおじさんが憎らしかった。

セビおじさんが発った日、曾祖母は涙を流して無事を祈るしかなかった。持っているものと言ったら、やたらと人を信じる役立たずな心しかない彼のために祈った。ずる賢い人間ですら、どんなに注意していてもひどい目に遭う世の中で、その無謀さと同じくらい純真な彼はよっぽど大きな幸運に恵まれなくては無理だろうと思いながら。曾祖母はセビを守る、セビの子どもの面倒をしっかりみると約束した。その日セビおばさんは部屋から出てこなかった。夫を見送らなかった。

セビおばさんは、曾祖母と同じ家の隣の部屋に越してきた。横になっていると床が海のように思えた。揺れる海の真ん中で小舟に乗っているような気分だった。船で玄界灘を渡った夫のことを泣いて恋しがった。もしかしたら最後になるかもしれなかったのに、一時の感情から見送りすらしなかったことを後悔していた。こんなに悪阻がひどくなかったら、夫に喘息がなかったら、いや、そもそもあの染色工場に就職していなかったら。いくつもの〈もしも〉を考えてみたけれど、何も変わりはしなかった。夫の選択をどうしても理解できなかった。

「セビおじさんが日本でどんな暮らしをしていたのか、正確に知る人はいなかった。ひた隠しにしていたんだ」

そう言うと祖母はしばらく表情のない顔で床を見つめていた。まるで自分しかこの場にいないかのように、放心状態のように見えた。おじさんの写真はないのと訊いてみると、祖母は首を横に振った。

「セビおばさんが描いた絵ならあったんだけど。鉛筆書きの似顔絵で、下手くそだったけど誰が見てもセビおじさんだった。それもなくなっちゃったけどね……。それでもジョンがあたしの話を聞いてくれるから、セビおじさんは生き続けているじゃない」

頷いた。顔も知らないセビおじさんを、私も頭に思い描くことができたから。背が高くて、首が長くて、それまで会ったこともなかった白丁の家に通って看病し、誰の上にも立とうとせず、愛妻家で、ひとり日本へと旅立った、今の私よりはるかに幼い二十代前半の若者をイメージすることができたから。それが彼のすべてというわけではないだろうけど、セビおじさんは自分の死後に生まれた人間の記憶にこうして残っている。

でも、それがなんだって言うんだろう。人が人を記憶すること、この世でひと時を過ごして消滅した者を覚えていることに、どんな意味があるのかわからなかった。私は誰かの記憶に残りたいだろうか。自分自身に問いかけてみると、いつも答えはノーだった。本人の願いがどちらであれ、人間は二度死ぬ。地球が寿命を迎え、さらに長いときが過ぎてエントロピーが最大値に達する瞬間が訪れれば、時間すらも消滅することになる。そのとき人間は、地球にほんのひと時だけ存在したという事実すらも記憶されない種族となる。宇宙は人間を記憶する心を持たない空間になる。それが私たちの最終結末だ。

第 2 部

5

母は私のことを、すべてを手に入れた人間だと言った。老後が保障されている両親に優しい夫がいて、好きな仕事をしながら暮らせる特権の持ち主だと。そのとおりだった。それだけでも私の人生は幸福に満ち満ちていた。

自分が特権を享受しているとわかっていたから、私は黙らなければならなかった。娘の声に耳を傾けてくれない両親のもとで育ちながら感じた寂しさについて、私に関心のない配偶者と暮らす孤独について。口をつぐんだまま仕事に通い、上辺（うわべ）だけとはいえ続いていた結婚生活を回していきながら、理解されたい、愛されたいという感情に目を向けないようにしなきゃいけなかった。私は幸せな人間なのだから。すべてを手に入れた人間なのだから。

その上辺を取っ払ってみると、ようやく自分が見えてきた。ぐっすり眠る夫の横で声を殺して泣いていた姿が、論文がうまく書けないと自分の存在が全否定されそうで、誰よりも残酷に自らを責め立てていた姿が、一歩ずつ前に進むたびに息をするように自分を非難し、あざ笑っていた姿が。

あんたっていう人間はね、自分を責めることで、より良いポジションを手に入れてきたんだから。ちょっとでも寛容な態度で哀れんだりしてたら、あんたはどこまでも取るに足らない人間になっていたはず。お父さんだって言ってたじゃない。お前は大した人間にはなれないだろうって。夫にも言われたでしょ。お前が色々とやり遂げたのは、どれも運が良かっただけだって。だからあんたは、もっと精進しなきゃいけないの。こんな扱いには、もうすっかり慣れっこでしょ。

つねに自分を追い詰めてきた声と距離を置き、じっと耳を澄ましてきた。私に対して私と同じくらい残酷になれる人間は、この世に誰ひとり存在しなかった。だからむしろ簡単だったのかもしれない。私のことをぞんざいに扱う人間を容認するのが。

一週間が過ぎてふたたび病院へ行くと、母はずいぶん回復したように見えた。ベッドの背もたれを斜めに起こして体を預け、携帯電話でユーチューブを見たり、ゲームをしたりしていた。ひとりで点滴スタンドを押しながら廊下を歩き回ったり、休憩室でテレビを観たりもしていた。五年ぶりに帰国したミョンヒおばさんが毎日のようにお見舞いに来ているそうだ。最低でも二ヵ月は韓国に滞在するらしいと話す母の目は輝いていた。ミョンヒおばさんは、母が結婚前に働いていた郵便局の同僚で姉のような友だちだった。

ある日、母が眠っているときにミョンヒおばさんがやってきた。メキシコから送ってきた国際郵便なら子どもの頃に見たことがあるが、実際におばさんと会った記憶はなかった。少し話をしたいと言ってきたので、私たちは病院の一階にあるカフェに向かった。

「お母さんの口座番号を教えてくれる？」

近況のやり取りを手短に終えたおばさんが訊いてきた。

「口座番号がどうして……」

私が尋ねると、おばさんはハンドバッグのバックルをいじりながら答えた。

「ミソンに世話になったお返しがしたくて」

「世話になった？」

「ずっと昔……母が大病をしたことがあったの。手術が必要だったんだけど、大手術だし、しかも成功する可能性も高いとは言えなかった。お金もかかるし。そしたら父がね、せっかくやって失敗するくらいなら、最初からやらないほうがマシだって見限っちゃったの。で、そう決めた日にミソンに電話したのね」

ミョンヒおばさんは両手の指を組み合わせ、壁のほうを見つめた。

「次の日にミソンが来て大金をくれたの。あとで後悔するようなことしたらいけない、お母さんを助けて、って。当時の私は受け取れないよっていう社交辞令すら口にできなかった。必ず返すから、返すから、そう言って医者のところに行ったんだ」

「手術は成功したんですか？」

おばさんはコーヒーを一口飲むと頷いた。

「ミソンが救ったんだよ。だからこんな形ででもお返しがしたくて。ジョンが教えてくれなくても、別のやり方で必ず渡すつもりだから、お願い」

母の口座番号を書きながら、あの人が友だちのためにそんなことをしたという事実が信じられなかった。あんなに冷たくて人を寄せつけない性格なのに、そんな一面があるなんて想像もつかなかったからだった。

ミョンヒおばさんが帰ってから母に訊いた。

「ミョンヒおばさんの言ってたことって本当なの？」

「何が？」

「おばさんのお母さんの手術代を出してあげた話」

「あぁ」

母は携帯電話でゲームをしながら、うわの空で答えた。

「逆の立場でも同じことしたんじゃない。メキシコに発つ前に、貸したお金は全額返してきたし」

「今でも忘れられないみたいだった」

母はなんと答えるでもなくティッシュで洟をかむと、ふたたびゲームに熱中した。

背を向ける形で補助ベッドに横たわると目を閉じた。母にとってミョンヒおばさんはどんな意味を持っているのだろうか。当時の母はミョンヒおばさんがメキシコに引っ越した件について、何かのついでみたいに話していた。その日の気温を告げるように、お釣りがいくらだったか報告するように、なんの感情もなく話していた。私は母のことをわかっていなかった。ミョンヒおばさんよりも、祖母よりも、そしてもしかすると……父よりも。

退院の日にミョンヒおばさんは車を運転してくると家まで送ってくれた。中に入ってお茶でもと誘うと、おばさんは父の目が気になると言って駐車場で別れることになった。

「ここは韓国でしょ。招待されているわけでもないし。あんたのお父さんがいないときに遊びにいけばいいんだから」

「韓国も変わりましたよ。八〇年代とは違います」

「ジョン、これはお母さんの望みなの。少し休ませてあげて」

家に入ると、父がおかずを出して食事をしているところだった。私たちを見ると大丈夫かと声をかけ、また食べはじめた。ミョンヒおばさんが正しかった。おばさんと父の間で、母は当惑する羽目になったはずだ。母をベッドに寝かせると、ご飯を食べていきなさいという父の誘いを断ってヒリョンへ向かった。日曜日の午後、私にも休息が必要だった。

週末のたびにソウルとヒリョンを行き来する生活をくり返していたら、あっという間に一ヵ月が過ぎて初夏を迎えていた。私はリビングの窓辺に立ち、新緑が深緑に変わった風景をぼうっと眺めた。彼と別れてはじめて迎える夏だった。いろんなことが起こり、それを消化するのに疲れ果てていたけれど、驚くことに少しずつ回復している感覚があった。本が読めるようになったし、短い論文もひとつ発表した。小部屋に箱のまま置きっぱなしにしていた天体望遠鏡をリビングに設置したのもこの頃だった。天体望遠鏡を窓辺に置けただけでも一歩前進した気分になった。

そして偶然エレベーターで祖母に会った。会えて嬉しかったから今度は私が招待した。祖母は日曜日にやってきた。

合わせ調味料に漬けこんだ牛肉のプルコギ、キムチ、半調理された干し鱈のスープをスーパーで買いこみ、ご飯だけ炊いてお膳を整えた。

「全部スーパーで買ってきたんです」

「それでいいんだよ。ひとり暮らしは買ってきたほうが安上がりなんだから。仕事で忙しいのに、自炊する時間がどこにあるって言うの。あたしもそう。作るよりも買って食べたほうがおいしいもの」

食卓につく祖母の顔からは嬉しそうなようすが感じられた。食べ終わったご飯茶碗に水を注いでそれぞれ飲んだ。食器をシンク台の洗い桶に入れ、コーヒーを淹れてリビングに戻ると、祖母はベランダで満ちていく月を眺めていた。

「これで見てみますか？」

私はリビングの隅に置いた望遠鏡を指差して尋ねた。祖母は頷くと、持ってきた鞄から老眼鏡を出してかけた。

「目が悪いから……」

「望遠鏡だと、お月さまがすごく近くに見えますよ」

私は望遠鏡の電源を入れてリモコンで操作した。

「どうぞ」

祖母は接眼レンズに目を当てると、小さく感嘆の声をあげた。

「何これ……」

「見えます？」

「うん……これが月？」

「はい」

「手で摑めそう」

祖母が望遠鏡の横に手を伸ばし、何かに触れる仕草をした。

「なんてこと」

そして口をあんぐりさせたまま接眼レンズに釘付けになっていた。

「今日みたいなお天気だと木星もわかりますよ。見てみます？」

私の言葉に祖母は首を横に振った。

「これで十分。ちょっと怖いね、こういうの」

祖母は接眼レンズから離れると私を見た。

「この望遠鏡では、そこまで遠くは見えないんです。近くの天体くらいしか」

「じゃあ、これよりもっと遠くも見えるの？」

「もちろん」

「どのくらいまで？」

ハッブル宇宙望遠鏡が二〇〇三年から翌年にかけて撮影した写真を祖母に見せた。天文学者たちが〈ハッブル・ウルトラ・ディープ・フィールド〉と呼ぶ写真を。オレンジ、紫、青、白の光を発する銀河は、黒い背景に散らばる宝石のようだった。

「百三十億年前の宇宙の姿です」

「どういう意味？　そんなに大昔の姿が、あたしたちの肉眼でいま見られるってこと？」

「そうです」

「何を言っているのかさっぱりわからない。そんな昔のもの、どうやって見るの？」

「そうですよね。でも可能なんです」

祖母がまじまじと私を見つめた。

「お前は、こういう仕事をしてるのかい？」

「そんなに立派なものでは」

「これのどこが立派じゃないっていうの」

祖母は望遠鏡に触れながら言った。

「あたしの母さんも、今この時代に生まれていたらジョンみたいな仕事をしてたかもしれないね。好奇心旺盛な人だったから」

私は頷いた。


セビおじさんが日本に旅立って半年が過ぎた一九四二年の冬、セビおばさんに子どもが生まれた。名前はヒジャだった。おばさんは出産する瞬間まで悪阻がひどかった。ヒジャは育てにくい子だった。いつでも目を覚ましては泣いていた。お乳を飲むときやセビおばさんに抱かれているとき以外は声が嗄（か）れるまで泣き叫んだ。健康優良児なうえに力も強くて扱いにくかった。セビおばさんは少しずつ気力を失っていき、ひどく痩せた。ヒジャをおぶって製粉所に行くと、床に落ちた米粒を箒（ほうき）で掃きながら居眠りしていた。

曾祖母はヒジャが憎かった。セビおばさんは日に日に痩せていくのに、子どもはむっちりとしてきて母親を執拗に苦しめていた。セビおばさんの目にも子どもに対する愛情は見受けられなかった。一時間も続けて眠れない状況なのに、人に好意を持てというほうが無理だった。

曾祖母に対するセビおばさんの態度も変わっていった。曾祖母がおかしな話をしても笑顔は見られなかったし、なんでもない言葉に腹を立てたりもした。セビおばさんのためにできることならなんでもした。産後のわかめスープを一ヵ月作り続けて食事の用意をしたし、セビおばさんが少しでも眠れるようにヒジャの世話をした。うんちのオムツを洗って干したりもした。

それでもセビおばさんは以前のようにスープがおいしい、手伝ってくれてありがとうと言わなくなった。たまに理由もなく泣き出し、自分の部屋に帰ってくれと曾祖母に告げたりもした。疲弊していくセビおばさんを見るのは耐えがたかった。セビおばさんは色々な意味でつらい時期を過ごしていた。セビおじさんは日本に行って五ヵ月するとお金を送ってくるようになったが、それまでの苦しみを相殺するほどの金額ではなかった。

ヒジャが何時間も泣き続けていた明け方、曾祖母はセビおばさんの部屋に向かった。おばさんはヒジャを離れた場所に寝かせたまま壁にもたれて座り、両手で耳を塞いで泣いていた。曾祖母が抱くと、ヒジャは何度か大きな声で泣いてから静かになった。

——あたしが抱いてるから。少し寝な。

曾祖母が言った。

——大丈夫（イロプタ）。ほっといて。そこで泣かせといて。

曾祖母はセビおばさんの言葉を無視してヒジャをあやした。

――セビ、あんたは寝なきゃ駄目だよ。

曾祖母が近づくとセビおばさんは体を避けた。

――子どもはあたしが見てるから、さっさと目をつぶって。

なんとかセビおばさんを寝かせると、片手で彼女の肩をとんとんした。

夜が明け、闇が晴れつつあった。曾祖母は眠るセビおばさんの顔を眺めながら深いため息をついた。そうして製粉所で手に入れた紙に、セビおばさんに宛てた短い手紙を書き進めていった。セビおばさんが生きなきゃいけない理由、その理由を詳しく説明する手紙だった。翌日も、その翌日も、曾祖母はそうやって何度も手紙を書いた。

幸いにもヒジャは一歳を過ぎる頃から手がかからなくなっていった。相変わらず大声で泣き喚いたが、言葉を聞き分けるようになって育てやすくなった。

ヒジャは三歳年上の祖母に懐いた。しつこくつきまとい、指や腕を噛んだりもした。そんな日々が続くと、祖母は降参してヒジャの面倒をみるようになった。祖母は四歳だった。その頃から大人たちの顔色をうかがいながら行動していた。

「お前の母ちゃん、白丁なんだって？　いつからそういう言葉を聞くようになったか覚えてないの。最初の記憶からしてそうだったたから」

「最初の記憶を覚えてます？」

「もちろん。川辺で水を見てた。のどかな日でね、日差しが水面に反射してきらきらしていた。そんなあたしを母さんが見ていて。ほかの人よりも、小さいときのことをたくさん覚えているみたい。二、三歳のときの記憶もはっきり思い出せるから」

「私もです」

「そうだろう？　嘘をつくなって言われてからは誰にも話してなかったんだけど、ものすごく小さかったヒジャのことも覚えてる。顔が真っ赤になるまで泣いていたこと、あの部屋に行くと、甘いおっぱいの匂いがふわりと押し寄せてきたことも」

「大人に悪口を言われてたんですか？　白丁の娘だって？」

「人によるけど、自分の子どもに近づけないようにする人間もいたね」

「ひいおばあちゃんとひいおじいちゃんは黙ってたんですか？」

「あたしは、そういうことを話す子じゃなかったから」

祖母がこちらを見上げながら微笑んだ。私はその言葉を正確に理解した。自分も同じだったから。外で悲しい思いをしても、家に帰ってそれを親に打ち明ける子どもではなかった。泣いたのがバレないように冷たい水で顔を洗ってから帰る子どもだった。あれはどんな気持ちからだったのだろう。両親に心配をかけたくないだけではなかった気がする。何も間違ったことはしていないのに、防御する力がないという理由だけで攻撃されていた、そんな自分の存在を親に知られたくないというプライドもあったのかもしれない。

「それでも気づいていたと思いますよ」

「そりゃ、そうだろうね。そのせいで母さんがポックのおばさんと喧嘩したこともあったから」

「ひいおじいちゃんは？」

「父さんは……気にするなって言ってた。お前は父さんの子なんだから、一般市民の種から生まれた子どもなんだから、そんな言葉を気にする必要はないって。女は男の種をもらって育てるんだって言ってたね。あたしは父さんの種をもらってるんだから、それでいいんだって」

「ひどい話ですね」

「ひどいだろ。父さんは、あたしのためを思って言ってるつもりらしかったけど」

祖母は、曾祖母やセビ一家といるときだけは安全だと感じていた、だから曾祖母やセビおばさんと一緒に製粉所で過ごしていた時間が、最初の記憶のほとんどを占めていると言った。

その中でも、セビおばさんが愛情深く接してくれた暖かい記憶が心に残っているそうだ。祖母の髪の毛をテンギモリ〔後ろで三つ編みに結った髪にテンギという布飾りを付けた未婚女性のヘアスタイル〕に結ってくれたり、膝枕をして耳掃除をしてくれたり。頭の下にあるセビおばさんのチマからは季節の匂いがした。ヨモギの匂い、芹の匂い、スイカの匂い、乾燥させた唐辛子の匂い、火を起こしたかまどの匂い……。ぽかぽかと暖かな日差しを浴びながらセビおばさんの膝枕で寝入るときの安らぎを、祖母は覚えていた。

部屋で仕事をするセビおばさんを手伝うこともあった。祖母が両手に絹糸を引っ掛け、セビおばさんが糸巻きに巻き取っていった。祖母は手を少しずつ動かしながら、セビおばさんの手で丹精に糸が巻かれていくさまを見守った。たまに目が合うと、おばさんは朗らかに笑ってみせた。仕事が終わると一緒にあやとりをして遊んだりもした。ふたりの間で作られるさまざまな形が、祖母はいつも不思議だった。そうやって遊んでいると時間はあっという間に過ぎていった。

曾祖母には祖母ひとりしか子どもができなかった。初産が難産だったし、その後の出血がひどかったのが原因かもしれないと祖母は言った。曾祖父は親の意に背いたという罪悪感に苛(さいな)まれていた。罪を犯したから、これ以上の子宝に恵まれなくなったのだと考えていた。女は息子を産めなければ、外に子どもを作られても文句を言えない時代だった。でも曾祖父はそうしなかった。セビおじさんの目が怖かったからだった。外で子どもを産ませたりしたら、セビおじさんから人間扱いされなくなるのは目に見えていた。

「セビおじさんからは、しょっちゅう連絡があったんですか?」

「月に一度くらいの割合で、葉書と一緒にお金を送ってきてたって。葉書をセビおばさん、母さん、父さんで何度も回し読みしてたみたい。自分は元気だ、みんなに会いたいって内容がほとんどだったけどね」

少しするとセビおじさんは生活していくのに十分な金額を送ってくるようになった。でも約束の二年が過ぎても帰ってはこなかった。いま戻るのはもったいない、もう少し待ってほしいと葉書には書かれていた。そうして一九四五年を迎えた。

当初の計画どおりにセビおじさんが一九四四年に帰国していたら事態は大きく変わっていたはずだ。でも一九四五年の八月六日、おじさんは広島にいた。

広島に原子爆弾が投下されたと聞き、曾祖母とセビおばさんはお互いの体にしがみつくようにして大声で泣いた。セビおばさんは何日も眠れず、食事も喉を通らなかった。曾祖母はそんなセビおばさんに何もしてあげられないのが苦しかった。でもそんな状況下でも、どういうわけか不思議な確信が湧き上がってきた。セビおじさんは死んでいないかもしれない、生きて帰ってくるかもしれないという夢のような確信だった。人間の心とはそういうものだから。大切な人が生きて帰ってくるはずだと最後まで信じ続ける心。

曾祖父は消息を知ろうと四方八方を回ったが、セビおじさんの行方は杳（よう）として知れなかった。

そんなふうに全員が苦しいときを過ごしていた十月のある夕方、セビおじさんが庭に現れた。

ひどい有様だったけれどセビおじさんに間違いなかった。外出先からヒジャの手を握って帰宅したセビおばさんは、その姿を目にするとへたり込んだ。

——おじさん。

駆け寄ったのは曾祖母だった。

——おじさん、おじさん。ああ、何事ですか、おじさんったら。

何事かとくり返しながら曾祖母は涙を拭った。そのときのセビおじさんの姿は祖母の心に長いこと残った。ずっと風呂にも入れていないらしかったし、ひどく疲れているようだった。へたり込んでいるセビおばさんに近づいて抱きしめると、おじさんは小さな声でささやいた。それを見ていたヒジャは、祖母に駆け寄って背後に隠れると泣いた。恐ろしげな男が自分の母親を抱きしめる姿に怯えたのだった。

「あたしもね、最初はセビおじさんがどんなに怖かったか。おじさんはそれを知って、しばらく話しかけてこなかったんだよ」

自分の父親が泣く姿を見たのは、そのときが最初で最後だったと祖母は言った。連絡が途絶えたときもさして心配する素振りを見せなかった人が、生還した友だちを前にしたら感情を隠せなくなったのだ。曾祖父はセビおじさんを抱きしめると大声で泣いた。

「自分の親以外で愛した人間が父さんにいるとしたら、それはセビおじさんだったと思う」

「おばあちゃんのことは？　愛してなかったんですか？」

「父さんが、あたしのことを愛してなかったのかって？」

祖母は口をぽかんと開け、まじまじと私を見つめた。

「あのね、あたしは、ずっと昔の話をしてるんだよ。そうだね、たぶん、もしかしたら……」

そう言いながら祖母は小さく首を横に振った。

その日、祖母と私は木星を見た。木星の縞模様を見た。祖母は子どもみたいに感嘆の声をあげながら、いつまでも接眼レンズを覗いていた。

祖母が帰ると、私は携帯電話を取り出してセビおばさんの写真を見た。二ヵ月の間、眠ることも食べることも満足にできず待ち続けた夫が帰ったとき、どんな気持ちだったのだろうか。生まれ変わったような気分だったのだろうか。二度目の人生を贈られたような気分だったのだろうか。怖いほどの幸せを味わっていたのだろうか。夢じゃないかと疑いはしなかったのだろうか。

その夜、前夫が夢に出てきた。夢の中の私は、彼に傷つけられた過去も忘れて再会をひたすら喜んでいた。大きな手を握ってみたり、彼を抱きしめたりもしていた。穏やかな良い気分だった。眠りから覚め、どうしてあんな夢を見たのだろうと考えた。今でも私の心の一部はともに過ごした時間を懐かしがっているんだな、彼だけが感じさせてくれた親密さを渇望しているんだな、あの気楽な心地よさを覚えているんだな。当たり前だよねとくり返し、少し泣いてから起き上がった。

私がセビおばさんの立場だったとしても、自分の夫を思って同じくらい泣いただろうし、再会すれば同じくらい幸せを感じたはずだ。前夫が裏切ったのはそういう私の愛情だった。私が失ったのは欺瞞を捨てられない人間だったけど、彼が失ったのはそういう愛情だった。お互いが失ったものをめぐって競うようなことはしたくないけど、少なくともその競争において私は敗者ではなかった。

6

ソウルからジウがやってきた。湖のほとりにある豆腐料理の専門店でお腹を満たし、水辺をゆっくり歩いた。日差しが強く、風は涼しい六月の日曜日だった。自転車に乗った人たちが脇を通り過ぎていった。私たちは遊歩道を歩きながら、他愛のない冗談を言い合っていた。

「会社は大丈夫そう?」

ジウが訊いた。

「うん。慣れてる最中だけど、今のところ問題ない」

「お母さんはどう?」

「家で休んでる。ミョンヒおばさんのこと話したよね? しょっちゅう面倒みにきてくれるし、私も週末はソウルに行ってるんだ。経過も順調だって……」

「色々と大変だったよね。自分でもわかってるでしょ」

「うん」

そう答えると私はうつむいた。

「ヒリョンに移るって聞いたとき、本当はすごく心配だった。お母さんのこと聞いたときもね。でもさ、ジョン、自分を振り返ってみなよ。どうやってあの日々を耐えてきたのか」

「……」

「ジョンはいつも大丈夫としか言わないから……。気なんか遣わないで、なんでも話していいんだよ」

私たちは何も言わずに水辺を歩き続けた。近くの松林から松の葉が風にそよぐ音が聞こえてきた。

ジウとは大学の天体研究サークルで知り合った。在学中は仲良くしていたけれど、卒業してそれぞれの道に進んでから少し疎遠になり、私が結婚してからはさらに会うのが難しくなった。それでも折に触れて電話で話したり会ったりしていたが、私の離婚話が進んでいたときに色々と助けてくれたのがジウだった。

〈ジョンはね、愛されるに足る人間だよ〉。涙で言葉に詰まって泣き続けていた私に、ジウがそう言ったことがあった。〈これからはさ、私がもっとジョンのことを愛するから。愛されるってどんな気分なのか感じながら生きてほしい〉。理由もなく私を嫌う人がいるように、理由もなく私を愛してくれる人もいるのだとジウから教えられた。

「おばあちゃんと会って何するの？」

ジウが訊いた。

「いろんな話」

「話すことなんてある？　二十年以上、ずっと会ってなかったって言わなかった？」

私は携帯電話を取り出して曾祖母とセビおばさんの写真を見せた。

「ジョンと似てるね」

ジウが不思議そうに曾祖母を指差した。

「面白いでしょ。私のひいおばあちゃんだって。おばあちゃんのお母さん」

ジウは写真に釘付けだった。

「おばあちゃんから昔の話を聞いてるんだ。そうするとね、不思議と彼らに惹かれていくの。会ったこともない人たちなのに」

私は少しだけ曾祖母の話をした。セビおじさんが広島から帰ってきたところでジウが言った。

「当時の広島に朝鮮半島の人がたくさん住んでたって話は、私も聞いたことがある。母親の遠い親戚にあたるおばあちゃんも広島から帰国したんだけど、早くに亡くなったって……。それで、そのセビおじさんって人はどうなったの？」

「戻ってきたところまでしか聞いてないの。一緒に望遠鏡で木星を見てたから」

「望遠鏡、出したんだ」

「うん」

ジウは感心したというような顔で私を眺めた。

離婚するまで一度もひとり暮らしをしたことがなかった私と異なり、ジウはずっと独身主義でひとり暮らしも長かった。私は離婚するまで、家族もなくひとりで生きる人生なんて想像もできなかった。結婚制度を経てからは、どんなことがあっても再婚はしないと決心したけれど。

でも私の想像力はそこまでだった。ひとりで生きて歳を重ね、原家族が全員この世を去ったら、どうやって生きていくべきなのか見当がつかなかった。法的な保護者がいない人生、いびつな家族ではあるけれど、誰もいなくなった人生ってどんなものなのかがイメージできなくて途方に暮れていた。

彼が置いていったTシャツの匂いを嗅ぎながら泣いていた日を思い出す。私の目には愛らしく映っていた彼の小さな習慣、少し鼻にかかった声や愉快な笑い声、広い背中に厚みのある足の甲、着ていく服を選びながら、俺、どう？　と訊く子どものような顔、寝ているときに手を伸ばすと触れる熱い体が恋しかった。

協議離婚のために家庭裁判所へ行った日〔韓国では協議離婚の手続きは家庭裁判所で行われる〕、待合室に並んで座る彼に触れたかった。彼の胸に手を当て、あなたのことは許したからもう私たちの家に帰ろう、このおぞましい一件を終わりにしようと言いたかった。そうやって彼を抱擁すれば、どれ

ほど心地よくなるだろう、どれほど心穏やかになるだろう、そう思いながらも実際は目を

やろうともしなかった。それが私の生きる道なのだとわかっていたから。

ずっとひとりで生きてきた祖母のことを思った。憩いの家に通い、畑仕事に精を出し、友人と付き合いながら過ごしているおばあちゃん。寂しくはないんだろうか。誰に頼って生きているんだろうか。自分の母親について、どんな気持ちで私に語っているんだろうか。

ジウと水辺を歩きながら、ふとそんなことを思った。

「あんなに長いこと一緒にいたのに、なんでもない存在になった」

私が言った。

「……」

「結局さ、終わりはどれも同じ。ジウと私も別れることになるんだよ、いつかは」

「そうなるだろうね」

「そうだよ」

「空しい?」

「残りの人生が別れの連続だと思うと、しんどいな」

「今はそう思うのが当たり前だよね。それでもさ、ジヨン、あんただって、それが全てではないってわかってるじゃない」

「わかんないよ」

「いつか気持ちが変わったら、そのときは話して」

ジウが言った。私の気持ちがいつかは変わるだろうと確信しているかのように。

ジウを車に乗せてヒリョンをぐるりと回った。水産物市場に寄り、亀の浜に銀マットを広げて一緒に寝転がった。仰向けで見る空は青く、ジウの隣で久しぶりに短いながらも深い平和を感じていた。

家に戻り、市場で買ってきた大正海老を入れてラーメンを作った。日が延びて、六時なのにまだ明るかった。リビングに座っていると、空が青色からうっすらとした乳白色へ、ピンク色、緋色、群青色へと少しずつ変わっていくようすが見えた。

「はじめて会ったときのこと思い出した。昔のジョンってさ、すごいおかしな子だったの覚えてる？」

缶ビールを一口飲むと、ジウがこちらを見ながら言った。

「私が？」

「ほんと、おかしかったよ。なんでも質問してくるんだもん。どうしてですか？　なんで？　って」

「あ、そうだった。面倒くさがられるから、直そうと努力したんだった」

「なんでも知りたがって、よく笑って」

「ジウは、はじめて会ったときのまま。いい話をたくさんしてくれたじゃない。表現もうまくて。それが羨ましかった。私には、それがすごく難しいのに」

「誰に対してもそうってわけじゃないよ」

ジウが私の友だちだってことに感謝してる。その一言が言えなかった。ジウはその晩泊まって朝早くに起きると、始発でソウルに帰っていった。

ジウを見送って戻る途中でふと不安になった。彼女の目に、自分はひどく無様に映ったのではないかと怖くなったのだった。明らかに痩せ細り、髪の毛が抜け落ちた目も当てられない有様で、大丈夫だから、私は大丈夫と友だちに向かって何度もくり返していた自分の姿が。


その頃は曾祖母とセビおばさんの写真をよく見ていた。カメラを凝視しながら微笑むふたりの顔を見ていると、実物に会ってみたいという気持ちになった。もし会えたら、どんな話を交わすのだろう。なんでも知りたがったという曾祖母は大気や天体について訊くかもしれない。そうしたら自分の知っているとおりに答え、曾祖母がどんな子どもだったのか尋ねることもできるだろう。

最近は祖母の姿をとんと見かけない。いつもならカートを引いてマンション群の周りを行き来したり、憩いの家の前にあるベンチでおばあさんたちと話したりしているのに、ここ数週間は姿が見えなかった。心配になった私は電話をかけた。

「肋骨にひびが入っちゃって」

祖母がなんてことなさそうに言った。

「何があったんですか？」

「お風呂場で滑って。大したことないよ」

「歩けるんですか？」

「歩くことはできるんだけど、当分は家でじっとしてないと。すぐ治るでしょ」

あんたとはそういう話したくないのよ。祖母はそう言っていた。孫娘に向かって具合が悪いんだってこぼすような老人にはなりたくないと。接眼レンズで月と木星を眺めていた表情を思い出した。祖母は心配をかける人、世話をしなきゃいけない人、お荷物だと思われる人にはなりたくなかったのだ。私が小さかったときのように、ただ会話し、笑わせ、理解し合える話し相手になることを望んでいたのだ。そのうち行きますからと言うと、それなら金曜の仕事帰りにおいでとすぐに答えが返ってきた。

祖母は思っていたよりも大丈夫そうに見えた。歩幅を小さくしてゆっくり歩いていたけれど、深刻な状態ではなさそうだった。

「柚子茶、飲む？」

「瓶はどこですか？　私が淹れますから。力を使わないでください」

「あそこに……」

私はガスコンロの上にやかんを置き、柚子茶をすくってカップに入れた。

祖母はそんな私を黙って見つめていたが、やがて口を開いた。

「ほとんど治ったんだよ。骨にひびが入ったなんて聞いたら驚くと思って、わざと言わないでいたんだけど」

「わかってます」

祖母がゆっくりとソファに向かって歩いていった。私は沸いたお湯をカップに注ぎ、スプーンでゆっくりかき混ぜてから祖母に手渡した。

「しゃべると痛みませんか？」

「最初はそうだったけど……今は治りかけだから、もう大丈夫」

「バスルームの床になんでもいいから敷かないと」

「ちょうど下の階のイニョンばあさんが来て、床に何か敷いてくれたとこ」

会話をしながら祖母と会えない間に感じていた奇妙な焦りを思い出した。

「近所のおばあさんたちとは、しょっちゅう連絡を取ってるんですか？」

「もちろん。あたしが死んだら、すぐに駆けつけてくれる人たちなんだから」

祖母は手に持ったカップをふうふうと吹きながら飲んだ。私も一口飲み、祖母を見つめた。数週間前より痩せたように思えた。

「食事はちゃんとしてます?」

「ちょっとジョン」

「はい」

「あんたね、老人へのボランティアかなんかで来た人じゃないんだから。何よ、あたしが老いぼれて、ご飯も食べられずにいるんじゃやって心配なの?」

祖母はそう言って笑い声をあげたが、すぐに顔を歪めた。痛むようだった。ふたりともしばらく黙っていた。ベランダに広げられた大根の葉をじっと見つめていた私が先に口を開いた。

「おばあちゃん」

「うん」

「最初に私を見かけたとき、どうして声をかけなかったんですか?」

祖母は黙って私を眺めた。言いたいことはあるけれど、言わないほうがお互いのためだという表情だった。数ヵ月前ヒリョンに引っ越してきたばかりの頃、外を歩くときはサングラスをかけて泣いていた自分の姿が祖母の顔から見えてくるようだった。

「楽しかったね、昔」。祖母が口を開いた。「ジョンは覚えてないかもしれないけど、九歳のあんたが何日か泊まりに来たときよ。一緒に海にも行ったし」。

「覚えてます。どうしてかはわからないけど、いっぱい笑ったような。おばあちゃんのことが好きだった」

そう言いながら、誰かに好きだったと告白したのは久しぶりだなと思った。

「二度とあんたには会えないと思ってた」。祖母が言った。「あたしのこと、永遠に忘れたままなんだろうなって」。

「おばあちゃん」

「仕方なかったんだろうなとは理解してる。ミソンとあたしの仲があんなだから。それでも時々、あんたに会えなかった時間を恨めしく思ったりもした。そう、ミソンに対してそんな気持ちになった」

「無理もないと思います」。私は答えた。「お母さんには、お母さんにしかわからない理由があったんでしょうけど」。

「そう。そうだったんだろうね」

祖母はそう言うと、私を見ながら微笑んでみせた。

「おばあちゃんがしてくれた話、何度も考えてました」

「そうだったの?」

「セビおじさんのことも考えたり」

「あたしは、今もセビおじさんの姿が忘れられない」

祖母はカップをじっと見つめた。

「あんなに首の長い人、見たことなかった。子どもみたいに笑うとね、目尻に深いしわが刻まれて。すらっと背が高くて、背筋をピンと伸ばして歩いてた姿が目に浮かぶ」

広島から帰ってきた日、セビおじさんは体も洗わず布団に入り、次の日の夕方にようやく起きてきた。そしてご飯をかきこんだ。そんな食べ方したら胃もたれして死んじゃうかもとケチをつける曾祖母にもめげず、無我夢中でご飯を食べた。

何があったんだという曾祖母の問いに、おじさんは何も答えなかった。いくら尋ねても口を閉ざしているのを見た曾祖母は、あの日の話に触れたくないのだと察して黙った。おじさんは誰に訊かれてもごまかし笑いで答えを避けた。日曜日に通っていた聖堂にも行かなくなった。聖堂の人たちが何度も訪ねてきて、あなたのために祈りますと言ったときも拒否した。おじさんは何も言わなかったけれど、心に深い傷を負った事実までは隠しきれなかった。六歳のまだ幼かった祖母の目にも見えるほどだったから。

おじさんは戻ってすぐに食料品店で働きはじめた。曾祖父が配達をしていた取引先のひとつだったが、事情を知った社長が採用を決めたのだった。あの当時の日本に出稼ぎに行って戻ってくるほどの耐久力と勇気、責任感を高く買ったと言っていた。おじさんの就職で全員が浮き立ったのを祖母は覚えていた。

学校で白丁の娘とからかわれた帰り道だった。道の曲がり角で泣いていた祖母はセビおじさんに会った。慌てて涙を拭うと、おじさんは一緒に帰ろうと言ってきた。そして一定の距離を置いて歩きながら、祖母が生まれたときにどれほど可愛らしくて大切に思ったか、祖母のお母さんがどれほど勇気のある愛情深い人なのか話してくれた。

以前は親が誰かによって身分の尊さ、卑しさが区別されていたとおじさんは言った。ところが朝鮮半島に日本人が入ってきてから、朝鮮人は両班だろうと一般市民だろうと関係なく、ただ卑しい人間として扱われるようになったのだと。

——人間は、そういうのが好きなんだよ。

おじさんは苦々しい顔で呟いた。

——ヨンオクは、朝鮮人が日本人よりも卑しいと思う？

祖母が首を横に振ると、本物の卑しさはそんなふうに人間を卑しいと語る、まさにその口にあるのだとおじさんは言った。

——ヨンオクは元気だし、ご飯もたくさん食べるし、大きな声で笑うし、球を蹴るのも上手だし、走るのだって速いだろ。

——おじちゃんは、背が高いし、首も長い。いつも笑ってて、ご飯もいっぱい食べる。ヒジャとも仲良しだし。話も面白い。

——いい気分だなあ。

——まだありますよ。おじちゃんといると、うちの母さんと父さんはふたりとも笑顔になるし、セビおばちゃんも、ヒジャもそう。おじちゃんが戻ってくる前とは違います。おじちゃんは太陽みたいな人です。大きくなってからも、太陽を見たらおじちゃんのことを思い出すはずです。

──すごいなあ。ヨンオクは大きくなったら詩人になるべきだ。

おじさんと話している間は、学校でどんな目に遭ったかを忘れられた。安心できた。祖母が大声で笑ったり球を蹴ったりすると曾祖父は叱ったが、おじさんは褒めてくれた。たまに働いている食料品店からおやつを持ってくると、食べなさいと内緒でくれたりもしたし、祖母がおかしな話をすると、面白いね、もっと聞かせてと言ってくれたりもした。そんなおじさんと一緒にいるセビおばさんの頰にもいつの間にか肉がつき、笑みが浮かぶようになった。

でもその頃の祖母は、おじさんの首の皮膚がいつも赤く剝(む)けているのが気になっていた。仕事ができないほどではなかったけど、しょっちゅう咳もしていた。

そんな春が過ぎ去ろうとしていたある日、庭に小さな犬がやってきた。薄茶色い体、尻尾に黒い毛が少し交じっている痩せた雄犬だった。曾祖母は犬にボミと名付けた。ボミは曾祖母に懐いた。靴脱ぎ石の上に置かれた曾祖母の履物に顎を乗せて眠り、彼女が外に出てくると、ぴょんぴょん跳ねながら横を走り回った。曾祖母は面倒くさそうにボミを横に押しやりながらも、結局はその場にしゃがんで頭をひとしきり撫でていた。曾祖母が長く家を空けるとボミは村の入口の外側で待ち、戻ってくる姿を見つけると駆け寄った。〈なんであたしのことがそんなに好きなの？〉怪訝な顔でボミの背中を撫でる曾祖母の顔は、いつも愁いを帯びていた。自分にまとわりつくボミにやめなさいとぼやく声は温かくて柔らかかった。そんなふうに誰かに愛されるのは、彼女にとって平凡な出来事ではなかったのだろう。

そうやって三年の月日が流れていった。この三年は祖母にとって楽しい記憶として残っている。おじさんはしょっちゅう具合が悪かったけど、そこまでの一大事だとは思っていなかった。臥せっては回復することをくり返していたから。

セビおじさんが長患いしていたある日、曾祖父は開城でもっとも有名な病院におじさんを連れていった。おじさんはその日、西洋医学の医者から肺病の末期と診断された。肺がひどく損傷していて打つ手がないから、静かなところに行って療養するしかないという話だった。日本で暮らしていた、戻ってきてから具合が悪くなったと曾祖父が説明した。広島に原子爆弾が投下された日、そこにいたのだと。

外傷はあったのかという自身の問いにセビおじさんがなかったと答えると、医者は当時の出来事と今の病状の因果関係を医学的に証明する方法はないと告げた。

——皮膚はどうしてこんなになったんでしょうか？

曾祖父の質問にも、医者は首を横に振った。

韓国ではじめて原爆症という病名が診断されたのは朝鮮戦争以降のことだった。でも理由がわかっていなかったときも、被爆が何かわかっていなかったときも、大人たちは日本での一件が影響を与えているのだろうと確信していた。おじさんの肺病は他のそれとは違っていた。皮膚が剝け落ち、表面からジュクジュクと浸出液が出てくる症状は肺病だけでは説明がつかなかった。

おじさんが病院に行った日、大人同士で話があるからと言われた祖母とヒジャは外に出された。祖母とヒジャはボミをからかいながらも、何か一大事が起こっていると感じていた。大人たちは小声で話していて、笑い声は聞こえなかった。しばらくしてセビおばさんの泣き声が庭まで聞こえてきた。雰囲気が深刻になればなるほど、祖母は必死になって騒ぎ立てた。そういうふりをした。

「セビおじさんとおばさんは故郷に戻るしかなかったんだ」

祖母はカップを手に握り、私の顔を黙って見つめた。

ヒジャはここを離れたくないと駄々をこねた。祖母の腕に自分の腕を巻きつけては、ヨンオクお姉ちゃんと一緒にいるんだと怒鳴り、ボミを抱きしめては、ボミと別れるなんてできないと泣きべそをかいた。祖母もヒジャと別れたくなかった。何よりもセビおばさんと別れるのが嫌だった。祖母は何度もセビおばさんに訊いた。どうしても故郷に戻らなきゃいけないのかと。セビおばさんは作り笑いを浮かべ、そうなのよと答えると涙を見せた。

――ヨンオクはたくさん勉強しないといけないよ。女が学んで何するんだって余計なこと言う人がいたら笑い飛ばしなさい。勉強してこそ人生が開けるんだから。あんたの母さん……母さんのことも頼んだよ。食事を抜いたりしてないか、ヨンオクがちゃんと見張ってね。

――心配しないでください、おばちゃん。

――手紙書くからね、わかった?

――わかりました。

――私のこと忘れないでね。ヨンオクは、おばさんのこと忘れちゃうの?

何も言えずに首を横に振った祖母は、セビおばさんの懐に抱きしめられていた。

――感心な子だね、ヨンオクは。まだ小さいのに子どもみたいに泣きもしないで、本心を隠して生きるなんて、どんなに恨めしくて、悲しくて、寂しかったたか。あたしは全部知ってたよ。あたしにとってヨンオクは娘も同然なんだからね。今日は思い切り泣いて気持ちを切り替えよう。

――おばちゃん、向こうに行っちゃったら、今度はいつ会えるんですか。おばちゃんなしで、どうやって生きていけばいいんですか。おばちゃん、おばちゃん。

全員で駅に向かった。まつ毛が凍るほど寒い日だった。曾祖母は用意してきたゆで卵とさつまいもを駅舎の前でセビおばさんに手渡した。

セビおばさんも曾祖母も淡々としているように見えた。どうすることもできない事態なのだと直感したヒジャも、もう駄々をこねたりしなかった。そうしてセビ一家は列車に乗った。おばさんは窓際の席に座って手を振っていたが、列車が動き出すと両手で顔を覆ってうつむいた。祖母は顔を見たくて、おばちゃん、おばちゃんと呼びかけたが、セビおばさんは顔を上げることなく去っていった。平然としているように見えた曾祖母は家に帰ると何日も寝込んでしまった。

セビおばさんを送り出さなければならなかった曾祖母の心情は想像もつかなかった。生まれてはじめてできた友だちと永遠に会えなくなるってどんな気持ちなのか、ありのままの自分を愛してくれた人とやむを得ない事情で離れなきゃならないってどんな心情なのか見当もつかなかった。

「いっそ出会わないほうが良かったんですかね」

「どういう意味？」

「別れのときはどれほど苦しかったんだろうって想像したら、そんな気がしてきて。ひいおばあちゃんとセビおばさんが最初から出会わなかったら、そんな目にも遭わなくて済んだだろうに。お互いを知らないまま生きていたら」

「本当にそう思うの？」

私は黙ってお茶を飲んだ。本当はどう思っているのか、自分ですらわからなかった。

「悲しい結末だと、そう思うのかもしれないね」

私を見て優しく微笑むと、祖母は口を開いた。

「セビおばさんの存在は母さんの傷だった。でも自慢でもあった。母さんを打ちのめしたけど、心を奮い立たせて立ち上がる力になってくれもしたから。セビおばさんを思いながらいちばんよくしてた話はね、セビがどんなに自分を愛おしんでくれたか、どれほど大切にしてくれたかってことだった。おばさんを知ってつらい思いもたくさんしたのに、おばさんを思い出す母さんの表情はいつだって明るかった。まるで別の世界にいる人みたいにね。セビおばさんに出会っていなかったら、そんな傷を負わなくても済んだだろうけど、それでも母さんは……」

「セビおばさんと出会う人生を選んでいたでしょうね」

「そう。それがあたしの母さん」

祖母は私を見て笑った。その笑顔から私のことを不憫だと思っているのが見て取れた。

お茶はすっかり冷めていた。キッチンに行ってカップにお湯を注ぎ足し、祖母に手渡した。

「おばあちゃん」

「ん?」

「この前見せてくれた手紙があったでしょう。読みたいのに読めないって言ってた」

「それがどうしたの？」

「読んであげる。私も見てみたいの。ひいおばあちゃんが受け取ったっていう手紙も気になるし」

「無理しなくていいよ」

「本当のこと言うと、信じられなかった。そんな昔の手紙なんて見たことなかったから」

少し考えてから祖母は口を開いた。

「あたしはありがたいけど。そんなに無理しなくていいんだよ。一、二通だけでも読んでくれたら思い残すことはないね」

「持ってきてもいい？」

「うん」

私は小部屋のクローゼットから段ボール箱をひとつ引っ張り出した。開けると縦にきちんと並べられた封筒が重なっていた。ぎっしり差しこまれているので、どれがなんの手紙なのかさっぱりわからなかった。

段ボール箱の中を漁っていた祖母が、黄色く変色した封筒を三つ抜き出した。

「これが、母さんが最初に受け取った手紙」

「封筒だけ見て、どうやってわかるんですか？」

「眠れない時期があってね。毎晩この手紙を引っ張り出して読んでたんだけど、本当に眠れない日があって朝まで整理したんだ。ここからがいちばん古い手紙」

祖母がその中のひとつを下に向かって振ると、便せんが手のひらに落ちた。やはり黄色く変色していた。

「どっかの博物館みたい。どうやって保管してたんですか？」

「自分でもわからない。戦争やらなんやら、あらゆる出来事を経験したっていうのに、これがどうやって手元に残ることになったのか」

便せんを手渡された。

「読んでくれる？」

私は頷いた。ハングルだけで書かれた手紙だったが、真っすぐで力強さを感じる字だった。間違いなく正確に書こうと努力したように見えた。所々に黄色い染みがついてはいるけれど、文字はきちんきちんと大きく書かれていたから読むのに不便はなさそうだった。

「寝室に行って読もう」

祖母が横にならなきゃと言ったので移動した。祖母は厚い布団の上に横たわると、お願いというように目で合図を送ってきた。

私は手紙を読みはじめた。

サムチョンへ

サムチョン、元気ですか。ヨンオクとヨンオクの父さんも、みんな元気にしてるかな。私は元気。心配しないでほしくて手紙を書いています。お腹を空かしてるんじゃないか、具合が悪いんじゃないかって、あたしのことを心配するサムチョンが目に浮かぶ。心配しないで。あたしはちゃんと食べてるから。うちの旦那もこっちに戻ってから安定しているみたい。

セビって場所については何度も説明したよね。ここはすごく住みやすいところ。水が澄んでいることで有名だし、水はけが良いから大雨が降っても地面がぬかるまない。山に囲まれているから静かで、面白い話が大好きな人たちの村だって噂にもなって、どこに行っても皆が面白い話をしながら笑ってる。料理の腕前も大したもので、昔からセビの人たちは料理上手だって言われてるんだ。

あたしはセビの話をあんなにたくさんしたのに、サムチョン、あんたはサムチョンの話をしてくれなかったね。すぐ近くだけど行ったことがないから、知りたいことがたくさんあった。あんたは、サムチョンでは悲しい出来事があったとしか言わなかった気がする。あたしがサムチョンで生まれてたら、子どもの頃にあんたと出会ってたら、悪い人間からなんとしてでも守ってあげられたのに。こう見えてもあたしね、喧嘩は強かったんだよ。

サムチョン、ちゃんと食べて睡眠もとってるよね。あんたのこと考えると、あたしが怒鳴ってひどい言い方をしたときのことをしきりに思い出す。ヒジャが生まれたばかりで、あたしはまともな精神状態じゃなかった。あんたとはザルで濾すみたいに選りすぐった、いちばん美しい言葉だけを使って話したかったのに、それができなかった。今さら、どんな言い訳ができるだろう。ごめんね、サムチョン。

セビに来てから、以前にもらった手紙を読んでる。あたしが生きなきゃいけない理由を書いてくれたよね。こっちに来て読み返してみたら涙が止まらなかった。あのとき手紙を受け取ったから気を取り直せたし、生きなきゃいけないって決心もついた。あんたのためにも、って。あたしがどれほど助けられたか。あんたがいなかったら、あたしはもうこの世にいなかったと思う。ほんとだよ。あんたが、あたしを生かしたんだ。

開城の病院で医者に言われたじゃない。もって一年だって。あのときトンイ家のおばさんが言ったんだ。こんな大変な思いをするなんて。むしろ原爆が落ちたときにヒジャのお父さんが逝っちまってたら、こんな苦労もなかったんじゃないかって。もしかしたら世間はそう思うのかもしれない。どっちにしても終わりであることに変わりはないんだから。こんなこと書くのは今も恐ろしいけど、あの人が死ぬ定めならば……その瞬間を見ずに別れるほうがマシなんじゃないか……。

もしかすると……あの人のためには、そのほうがよかったのかもしれない。むしろ一瞬で終わっていたらどうなっていたんだろう。そうしたらあの人はこんなに苦しまなくて済んだだろうに。それでもこれでよかったたって思ってるんだ。あたしの欲だと、自分勝手だと罵られてもいい。それでもあの人が生きて帰ってきて、あたしとヒジャと一緒に過ごした時間があってよかったたって。

あの人がもし広島で死んでたら、どんなことを祈ったかなって考えてみるんだ……。一日、いや一時間、十分でもいいから、あの人を見て、触れて、抱きしめたい、そう祈ってたと思う。戻ってから数年しか生きられずにこの世を去るなんて、つらい思いをするだけじゃないかって言うトンムもいた。でもね、サムチョン、一時間や一瞬と比べたら、この数年は本当に長い時間じゃない？　あたしは、あの人のことを心から大切に思ってる。そう、もうすぐあの人は死ぬ。そう考えると正気じゃいられなくなる。それでも、あたしはこのほうがいい。どんな姿だろうと、あの人が隣にいるじゃないの。

サムチョン、セビはつつじが満開。開城もそうかな。あんたと一緒に花を摘んで蜜を舐めたことを思い出す。その花をジョン〔小麦粉と溶き卵をつけて油で焼いた料理〕にして食べたことも、一緒に摘んだよもぎで餅を作って食べたことも。今のあたしは花を見ても草を見ても、あんたのことを考えるようになった。星を見ても月を見ても、それを見上げていたサムチョンの顔ばっかり浮かんでくる。セビ、ほんとに不思議じゃない？　夜空を見ながら、そう言っていたあんたの顔ばっかり浮かんでくる。これも不思議、あれも不思議なサムチョンのことを思い出す。

サムチョン、元気でね。

一九五〇年　三月二十日

セビ

祖母は真っすぐ横たわった姿勢で天井を見つめながら手紙の朗読を聞いていた。たまに私のほうへ顔を向けたり、両手を握り合わせたりした。そんな祖母を横目で見ながら手紙を読み進めていった。六十七年前に書かれた手紙が残っているのも不思議だったけど、セビおばさんの声や手つきがそのまま感じられるのは驚きだった。まるでセビおばさんが私の中に入ってきて、自分の話をしているかのようだった。手紙を受け取って読んだ曾祖母の気持ちも、私の中でよみがえった。ほんとに不思議じゃない？　夜空を見上げながら言っていた曾祖母の姿が私にも見えた。手紙を注意深く折り畳んで封筒にしまった。

「次の手紙も読みましょうか？」

「いやいや。お疲れさま。わざわざ読んでくれてるのに、寝転んで聞いたりして……」

「私がもっと読みたいから、言っているんです」

二番目の手紙を取り出した。最初のよりも文字がかすれ、紙の状態が良くなかったから顔の近くで広げた。

サムチョンへ
サムチョン、元気だよね。ここまで書いてからしばらくためらった。あんたにどう話すべきか。

サムチョンなら知恵を貸してくれるのに。ただ傍にいるだけで、あたしを力づけてくれるのに。

一緒にいると思いながら手紙を書くことにするね。あんたに語りかけているんだと。サムチョン……あの人にはもう時間がない。牛車に乗せてセビ近郊でいちばん大きな医院に連れてきた。動悸が激しくて眠れない。ただ見守ることしかできないのが苦しくて、あの人の隣でこの手紙を書いてる。

セビに来てから、あの人は現実を受け入れたように見えた。でもそうじゃなかったんだ。

日本でどんな目に遭ったのか話そうとしなかったでしょう。あたしが驚くと思ったんだろうね。いつだったか体調のいい日があったんだけど、あの人があたしを摑んで訊くんだよ。話してから死ななきゃ。覚えていてくれるか？　って。もちろんです、ひとりで抱えて逝かずに何もかも打ち明けてください。そう答えたら、しばらく黙ってからあの人は口を開いた。

あの日……怪我はなかったんだって。窓もない工場の地下倉庫にいたときに、あれが起こった。生まれてはじめて聞く轟音だった。外に出てみると建物が崩壊し、あたりは全身にガラスが刺さって死んでいる人、死にかけている人で埋め尽くされていた。そして黒い雨が降ってきた。石油みたいな匂いだったって。はじめは飛行機が石油を撒いているんだと思った。そうやって黒い雨に打たれながら同僚を捜し歩いたけど、あの瞬間に外にいた人たちのほとんどは死んだらしい。

大勢の朝鮮人が亡くなったはずだと言っていた。当時の広島には朝鮮人がたくさん住んでいたから。あの人みたいに自分から進んで行ったんじゃなくて、連行された人がほとんどだったけど、どれだけの人数になるのかは誰にもわからない。あたしも、あの人に話を聞くまでは知らなかった。華川(ファチョン)から来た人が多かったらしい。住所だけでもわかっていれば、家族に手紙のひとつでも送って何があったのか知らせてあげたかったのにと残念がっていた。その話をしながらあの人がどんなに泣いたか……顔を見ているのがつらかった。

あんな死に方をしなくちゃいけない人はひとりもいなかった、あの人は言っていた。朝鮮人だろうが、日本人だろうが、中国人だろうが、あんな虚しい死に方をする人間はこの世のどこにもいないって。人間が犯した罪だ。人間が犯した罪だ。あたしの手を握りしめて、あの人は何度もそうくり返した。

あの人がどんな人だったか。何事にも感謝し、日々与えられる命に感謝し……。サムチョン、あたしたちが以前にセビで飢えに苦しんでいたとき、あの人は命をつなぐことができるだけでもありがたいって感謝してたんだよ。最初は頭のおかしな人もいるもんだと思ったけど、そういう性分だった。婚家のみんなが天主教徒だったから洗礼は受けたけど、あたしは信仰を持ってはいなかった。でもあの人は違った。

そんなあの人が、あたしの手を摑んで言ったんだ。俺はもう祈れないって。神よ、あのとき何をされていたのですか。子どもたちが、罪なき人びとがずたずたに引き裂かれて死んでいく間、何をしていらしたのですか。

神さまに罪はありません。あたしは言った。すべては人間のやったこと。神さまも胸を痛めていたはずです。

全知全能の神さまが、どうして手をこまねいていらっしゃったんだ。俺は悲しむだけの神さまには贖罪したくない。神の前で、私のせいです、私のせいです、とは言いたくない。神さまが本当に存在するなら、あのとき何をしていらしたのかと問いつめたい。以前のように跪(ひざまず)いて、神よ、神よ、感謝します、とは言いたくない。そう、俺のことは助けてくださった。だからって感謝の言葉を口にしたら、他の人たちの命はどうなる。

サムチョン、信仰は持ってないけど勉強はしたから、あたしはあの人の話が恐ろしいほどだった。ああやって誰かに怒る姿をはじめて見たんだけど、その相手が神さまとは。あなた、罰が当たります。もうやめましょう。止めたけど無駄だった。以前のあの人だったら神さまありがとうございます、こうして生きて朝鮮に帰らせてくださり感謝しますって言ったはずなのに、あの人は神さまに謝ってほしいんだって。なんて恐ろしいことを言うんだか。

その日のあの人は信じられないくらいたくさん話して、翌日から容体が悪化した。あんなに怒ったまま、人にも神さまにも腹を立てた状態で、悲しみの底でこの世を去るのかって考えたら胸が張り裂けそうだった。

覚えていてくれるか？　あの人は何度もそう尋ねた。もちろんです、あたしが全部覚えています。あなたのこと覚えています。そう答えた。最後にしてあげられるのはそれしかないと思ったから。

サムチョン、あたしはあんたにホラを吹いた。あの人の隣にいる時間が短くても平気だって書いたね。二度と会えずに別れるよりはマシだって。でも違った。あの人が苦しむ姿を見るのは、あたしのやることじゃなかった。地獄があるとしても、これ以上の地獄はないはず。サムチョン、あたしはあんたに大ボラを吹いた。とても耐えられない。耐えられないよ。

サムチョン、あの人のことを覚えていて。それがあの人の遺言。あの人を覚えていてね、サムチョン、サムチョン。

一九五〇年四月三十日
セビ

声が震えて何度も読むのを中断した。

「つらいだろう」

祖母が訊いた。

「……」

「ひとりで目読するときとは、また違うね。ジョンの声で聴くと」

祖母は目を閉じたまま長く息を吐いた。

「開城で別れてから、セビおじさんとは一度も会えずじまいだったんですね」

「うん。あの日、駅で見送ったのが最後だった。セビおじさんはあたしを見ると笑ってくれた。あの気が抜けたような微笑みを今でも思い出すよ。おじさんが亡くなったときも、誰もセビには行けなかった」

「ひいおじいちゃんも？」

「父さんはどうしてかわからないけどセビに行けなかった。母さんも父さんも泣かない人だった。あたしがそう思っていただけかもしれないけど、少なくともあたしの前では涙を見せなかった。父さんは怒っているみたいだったし、母さんは休む暇もなく働いていた。セビおじさんの話題を持ち出せる雰囲気じゃなかった。だから寂しかったんだと思う。ひとりで石垣の下に座って、おじさんって話しかけたり、元気ですか、おじさんって、また訊いたりしてた。八十年近い人生の中で、たくさんの人を見送ってきた。だけど、あれがはじめて経験した人の死だったからか、今でも忘れられないの。近くにいるのは確かなのに、心はすぐ傍にあるのに、会うことも触れることもできないなんて、永遠にいなくなってしまったなんて、今も信じられない」

祖母はそこまで言うと顔を歪めた。少し動いたら痛みを感じたようだった。

「ジョンに話してみたら、本当に不思議なんだけど……おじさんがこの世を去ってあれだけの時間が過ぎたっていうのに、おじさんを思うと笑えるようになってた」

祖母が笑みを浮かべながら私を眺めた。向き合って見つめていた私は、別の手紙をひとつ取り出して読みはじめた。

サムチョンへ

あの人のお葬式が無事に終わった。また姑の家に来ている。いちばん上の義姉とヒジャ以外は、誰も話しかけてこない。あたしを避けている。

恨めしい、そう考えたら、ふとサムチョンの言葉を思い出した。製粉所の社長が、あたしに向かって偉そうに言ってきたことがあったじゃない。ぱっぱと仕事できないのかって責められたことが。帰り道であたしが恨めしい、恨めしいって言ったら、サムチョンはこう答えたよね。恨めしいってどういう意味なの。悲しいなら悲しい、腹が立つなら腹が立つだろう、恨めしいって何よ。あたしはその言葉、好きじゃないな。腹が立ってるなら、そう表現しなよ。その程度のことも言えないなんて、あたしは本当にあんたのトンムなの。だからね、庭に座ってじっと考えてみたんだけど、恨めしいって言葉は嘘だったみたい。恨めしいだなんて。腹が立ってるんだ。サムチョン、あんた言ってたよね。恨めしや、恨めしや、そう言うばかりで腹のひとつも立てられないでいると、そのうち気の病になっちまうんじゃないかって。その言葉を思い出してた。

五月のセビは温かい風が吹いていて、あたしは震えることなくあの人を送ってあげられた。地面が溶けていたから掘るのも大変じゃなかった。寒い時季に逝ったら地面が凍っていて大変だろうから、もう少しふんばってみようか。そんなことを冗談で言っていたあの人はほっとしただろうか。

あの人にくれぐれも頼むって言われてたことがあるんだ。終油(しゅうゆ)の秘蹟〔神父が重病人に聖油を塗り、罪の許しや神の恵みなどを与えるカトリック教会の儀式〕は受けないって。意識がなくなる前に手紙までしたためていた。正気ですか、そう尋ねても終油の秘蹟は受けられない、受けたくないの一点張りだった。臨終の前に家族と知り合いの神父さまが病院に集まった。家族全員の前であの人が書いた手紙を見せて告げた。終油の秘蹟は受けないと言ってますって。そしたら神父さんは、それでは自分も終油の秘蹟は行えませんって答えた。姑と義兄が哀願したけど、それは無理です、本人が望まないものは行えないと神父さんは席を立った。

　そして……いかれたアマだと、姑があたしの顔を引っぱたいた。顔を殴られたのははじめてだった。張り合って殴り返すわけにもいかないでしょ。それでも気を取り直して言うべきことは言ったよ。あの人との約束は、どんなに小さなことでも破れないって。そしたら姑が言うんだ。お前ごときクソガキが、うちの息子の天国への扉を閉じちまったんだって。あたしは姑の肩を掴むと叫んだ。お義母さん、今の言葉は訂正してください。あの人が天国に行けないとしたら、一体誰なら行けるって言うんですか。神さまは心の広いかただから、あの人の意思も受け止めてくださいます。口の利き方に気をつけてください。

　あたしの天主教への信仰心は大したことないけど、姑にそうやって言いながら、そうだろうな、神さまは心の広いかただから、あの人を受け止めてくださるだろうと思った。最初はあたしも心穏やかじゃなかった。神に謝ってもらいたいなんて怒る姿を見るのは。あたし臆病だし。でも、そうじゃなかったんだ……。あの人が本当に神を捨てたのなら怒ることもないし、周囲に言われるまま終油の秘蹟も受けたはず。神を愛していなかったのなら煮え切らない態度でミサに通って、終わるまで座っていたはず。あんな意地も張らなかったはず。

あの人を埋葬して帰るとき、空に浮かぶ真昼の月を見た。あぁ、あの人はもう、あの澄んだ目で月を見ることはできないんだな。青い空も、五月の麦畑も、あたしたちのヒジャも……。好きだったものを見ることはできないんだな。泣きながらとぼとぼ歩いていたら、月があたしの先を歩いているように見えるじゃないか。まるで何か話があるとでもいうように。うん、どうしたのって見上げたら、丸い月が空への扉のように思えた。あの扉を開けて入っていったんだろうな……あの人は……あっちの世界に行ったら、あんなに憎んで愛していた神の顔を見るんだろうな……。そんなふうに、なんの疑いもなく思うようになった。ただただそう思いながらあの人を送り出している。

サムチョン、会いたい。あんたにこの話を手紙でも打ち明けられずにいたのはどうしてだろう。元気でいるんだよ。サムチョン。

一九五〇年五月十四日
セビ

私たちはしばらく何も言わずにいた。セビおばさんの声に浸ったまま。手紙を封筒にしまって元の位置に戻し、段ボール箱を閉じた。

「少し休んでください」

「長いこと引き止めちゃったね」

祖母が壁の時計に目をやりながら言った。

「どうせ家にいてもやることないですから」

「若い子を引き止めた挙句、手紙なんて読ませて」

「そんなことないです。また読みますから」

「ありがたいねえ」

祖母はそう言うと、私の手の甲にそっと指を置いた。すぐに規則正しい寝息が聞こえてきた。手の甲に置かれた指を慎重に下ろし、カップを持ってキッチンへ移動した。カップを洗い、寝室に戻って祖母の寝顔をじっと見下ろした。真っすぐ横になった姿勢で頭を左に少し傾け、口は小さく開いていた。眉間のしわのせいで深刻な内容の夢を見ているみたいだった。石垣の下でセビおじさんを呼びながら、誰にも言えない恋しさを葬らなくてはならなかった十一歳のヨンオクの姿が、この顔のどこかに潜んでいるのだろう。片隅に置かれた毛布を持ってくると祖母に掛けてあげた。そして静かに外に出ると玄関のドアを閉めた。

私たちは丸く青い船に乗って漆黒の海を漂い、ほとんどが百年もしないうちにこの世を去ることになる。そうしたらどこに行くのだろう。私は時々そんなことを考える。宇宙の年齢に比べたら、いや、それよりはるかに短い地球の年齢と比べるにしても、私たちの人生は刹那すぎるのではないだろうか。なぜ刹那でしかない人生が時としてこれほど長く、苦しく感じられるのか理解できなかった。樫(かし)の木に、雁に生まれることもできたはずなのに、どうして人間だったのだろうか。

原子爆弾でたくさんの人を八つ裂きにしようとする思いと、その思いを実行に移すパワーは、どれも人間から生まれたものだ。私は彼らと同じ人間だ。星屑からできている人間が造り出す苦痛について、星屑がどう配列されて人間という存在になったかについて、じっと考えてみた。いつか星だった、そしていつかは超新星の破片だった自分の体に触れながら。今更だけど、すべてが新鮮だった。

7

ソウルに上京した週末、実家のほど近くにある烽火山（ポンファサン）まで母と散歩に出かけた。てっぺんに烽火台があるから烽火山と呼ばれてはいるが、実際は高さが百六十メートルしかない丘だった。母は少し元気が出るようになってからはハイキングコースを歩いたり、たまに無理をして頂上まで行ったりしていると言った。小さな丘だったが木が一面に植えられていて緑が香り、それなりに山歩きをしている気分になった。

母はゆっくり歩きながら両腕を前後に大きく振っていたが、その姿がかわいらしくて、私は真似をしながら何度も大声で笑った。母はもっと大げさに腕を振りながら、自分でも自分の姿がおかしいと言うように爆笑していた。じっとしていても汗が吹き出す七月の真昼だった。じりじり暑いお天気のせいか、久しぶりの散歩のせいか、心が和んで、久方ぶりに母とぴりぴりせずに対話ができた。母の心配とは異なり、自分は元気にやっているのだと見せてあげたい気持ちもあった。

「ミョンヒおばさんとは、しょっちゅう会ってるの？」

「うん。彼女、地下鉄六号線の沿線に住んでるから、近所まで来てくれて一緒にご飯食べたり」

「メキシコ……いつ帰るの?」

私は慎重に尋ねた。

「もうすぐ。そうじゃなくても言っておかなきゃと思ってたんだけど……」

母は私の視線を避けてベンチに目をやった。

「彼女と一緒にメキシコに行ってこようかと」

仰天した。母がそんな決断をするとは考えたこともなかったから。母は自分の望みを口にするような人じゃなかった。だから違和感もあったけれど、聞いていたらなんだか嬉しくなった。

「お父さんのご飯が心配だけど……家の前に大きな総菜屋ができたから、そこで買って食べてって言っといた」

「お父さん、なんて?」

「頭がおかしくなったのか、だってさ」

母はそう言うと大笑いした。

「そのとおり。頭がおかしくなったんだよ。旦那の食事も作らずに、どこをほっつき歩くって? メキシコだよ?」

母はしばらく笑っていたが淡々と話を続けた。

「以前にメキシコへ遊びにおいでって言われたときは無理だと思った。覚えてるでしょ、はじめて手術を受けたとき、あんたにさ、家に行ってお父さんの食事の支度をしてあげなさいって言ったこと。イカれてたんだよ、あのときは。でもね、彼女に再会したら掴みたくなったんだ」

「何を？」

「人生を」

友だちと一泊二日の旅行すらしたことのない人が、外国といったら夫婦同伴で日本に行ったのがすべての人が、人生を掴みたいと言っていた。

「彼女に言われたの。一緒に郵便局で働いていたとき、ミソンはこう言ってた。世の中を見てみたい。あちこち行ってみたいって。そのうちに結婚して、その次は、あんたも知ってのとおり」

母はベンチに腰掛けた。

「長くいるわけじゃないから。一ヵ月で戻ってくる。彼女の家で、ただ休んでくるつもり」

はじめての貧乏旅行に行きたいと両親を説得する二十代前半の娘のように、母は私を見上げた。

「お母さんの好きなように生きたらいいよ、これからは。その代わり安全第一でね。それだけが心配。お父さんのご飯とかは心配する必要ないから」

「そうだね。ありがとう」

母はそう言うとため息をついた。まるで私の許可なくしては行けないかのように。父の激しい反対にも屈せず、メキシコ行きのチケットを予約したそうだ。お母さんにそんな一面があるなんて知らなかったと言うと、それは自分も同じだと母は答えた。

「革命だね」

私の言葉に、母は両手を叩いて笑った。

雰囲気が和やかになった隙に乗じて、これまで祖母と何度か会った話をした。家に招待して一緒に食事をしたり、祖母が昔の話をしたりもしたと。唇を舐めながら聞いていた母は頷いた。

「いくら仲が良くないとは言っても、あんたとおばあちゃんまで会えなくさせるんじゃなかった、たまにそう思ってた」

「結婚式にまで来られなくしたのは、ちょっとひどすぎたんじゃない？」

「そうなのかな……」

母はベンチから立ち上がって私を見た。

「不思議な話だね。誰かにとっては自分にひどい傷を負わせた人間が、別の誰かにとっては本当に良い人にもなるっていうのは」

そう言う母の心を察そうと努力した。母はこれといった感情も見せずに低い声で話していたけれど、腹を立てているようでも、こんなことを言わなきゃならない状況そのものに疲れているようでもあった。こちらに背を見せながら、母はてっぺんに向かってゆっくり歩いていった。私も横に並んで歩いた。

「でもよかった。あんたが、あそこで心を寄せられる場所ができて」

母が言った。

「研究所のみんなもいい人だよ」

「そうなの?」

「本当だってば」

「そのうち、あそこに住み着いちゃうんじゃない」

「自分のことは、自分でちゃんとできるから」

母は答えずに硬い表情で歩いていった。

「一度でいいから私のこと、ただ信じてくれたら駄目?」

母は歩みを止めてふり返ると、疲れた表情でこちらを見た。

「あんたは今より良い暮らしができるはずの子だった。賢くて、明るくて、あんたみたいな子が自分の娘だなんて信じられなかったくらい」

「今の私の生き方が、そんなに気に入らない?」

私が泣きそうになりながら言うと、母は慌てたような表情を浮かべた。

「そういう意味じゃないでしょう。母親としては、もう少し良い暮らしをしてほしいってこと」

「お母さん、私にはこれがベストなの。私より賢い人なんて星の数ほどいるってば。私はそんなに特別な人間じゃない。今の職場だって過ぎた場所だよ」

「職場だけの話をしているわけじゃないでしょう」

「お母さん、もうやめて」

「わかった」

母はそう言うと歩を速めた。話が進めば進むほど、お互いにとって良いことはないと母もわかっているはずだから。

母は生涯にわたって私に期待し、失望した。あんたくらい賢くて、あんたくらい学のある人間なら、自分は夢見ることすら叶わなかった人生を手にするのは当然だというのが母の主張だった。貧乏な家の生まれで金のない彼と結婚すると告げたときは大きく失望していたけれど、娘が結婚して正常な家族を持つという事実に満足しようと気持ちを切り替えた。婿に対して優しく気を配った。私たちが家庭をうまく回し、傍からはもっともらしく見えることを期待した。

そんな小さい期待にすらも応えてあげられなかった。これでもかと失望させた。母に認められることを期待し、そのたびに傷つくよりも、仕事で認められ、友だちに支持されていれば、それで十分だと理解していた。でも頭ではわかっているのに、心がきちんと受け入れられなかった。子どもは母親が展示するための記念品じゃない。心の中ではそう叫びながらも、母の願いは娘を展示したいだけではないのだともわかっていたから胸が痛かった。

　私たちは何も話さずにゆっくりと歩き、てっぺんに到着した。展望台に立つと、下の風景が遠くに見渡せた。

「建物だらけだね」

　私が言った。

「ソウルだもん。ジヨン、あそこ見て」

　母が視界の端に見える山を指差した。

「あれが南山（ナムサン）。あっちの左側が冠岳山（クァナクサン）」

「そうなの？」

「うん」

　ゆっくり上ってきたのに母の息は荒かった。

「頑張って運動しないとね、お母さん。メキシコに行くなら」

「うん。それまで頑張って歩くつもり」

「約束だよ」

「わかってる」

母はこちらを見ながら気まずそうに笑ってみせた。そんな母のことが以前のようには身近に感じられなくなっていた。私を見る表情から、母もまた距離を感じているのだと察せられた。昔と違って何日も口を利かないほどの神経戦になるような事態は、もう私たちの間には存在しなかった。大火事になる前に消してしまったり、相手に向かって火種を投げたという事実に、ふと決まりが悪くなったりもする仲になったのだった。それは私たちがさほど親密な間柄ではないという意味でもあった。お互いに大きな傷を負わせたりしたら取り返しのつかない事態になるかもという不安を、私たちは眼差しで共有していた。もう最後の最後まで喧嘩するようなことはできない関係になった。本当に最後になってしまいそうで、最後まで喧嘩ができない関係。私たちはどうでもいい話をしながら丘を下りた。

それから数日後の会社帰り、対向車線で紫色のチェック模様のカートを引く祖母を見かけた。私はUターンすると祖母の横に車をつけた。

「歩き回って大丈夫なんですか？　乗ってください」

私は車から降りてカートを後部座席に積んだ。

「どこに行くんですか？」

「どこにも行きませんけど」

祖母はそう言うと、からかうように笑った。

「行ってるところだったじゃないですか」

「これを引っ張って運動してたんだよ。歩く練習。ずっと家にこもってるから筋肉が落ちた、歩きなさいってさ、医者が。あんたはどこに行くところだったの？」

「会社から帰る途中でUターンして、おばあちゃんを乗せたところ」

「夕飯は？」

「おばあちゃんは？」

「まだ」

「じゃあ、オンシミ〔すり潰したじゃがいもを丸めて煮込んだ、すいとんに似た料理〕食べにいきます？　ターミナルの近くの」

祖母が頷いた。

海水浴場がオープンして街に活気が戻ってきた。おいしいと口コミが広がった店の前に列をなす人も頻繁に見られるようになった。冬のヒリョンとは完全に別世界だった。オンシミの店に向かう道も普段より混雑していた。

「体はどうですか？」

祖母と向かい合って座り、えごま粉が入ったオンシミを注文してから尋ねた。

「あ、肋骨？　ほとんど治ったって」

祖母はどうってことなさそうに言うとコップに水を注いだ。

「こないだは、あんたが帰ったのも知らずに寝ちゃって……横になると必ず眠くなるんでね」

前回読んだ手紙については、これといった話もしなかった。祖母は手紙を読ませて悪かったねと言い、私はその言葉が他人行儀に感じられて寂しくなっただけだった。本当に仲のいい孫娘だったとしても、こんなふうに礼儀正しく接しただろうかという気持ちが大きかった。

ふたりとも黙ってオンシミを食べた。祖母はオンシミをスプーンですくうと、ふうふうと何度か吹いてから口に入れたが、その姿は母そっくりだった。母も猫舌で麺料理のときは冷ましてから食べるので時間がかかった。

デザートに出た水正菓（スジョンガ）〔シナモンや生姜を煮詰めた伝統茶〕まで飲み終え、席を立って支払いをしようとすると、あたしのためにお金を使わないでちょうだい、あたしがおごりたいからと、祖母がポケットからお金を出して支払った。

「次はあんたがおごってくれたらいいから」

祖母が言った。

夕飯を終えて出てきたというのに外はまだ明るく、空には青色が滲んでいた。祖母を乗せて海水浴場の周辺を走った。疲れていたけど、こんな夏の夜を素通りしたくはなかった。

海水浴場の向かいには刺身屋が一列に並んでいて、その間には車道と広く舗装された歩道が伸びていた。後部座席からカートを出して祖母に渡した。祖母はカートのハンドルに両手を載せ、ゆっくり歩きはじめた。海岸には観光客がたむろしていて、話をしたり、爆竹をしたりしていた。飲食店のテラス席にもぽつぽつと人が座って酒を飲んでいた。夏の海辺の匂いがはっきりと感じられた。

「そういえば、あの写真……どう見ても、ひいおばあちゃんとセビおばさんは四十代くらいだったけど、ふたりはそれから再会したんですか？」

「ああ、あの写真。あれは朝鮮戦争が終わってから撮ったんだ」

「セビおばさんは開城に戻ってきたんですか？」

祖母は小さく笑ってたしなめた。

「戦争は終わってるのに、どうやって開城で撮るのさ？　そしたら、今あたしたちは北朝鮮にいることになるだろう」

「それじゃあ……」

「ヒリョンだよ」

祖母はそう言うと、いたずらっ子のような笑みを浮かべた。

「ここですか？」

「そう。戦争が終わってヒリョンで撮った写真」

私は携帯電話を取り出して確認してみた。

「ほら、あそこ」

祖母が遠くに見える白い凧を指差した。ふたつの尻尾をつけた菱形の凧が海上の空高くに浮かんでいた。私たちは立ち止まり、その凧をじっと見つめた。波の打ち寄せる音が涼やかに聞こえてきた。

「おばあちゃん」

「うん」

「ひいおばあちゃんは、どうしてヒリョンに来ることになったの？」

「そうだね……」

祖母はしばらく黙っていた。そしてためらうように口を開いた。


その日の朝は雨が降っていた。どんどんという音が遠くから聞こえてきた。しばらくすると軍服を着た人たちが列をなして歩いていった。どんどんという音は続いていたが、時間の経過とともに近づいてきた。夜には空が割れる音がした。今ふり返ってみると、あれは戦闘機が低く飛んでいる音だったのだろうと祖母は言った。

あるとき近所で遊んでいたら、道の向こうで曾祖父が働く製粉所の社長が手を縛られ、人びとと一緒に連行されていくのが見えた。彼がこちらに視線を向けた瞬間を祖母は忘れることができなかった。日頃からすごい人だと思っていた相手が捕縛された状態で自分を見つめていた、その瞬間を。

社長はその翌日に祖母の通う国民学校の運動場で銃殺された。付近の住民は自分が思想犯でないことを証明するために、子どもまで連れて運動場に行かなければならなかった。曾祖母と曾祖父もその一団の中にいた。十一歳の娘のヨンオクとともに。

そんな光景を子どもにまで見せた理由はわからないと祖母は言った。ひとりの人間に向かって何発も銃を撃つ場面を無気力に眺めるしかなかった。声をあげたり、涙を流したりしてはいけなかったから、感情のない人間を演じながら木のように立っていた。暑い日だったけれど冷や汗のせいで寒かった。いっそ、さっさと終わってくれたら、いっぺんに死んでくれたら、一瞬のうちに終わってくれたらと願いながら、祖母は血が出るまで手のひらに爪を食いこませた。そうでもしなければ気が遠くなりそうだった。

全部で十人が銃殺されるのを見届けると、ようやく運動場を離れることができた。帰り道の曾祖母は前だけを見て歩いた。動揺するのは危険だと十一歳の祖母もわかっていた。祖母は誰かが見張っているかもしれないという思いから、必死になんてことないふりをした。曾祖母は家に入って部屋の戸を閉めた後も、ひたすら気を引き締めなければならなかった。気を確かに持たなければ死ぬという言葉をくり返した。

あのとき死んだのは、その十人だけじゃなかったと祖母は言った。最初のヨンオクもあのときに死に、生まれ変わったヨンオクは最初とは別人の最低の人間になったと言った。曾祖母、曾祖父、祖母は互いの死によって別れを迎える日まで、あの日の出来事を口にしなかった。そして三人とも、それぞれの方法で少しずつ壊れていった。傍から見ていちばん変わったのは曾祖母だった。戦争が終わってからも薬がないと眠れなくなった。人をすぐ疑うようになり、自分はいつだって簡単に消されるのだという考えに苦しめられた。誰もその心を癒してあげられなかった。

「この話をするのは今日がはじめて。よく思い出せません、つらいから、そう言ってやり過ごしてきた。思い出せないわけないだろう。歳を取ったら、もっと記憶が鮮明になってきた気がする。あれを、どうやって忘れるって言うのさ」

祖母は戦争じゃなかったら、今のように心の病も重くなかったはずだと続けた。

「心の病?」

「そう。あたしは……最低の大人だった。お前のお母さんにとってもね」

祖母はそう言いながら涙ぐんだ。私は少し驚いたけれど、なんでもないふりをしながら後ろを歩いた。

祖母は、当時のいくつかの情景は今でもはっきり覚えていると言った。曾祖母と曾祖父が南に向かうべきだとひそひそ話をしていたことも、遠くでどんどんと砲撃の音がしていたことも。

そんなある晩、祖母はヨンオク、ヨンオクと誰かが自分を呼ぶ声を聞いた。ボミの吠え方からすると知らない人ではなさそうだった。曾祖父が闇の中で起き上がり、どちらさまですか、どなた……と尋ねるのと同時に曾祖母がセビ！　と言って戸を開けた。晩秋の冷たい風が室内に吹きこんだ。外にはセビおばさんとヒジャが立っていた。

——ヨンオクの父さん、夜中にすみません。

セビおばさんはそう言ってヒジャを部屋に入れ、自分もあとに続いた。曾祖母が灯火器をつけた。ほのかな灯りに照らされたセビおばさんとヒジャの硬い顔が見えた。セビおばさんは大きな包みを、ヒジャも荷物を抱えていた。昔だったら抱き合って喜んだはずの曾祖母と曾祖父は、セビおばさんとヒジャの顔を見ると心配そうな表情を浮かべた。

——何事ですか、ヒジャの母さん。

曾祖父が訊いた。

——ヨンオクの父さん、数日でいいので置いてもらえませんか。大邱(テグ)まで南下するつもりなんです。実の叔母がいるので……。

——数日だなんて、好きなだけいてくれて構わないけど、こんな急に……何があったのか聞かせてください。

——お宅の迷惑にはならないようにしますから。数日だけ……。

セビおばさんが口ごもっているとヒジャが口を開いた。

――セビで騒ぎが起きて……おじちゃんが山に連れてかれて……。

――ヒジャ。

セビおばさんはヒジャの話を遮った。しばらくためらっていたが、やがて事の顚末を語り出した。実兄が畑に行く途中で捕まり、山に連行されて銃殺されそうだ。兄は思想とは無関係の人間だとセビおばさんは何度も強調した。

姑はその話を聞くと、家から出ていけと告げた。セビおばさんの実兄が思想犯として死んだのなら、姻戚関係にある自分たちにも害が及ぶかもしれないというのが理由だった。ヒジャが男の子だったら話は違っていただろうけど、姑はヒジャに対して冷淡だった。さっさと子どもを連れてどこへなりと出ていけ、ここには二度と足を踏み入れるなという言葉を聞くや、セビおばさんは荷物をまとめて家を出た。

――何日かしたら出発するつもりです。迷惑はかけませんから。

セビおばさんが言うと、すぐに曾祖父が口を開いた。

――わかりました。じゃあ数日だけ。大邱へ向かう手筈は整えますから。

――ありがとうございます、ヨンオクの父さん、ありがとうございます。

礼を言いながらも戸惑った表情のセビおばさんを祖母は気の毒そうに見守った。最初は好きなだけいてくれて構わないと言った曾祖父が、事情を聞いた途端に数日だけと前言を翻したのだ。セビおじさんが生きていたとしても父さんは同じように言っただろうか。セビおばさんの無念を祖母は間近で見つめた。

——それからヒジャ、おじさんがそういう亡くなり方をしたこと、今後は誰にも言ったら駄目だぞ。これからは絶対に。それがお前の母さんと、お前のためなんだ。わかったかい？　ヨンオク、お前も、どこかで話したりするんじゃないぞ。

——わかりました、おじさん。

ヒジャがセビおばさんの懐にもたれかかった。

——よし、はるばる大変だったな。今日はまず休んで。

曾祖父はそう言うと、先に布団へ入った。ようやくセビおばさんと曾祖母は再会を喜びあうことができた。ヒジャも祖母の胸に飛びこんだ。

翌日、セビおばさんと曾祖母は日の出前に目覚めた。セビを去った日の出来事をおばさんは布団の上で声を潜めて語り出した。

姑が出ていけと言ったとき、いちばん上の義姉は泣いて引き留めたがセビおばさんは黙々と荷物をまとめた。一度も振り返らずに家を出ると、背後で何かが割れる音がした。ヒジャが醤油の甕置き場に大きな石を投げたのだった。新しい醤油を継ぎ足しながら受け継いできた種醤油（シカンジャン）の甕は、姑の宝物のひとつだった。醤油の匂いが鼻を突いた。

——このガキ、頭がおかしくなったのか。

姑が叫びながら走ってくるとヒジャの頭を引っぱたいた。以前にもそんなふうに何度かヒジャをぶったことがあったが、セビおばさんは何も言えなかった。でも八歳の子を戦場に放り出すかのように追い出した挙句に暴力までふるう姿を見たら、これ以上は我慢できなかった。

――ヒジャに触らないでください。もう、この子は孫じゃないでしょう？　顔から上は殴るべきじゃないってことくらい動物でも知ってますよ。

――口答えするなんて何様だい。

――それでも人間ですか？　いくらなんでもひどすぎる。

姑の足元に唾を吐くと、セビおばさんはヒジャの手を握って家を出た。

曾祖母は話を聞きながら気持ちが沈んでいくのを感じた。そんな事情で実の兄さんを亡くしたというのに、セビおばさんは自分がしっかりしなくてはと一度も泣けていないようだった。夫なしで幼い娘を連れ、見知らぬ地を目指そうとしている。開城で一緒に暮らそうと言いたい気持ちは山々だったが、曾祖父はとばっちりを食うことを恐れていた。

――体に気をつけてね、セビ。あんたが心配で……。

曾祖母の目に涙が溜まった。曾祖母は人が信じられなくなっていた。セビおばさんひとりで娘を連れて大邱へ向かう間にどんな目に遭うだろうかと、とても楽観的には考えられなかった。

――あんたがなんで泣くのよ……。

セビおばさんは曾祖母の背中をあやすように叩いた。

——あたしは死んでない。ほら、ここにいる。

——次に会えたときは楽しいことばっかりだと思ってた。積もる話をしながら、そうそう、本当なの？　って昔みたいに笑えると思ってた。

——サムチョンでも泣くことがあるんだね。散々あたしのこと泣き虫ってからかってたのに、今はサムチョンが泣き虫だ。

——あんたじゃなかったら泣いたりしないもん。

曾祖母は袖で涙と鼻水を拭くとセビおばさんを見た。自分がセビおばさんの立場だったとしても、同じように家を出ることができただろうか。曾祖母は自信を持って頷くことはできなかった。いくら考えても八歳の娘を連れて南へ避難するなんて無理な気がした。

——ほかに方法はないのかな。

曾祖母の問いに、セビおばさんは首を振った。

——開城からソウルまで徒歩なら三日で着くって。まずはソウルまで行ってみて……。

——あんたの姑、人間の皮を被って、そんな真似をするなんて。

——姑に追い出されなかったとしても出ていかなきゃならなかった。最近は何にでも難癖をつけて人を殺しているのに、あたしが無事でいられたと思う？

セビおばさんは手で顔をこすってから曾祖母を見つめた。

――サムチョン。

――うん。

――うちの兄さんは何も知らない人だよ。

――知ってる。

――思想だなんて、そんなの何も知らない。

――うん、わかってる。

――本当だよ。

――そうだね、そのとおりだよ、セビ。

セビおばさんは何度もそう言った。祖母はそんなセビおばさんを不安な思いで見守った。

大邱の大叔母さんはものすごいお金持ちで、お部屋がいっぱいある家に住んでいるのだとヒジャは教えてくれた。大邱は冬でも暖かいから、そこで母さんと最高に楽しく暮らすんだ、北のほうには目もくれないつもり、とも言った。

――でも、ヨンオクお姉ちゃんには会いたくなると思う。

そう言うとヒジャは開城で暮らした頃の話を続けた。あのときのこと覚えてる？　そう尋ねては祖母も同じように記憶しているか確かめたがった。忘れている部分もあったけれど、ヒジャが傷つくと思った祖母はすべて覚えていると答えた。もちろん祖母だって、たくさん記憶していた。曾祖母が製粉所でもらったきな粉もちを祖母とヒジャにひとつずつくれ、ちびちびと大事に食べたこと、祖母が学校の前にある丘で転んでふくらはぎに大怪我をしたこと、セビおじさん、ヒジャと一緒に縄跳びで遊んだこと、落ちている木蓮の花びらを風船のように膨らましたこと、ヒジャとコンギノリ〔五つのおはじきのような玉を投げたり摑んだりする伝統的な遊び〕をしていてケンカになり、何日も口を利かなかったこと。

ヒジャの記憶は驚くほど具体的で、その量も半端なかった。渇きを癒すかのように次から次へと当時の思い出を話した。しばらく聞いていた祖母は、セビではどんな暮らしをしていたのか尋ねた。

——別に何も。学校に行って、帰ったら畑仕事を手伝って。

でも答えはそこまでだった。話は続かず、開城で暮らした頃の話題に戻った。十一歳だった祖母は、そんなヒジャがいまいち理解できなかった。ヒジャは開城での些細な出来事も重大事のように意味を持たせて話し続けた。祖母がうんざりするまで。

——ちょっとさあ、ヒジャ。そろそろ違う話をしようよ。

するとヒジャの顔から笑みが消えた。

——お姉ちゃんは全部忘れたんだね。

——忘れるわけないよ、全部覚えてる。でも、ヒジャがあの頃の話ばっかりするから。

——嫌なの、お姉ちゃん。

――嫌じゃないけど、他の話もしたいから。

――どんな話？　セビであったこと、避難しなきゃいけないこと？　じゃあ、あたしは話すことないし。

そう言って地面に石で絵を描くヒジャを見ながら、祖母はヒジャの気持ちを察してあげられなかったことに気づいた。

――ヒジャさあ、炒り豆をこっそり食べてたら、セビおじさんに見つかったの覚えてる？

――うん。食べすぎておならが止まらなかった。

ヒジャが明るく笑いながら言った。その笑顔を見るとセビおじさんの顔を思い出さずにはいられなかった。

――セビおじさんがさ、あんたを追っかけ回してからかってたのも思い出すなあ。ヒジャはおならのお化けだって言いながら。

――そうそう。みんなで涙が出るほど笑ったよね。

――そうだったね。

ふたりは見つめ合って笑った。

――この騒ぎが済んだら、またみんなで暮らそうよ。お姉ちゃんとサムチョンのおばさん、うちの母さんとボミも一緒に。

――そうしよう。

――あたしは結婚しないでお姉ちゃんと暮らすつもり。お姉ちゃんがいちばん好き。

――くだらないこと言って。

祖母は小さく微笑むとヒジャのおかっぱ頭を撫でた。ヒジャは八歳だけど同年代に比べて小さく、祖母は十一歳だけど同年代に比べて大きいほうで、ふたりは歳が離れて見えた。そのせいか祖母は末妹を可愛がるようにヒジャに接し、ヒジャはいちばん上のお姉ちゃんを頼りにするみたいに祖母に心を寄せていた。でも、いつまでも祖母の家に留まるわけにはいかなかった。三日後にヒジャは避難先の大邱へと旅立った。夜が明ける頃だった。

曾祖母は非常用に貯めてあったお金をセビおばさんに手渡した。米と麦、豆も入れられるだけ荷物に詰めた。セビおばさんは、そんなことしなくていいのにという社交辞令も口にできず、曾祖母に渡されるまま受け取った。

――あんたは、もし南に避難しなきゃいけないときに行く当てはあるの?

セビおばさんが訊いた。曾祖母には頼れる親戚がいないことをおばさんは知っていた。

――うちの人のおじさんがソウルに住んでるって。

――叔母さんの住所を教えておくから。もし行く当てがなかったら、いつでもここに来て。

セビおばさんは紙に大邱の住所を書いて手渡した。

――気をつけるんだよ。セビ、ヒジャ。

涙にむせぶ曾祖母の声が小さくなっていった。

——ヒジャ、この騒ぎが終わったら必ずまた会おう。セビおばさん、きっと会いましょうね。

——そうだね。元気な姿でまた会おう。

セビおばさんは避難用の包みを手に、ふり返ることなく旅立った。その手を握るヒジャは何度もこちらを見ているというのに。曾祖母はそんなセビおばさんの後ろ姿を見つめながら、また会おう、また会おうと何度も叫び、姿が見えなくなるとへたり込んだ。そしてうつむいたまましばらく立ち上がらなかった。祖母はどうしていいかわからず、そんな曾祖母の周りをうろうろしていた。セビおばさんについて行ったボミはだいぶ経ってから庭に戻ると、手の甲に鼻をくっつけて祖母を見上げた。

「時々ね、すべてが夢みたいに思える。いつ、開城にいたんだっけ。いつ、あの庭で避難用の荷物を手に去っていくふたりを見送ったんだっけ」

祖母は疲れたような顔で私を見上げた。

「あの頃の話をすると、どうしてぐったりするんだろう。こんなに長い時間が過ぎたっていうのに」

「そろそろ車に戻ります?」

「待って……もう少し海が見たい」

祖母は白い砂浜の入口にカートを停めると、海に向かって一歩ずつ進んでいった。砂に足を取られて歩みは遅かったが、すぐに波打ち際にたどり着いた。

「靴が濡れますよ」

祖母は後ずさりして波を避けながら、小さく声をあげて笑った。

「ちょっと座ろうか？」

私たちは冷たい砂浜に腰を下ろして空を仰ぎ見た。半月が明るい夜だった。白い凧が尻尾をはためかせながら半月の近くに浮かんでいた。

あの頃のヒジャが今ここにいたら、お姉ちゃん覚えてる？　って、セビおじさんと凧揚げした話をするんだろうなと祖母は言った。一緒に作った凧を持って丘に上がり、風を浴びて走っていくおじさんの姿が目に浮かぶようだと。ヒジャとふたりでどれだけ笑い転げたか、冬の風で顔の感覚がなくなるまで、どれだけ長いこと凧揚げをしたか話すのだろう。そうしたら、ヒジャ、私だって覚えているよと一緒に笑ったはずだと。

空高く凧を浮かべるように、ヒジャは忘れたくない瞬間を記憶という風で心に浮かび上がらせていたのだろうと私は思った。そういう風を心に抱いて生きていくのは、楽しいばかりではなかっただろうなと推測しながら。

ちょっと座ろうと言ったのに、私たちは黙って長いこと海と月と白い凧を見つめていた。

遠くから爆竹を鳴らす人たちの笑い声が聞こえてきた。

第2部

第 3 部

8

医師に相談せずに薬をやめて一ヵ月、精神科でまた薬をもらってきた。少しずつ良くなってきていると信じていたのに、急に症状が悪化したのだ。黄昏時になると口が乾き、鼓動が速くなった。疲れが取れず、寝つきが悪くなった。

私が元気で幸せに暮らすことが前夫に対してできるたったひとつの復讐だ、前だけ向いて進みなさいと友人たちは言った。だから、そうしようと努力した。ふり返らないように、気にしないように、怒りや悲しみに耳を傾けないようにしようと、忘れようと、今に集中しようと、大丈夫になろうとした。一時期は少しずつ回復していると思っていた。だから薬を減らしていき、やめてみようともした。私は本当に良くなったのだと自分に見せてあげたかったから。

以前の私は時が過ぎれば快復できると信じていたのだろう。春になれば冬よりも、夏になれば春よりも良くなると信じたかったのかもしれない。だから焦ったのだ。期待したほど快復していないようで不安だった。離婚前よりも素敵に幸せに生きなければと自分を威圧していた。それが復讐なんだ、見せつけるかのように元気で幸せに暮らせばいいのだという声援が、私の背中をゆっくり叩く応援の手から殴りつける鞭に変わるまで。

苦しみの中にいると時間は真っすぐ流れていかない。私は何度も後ずさりし、お決まりの穴に転がり落ちた。もう二度と快復は望めないかもという苛立ちに潜む恐怖に、私の心は掌握された。どうして望むだけの強さが手に入らないのだろう。こんなに頑張っているのに、どうして良くならないのだろう。そんなことを思いながらいつまでも泣いていた夜、自分の弱さを、小ささを直視してみた。

我慢強い性格が自分の長所だと思ってきた。そのおかげで能力以上の成果を手にできたのだから。どうして限界を超えてまで我慢しようとしたのだろう。自分の存在を証明しなければと考えていたからだろうか。いつからだろう。人生が楽しむべき何かではなく、やり遂げるべき仕事の山のように思えてきたのは。天井まで積み上げられた難しくつまらない問題集をひとつひとつ解き明かし、誤答ノートを作り、試験を受け、点数をつけられ、次の段階に進むサバイバルゲームのように思えてきたのは。自分の存在を証明せずに生きる術がわからなかった。成果を証明できない自分は価値のないゴミも同然だと考えていた。その思いこみは私を絶望させ、過剰な努力に走らせた。この世に存在しているだけでも意味や価値のある人間は、己の存在をわざわざ証明する必要なんてないはずだ。でも私だって、最初からこういう人間だったわけではなかった。

所属するチームは太陽系内の小惑星にかんするデータ収集の業務をしていた。私を含めて研究員は三人だったが、十歳年上のチーム長は大学院の先輩で指導教員も同じだった。だから私がどういう理由から離婚したのか、どんな状況にあるのか、ひととおり知ってはいたが、私の前ではそういう素振りは見せなかった。

梅雨入りした日にふたりで残業したのだが、彼女の古い車が出勤途中に動かなくなってレッカー移動されたせいで、仕事が終わってから家まで送る羽目になった。疲れた素振りを見せないように気を遣いながら彼女を車に乗せた。しばらく会話がなかった。沈黙の中で彼女が言葉を選んでいるのが感じられた。

「ここでの仕事はどうですか?」

「いつも良くしてくださるので、これといった不便はありません」

そしてふたたび沈黙が続いた。

「修士に入ったとき、何歳でしたっけ?」

「二十二歳でした。早生まれなんです」

「当時の姿を今でもはっきり覚えているのに、もう十年も前なんですね。指導学生が集まった席で、ジョンさんが目を輝かせながら専攻理由を話していたのを思い出します。あの頃の私は疲れ切っていて。今のジョンさんくらいの年齢だったかな。何もかもうんざりで面白くなかったんだけど、どうしてこの学問を選んだのかを若い後輩が明るく話す姿は記憶に残っています」

「……私がですか？　そんなことありましたっけ？」

「ええ。ジョンさんが」

ふたたび会話が途切れた。雨粒が車の屋根を叩く音を聞きながら、ふと声に出して言いたくなった。つまり、こうおっしゃりたいわけですよね。以前はあんなにきらきらと輝いて希望に満ちていたのに、仕事について行くのがやっとのくたびれたつまらない人間になったのが残念だと。

「あのときのジョンさんの言葉がずっと頭に残っていて。ひと息つける場なんだ。この勉強をしているときがいちばん自由で、心穏やかでいられるんだって言葉が」

当時の心情は誰よりも自分がよくわかっていた。人間が測量することのできない無限の世界が地球の外にあるという事実は、自己の有限を慰めてくれた。宇宙に比べたら、自分は草露や物言えぬ生涯を過ごす小さな虫みたいなものだった。いつだって重たいとしか感じられなかった己の存在が、そうした考えの中では軽くなっていった感覚を覚えている。群れを成しているように見える夜空の星も徹底してひとりだったし、ひとつの点に凝縮されていた物質が、膨張する宇宙の中では超スピードでお互いから遠ざかっていっているという事実は、幼い頃から絶えず感じてきた悲しみを説明してくれているようだった。でも、その純真無垢な愛情は大学院に進学して徐々に輝きを失っていき、現実的な大きさの希望に取って代わった。ひと息つける場が仕事になり、可能性が限界になるのに、さして時間はかからなかった。

「チーム長は、どうして天文学を選んだんですか?」

「小さいときに映画館で『E.T.』を観たんです」

つまらない冗談にどう反応するべきか考えているとチーム長が話を続けた。

「E.T.って優しいじゃないですか。指から光を発して人間の怪我したところも治してくれるし、友だちにもなってくれるし。母親に連れられて観にいったんだけど、どこのシーンだったかな、E.T.がこっちを見たんです。カメラでもなく、観客全員でもなく、劇場の最前列に座っている私を見たの。私が自分のことを見ているのに気づいているっていう表情でした。今でもその瞬間を覚えています。E.T.が自分の星に帰るラストではどんなに泣いたか、母親に恥ずかしいよって言われるくらいでした。それから夜になると空を見上げるようになったんです。小さいときね、友だちがいなかったんですよ。でも空を見上げれば、このどこかに私の友だちがいるんだって思えるようになりました」

チーム長を送って家に戻る間、空を見上げる幼いチーム長の顔を想像してみた。礼儀正しく、言葉を選び、自分のプライベートをあまり話さない彼女が、私に隙を見せた瞬間だった。不思議なことに彼女の言葉に癒されている自分がいて、少しびっくりしていた。ベッドに入ってからようやく、もしかするとあれが彼女なりの慰め方だったのかもしれないと思った。

母がミョンヒおばさんと旅行中に撮った写真を送ってきた。サボテン農場でテキーラを試飲する写真、海で日光浴をする写真、広い野原でボール遊びをする写真、ありとあらゆる食べ物の写真だった。肌はきれいに日焼けし、顔には化粧っ気がなかった。歳とった女がすっぴんなのは迷惑だと、スーパーに行くときも必ずメイクをしていた人なのに。私は元気そうでよかったと返信した。また精神科に通い出したことを知ったら、母はなんて言うのだろう。何を言われたとしても、私にとっては傷になるだろうという確信があった。

土曜日の午後に祖母から電話があった。朝寝坊してゆっくり起き、インスタントうどんを食べてから薬を飲んだところだった。もし時間があれば、昔あたしが住んでいた家まで一緒に行ってみないかと誘われた。何もできなさそうだから横になっていようと思っていたけど、その言葉を聞くと心が動いた。あの家をまた見たら、どんな気持ちになるのか知りたくなった。

祖母が昔住んでいた家はたまに夢に出てきた。空色のスレート屋根に白く塗ったコンクリートの建物だった。小さな庭には祖母が植えた唐辛子とサンチュ、背の低い花々があった。家を囲む低い石垣に上ると、丘の下に海が見えた。そこに立っていると草の匂い、濡れた土の匂いがした。

祖母とマンション群の入口で落ち合ってゆっくり歩いた。少し行くと右側に海が広がった。私たちはその前に立つと黙って海を眺めた。

「最近、大丈夫なの？」

「はい」

祖母は騙されないだろうとわかっていたけど嘘をついた。

「大丈夫そうに見えないから訊いてるんだけど」

「大丈夫です」

自分が聞いても苛立ち混じりの声だった。祖母はしばらく何も言わなかった。

「ちょっと座って休もうか」

祖母はバス停のベンチに腰を下ろしながら私を見上げた。私も隣に行って座った。祖母からは生姜とニンニクが混じった匂いがした。心配そうな表情を隠せずにこちらを見ていた祖母が口を開いた。

「あのまま開城で暮らしてたら、死ぬまで海を見る機会はなかったかも。こんなに素敵なのに」

「じゃあ、南には朝鮮戦争のときに下ったんですか？」

「戦争がはじまった年の冬だった。母さんと父さんと……唐辛子みたいにひりつく日に出発したの、開城を」

身を切るような冷たい風と霰が叩きつける寒い日だった。祖母は避難用の荷物をまとめ、残った食べ物を集めるとボミにやった。鯔の一夜干しを夢中で食べるボミに、祖母は何も言えなかった。荷造りを終えて家を出ると、ボミがきゃんきゃんと鳴きながらついてきた。普段なら尻尾を振りながら追いかけてきても、家に戻りなさいと言えばすぐに聞き分ける子だった。でもその日は祖母がいくら来るなと言っても新道に出るまでついてきた。皆が自分のもとを去ると気づいたかのように、きゃんきゃんと吠えながら帰らないと譲らなかった。曾祖母は新道の曲がり角にしゃがみ込み、ボミを撫でながら言った。

――ボミ、あたしたちのボミ。

ボミは地面に伏せると曾祖母を見上げた。

――ここで別れよう。もう、追いかけてこないで。ごめんね……。

曾祖母がそう言うとボミは立ち上がり、家族の匂いを一度ずつ嗅いでから家のほうに歩きはじめた。かなり遠ざかってから一度ふり返っただけだった。もしかしたら戻ってきてしまうかもしれないと、祖母はボミの名を呼べなかった。こちらに背を向けて歩き去るボミを見ながら、襟巻きがぐしょぐしょになるまで声を殺して泣いた。その日以降、誰もボミについて触れなかった。まるで最初から存在しなかったかのように。ただの犬じゃないか。祖母はそう思おうとしたけれど、そんな嘘はなんの慰めにもならなかった。

家族の目的地はソウルの恵化洞（ヘファドン）にある曾祖父のおじさんの家だった。曾祖父は両親もそこに避難していると聞いていた。そして自分が避難民になってはじめて、ソウルの住民も南のほうに避難している最中なのだと知った。まさに戦乱という言葉がぴったりだった。牛車を引く人、子どもを抱くかおんぶして頭には荷物を載せた人、そして幼子や老人が群れを成して新道を、畦道を歩いていた。今でも倒れている柳の街路樹や電柱、切れて地面に落下している電線がありありと目に浮かぶと祖母は言った。軍用ジープが通り過ぎるたびに人波が割れた。道端には薬莢（やっきょう）やレンガの破片が散乱していた。半焼していたり、爆撃で破壊された家も多く見られた。曾祖父と曾祖母は道民証〔朝鮮戦争による混乱で越南者の身元把握が困難となったため、地域ごとの規則に沿って一九五〇年から発給されていた身分証明書。六二年に廃止〕があるにもかかわらず、憲兵隊による検問所を通過するたびに緊張していた。

家から持ってきた七輪で煮炊きした。日が暮れると民家の台所や倉庫で眠り、場所がふさがっているときは庭で目をつぶった。木綿わたの布団一組を三人でかぶって横になり、お互いの体温で寒さをしのいだ。空腹で寒くて疲れているのに眠れなかった。たまにジェット機が低空飛行すると足がすくんだ。そうやって数日歩いてソウルに到着した。

旧把撥（クパバル）を過ぎて独立門（トンニンムン）の方角に歩いていた日のことだった。下着がじめじめしていたし、体も凍りつきそうだった。用を足しに行った祖母は初潮を迎えたことを知った。国民学校に通っていたときに上級生のお姉ちゃんたちが話してくれた知識しかなくて、どうしたらいいのかわからなかったから、そのまま我慢した。下着の冷たさに耐えられなくなった頃、ようやく曾祖母に打ち明けた。

少し慌てた曾祖母は荷物から下着と布切れを取り出して祖母に渡し、布切れが重くなったと感じたら取り替えるのだと教えてくれた。腰がちぎれそうに痛み、むかむかして吐き気もした。祖母は行列から離脱すると、食べたものを電柱の下にすべて吐いた。

民家の倉庫に落ち着いて横になったその晩、うとうとしていた祖母は曾祖母に起こされた。

——ヨンオク、ついておいで。

曾祖母が連れていったのは井戸だった。

——水があるときにやっとかないと。

曾祖母はバケツに水をなみなみと汲むと裏庭に向かった。そうして血がついた布切れを懐から取り出すと、上から水をかけるようにと祖母に言った。水に触れるとものすごく冷たかった。真冬の冷え込みで手に感覚がないにもかかわらず。

——母さん、水が氷の欠片みたいです。

——早くかけな。

——母さん。

——手が冷たいときは水じゃないと駄目なの。お湯に触ると凍傷になる。早くかけなさい。

祖母は血のついた布切れに水をかけた。洗って水気を絞り、裏庭の人目につかない場所に干した。裂けるのではと思うくらい手が痛んだ。

一行は凍りついた足で新村(シンチョン)と梨花(イファ)女子大を過ぎた。人に尋ねながらおじさん宅を捜し当てたが、家は全焼して跡形もなかった。バケツを手に歩いていた若い女性が声をかけてきた。

——一昨日の夜に大きな爆撃があったんです。朝になって水を汲みに出てみたら、何もかも燃えてしまってたんですよ。

——中に人はいましたか?

曾祖父が震える声で尋ねた。

——人どころか猫の子一匹いませんよ。ほとんどの家が避難したから……どこかに行かれたはず。

女性はそう言うと去っていった。曾祖父は長い木の棒を持つと、灰の山と化した敷地をほじくりはじめた。瓦礫の下敷きになった人がいないか捜しているようだった。祖母も炭化した木切れと割れた瓦の破片を足でどかして捜すふりをした。寒い日だというのに、曾祖父は汗をかきながら残骸の中をくまなく捜した。お腹が空いて寒かったが、もうやめにして行こうとは言えないほど彼は必死だった。下敷きになった人がいないことを完全に確かめたのは、もう日が暮れたあとだった。近所の空き家で一晩を過ごした。曾祖父は何日か口を利かなかった。

翌日からふたたび避難がはじまった。セビおばさんが教えてくれた大邱の住所が新たな目的地だった。一行はわら縄を履物に巻きつけ、かちかちに凍った漢江の上を渡った。数えきれないほどの避難民が、お互いを押し分けながら凍った川を横断していた。

――セビはソウルから汽車に乗ったのか、それとも歩いて向かったのか……。

曾祖母が曾祖父の顔を見ながら言った。返事は返ってこなかったから、ひとり言に近かった。

――小さな女が子ども連れで歩いて南下するのは……。

曾祖母はそこまで言うと黙った。セビおばさんが心配でたまらないときはこうやって思いを口にするのだが、またすぐに沈黙した。祖母は大邱に向かおうとしていたセビおばさんとヒジャを引き止めなかった曾祖母が憎かった。行かせるべきではなかった、他の誰でもないセビおばさんとヒジャを、あんなふうに見送るべきではなかったと。

――それでも父さんがいてくれて良かった。

曾祖母が言った。でも祖母は怖かった。納屋で、庭で、裏庭で眠るとき、ごくまれに運良く客間や使用人の部屋で寝られるときも恐怖は消えなかった。避難民の女性にとって人民軍、国軍、米軍、中共軍といった違いは重要じゃなかった。夜ごと民家を回って女性を強姦する軍人の所属を見分けたところで、なんの意味もなかったから。

そうやってさらに歩くこと数日、大田（テジョン）に到着した一行は京釜線（キョンブ）〔ソウル駅と釜山駅を結ぶ幹線〕の線路に沿って大邱方面へと歩いた。大邱の近くまで来ると糧食も底を尽きかけた。たまに民家に遭遇するとおにぎりや水を手渡されることもあったが、ほとんどは一日に一食がやっとだった。ある日、民家で出されたおにぎりを食べていたときに子どもと出会った。多く見ても四、五歳くらいの女の子だったが、家族がいなくてひとりだった。片方の目はものもらいで腫れ上がり、春に着るような薄い上着を羽織っていた。その子は曾祖母のチマの裾にしがみつき、じっと見上げた。

曾祖母は荷物から祖母の上衣を出して子どもに着せ、襟巻きで頭を包んでやった。数個の茹でたじゃがいもとさつまいもを袋に入れて子どもに持たせた。そして自分のチマを握る子どもの手を引き剥がすと歩きはじめた。子どもは曾祖母に駆け寄ってチマの裾を掴んだが、曾祖母はふたたび子どもの手を剥がすと、ついてくるんじゃない、ついてくるなと声をあげた。

――母さん、一緒に行ってもいいじゃない。

その声を聞いた子どもは祖母に抱きついた。その間も避難民は速いスピードで横を通り過ぎていった。女の子ふたりが道のど真ん中に立っているのを邪魔だと腹を立てる者もいた。曾祖母は荷物を下ろすと子どもを祖母から引き離した。

——母さん。

——うるさい。

——このまま行くつもりですか。

——そうだよ。

——母さん、お願いだから。

そう言った瞬間、曾祖母が祖母の顔を引っぱたいた。一発、二発、その次は頭を殴った。地面に倒れこむほどの勢いで、曾祖父が止めに入るまで。子どもはもう近寄ってはこなかった。口をつぐんで歩いていたら日が暮れた。陰暦の大晦日だった。星の群れが空低くまで下りてきて明るく輝いていた。それを見ながら祖母は思った。あたしたちはこういう美しいものを見て、感じる資格なんてない存在なのだ。動物にも満たない存在、卑しい存在、この世から消えるべき存在なのだと。

曾祖母の話だとすらすら言葉をつないでいくのに、当時の自分の話になると祖母は何度も口ごもった。

海岸道路に沿ってしばらく歩いていくと、道端に豆乳麺(コンククス)の店が見えてきた。祖母が店の裏にある低い丘を指差した。上ってみると真下に二車線道路が見えた。道路の右側には唐辛子とかぼちゃを植えた畑が広がっていて、左側には小さな家屋が点々と見えた。そこまで来ると、昔見た風景が細かいところまで蘇ってきた。

「あそこ、車道じゃなかったでしょう?」

「うん。舗装されてなかった」

「一緒にあの辺でバドミントンしましたよね」

私は懐かしい気持ちで中華料理屋の隣にある駐車場を指差した。祖母は頷いた。

「おばあちゃんの家はどこ? 確か、この近所に……」

祖母は向こう側の空き地を指差した。背の高いヒメジョオンの花が一面に咲き乱れ、レンガの破片が地面にぽつぽつ散らばっていた。裏には海が見えた。祖母は空き地に向かって歩いていった。

「ここだよ」

祖母は私に向かって苦々しく笑ってみせた。家は当然残っていると思っていた。昔のままではないにしても同じ場所に今もあるだろうと。私は言葉を失い、空き地に向かって歩いた。どこからか干し草を燃やす匂いがした。

「あたしの次に住んだ人が土地を売ったみたい。何かするつもりだったらしいけど、今は……」

祖母はそう言って空き地にしゃがみ込んだ。

「あたしもここに来るのは久しぶり。こんなになってからは腹が立って見たくなかったんだ。でもジョンとだったら来られるかもって、今日ふと思いついて」

その言葉は私の心を優しく刺激した。

「あたしの母さんが亡くなったのも、こんな季節だった。葬式が終わって帰ってきたんだけど、どうしても……中に入れなくて。だからこの道をぐるぐる回り続けた。怯えてたんだね。家に誰もいないのをこの目で確かめたら、もう母さんはこの世にいないのが現実になるような気がして。だから、ずっとうろついていた。昔の人の言うとおりだよ。親を亡くした娘の慟哭（どうこく）は黄泉の国まで聞こえるって……。そうやって苦しい一年を過ごしていたらあんたが遊びにきて、どんなに会えてうれしかったか、どんなに楽しかったかわからない。この世には終わるものしか存在しないと思ってた。でもジョンに会ったら、そうじゃないんだってわかったの」

祖母はヒメジョオンの花を手の甲でぽんぽんと打った。今のお前も人知れず泣いていることは知っている。祖母の言葉は、私にはそう聞こえた。終わるものの存在ばかり考えないで。

「私もひいおばあちゃんに会えたらよかったのに」

「会ったことあるよ。覚えていないだろうけど。あんたが二歳くらいのときに、ミソンがあんたとお姉ちゃんを連れてヒリョンに来たの。あんたは母さんによくなついてね」

空き地の裏に広がる海を眺めた。二歳のとき、私は曾祖母、祖母、母と、今は空き地になっているこの場所にいたんだ。みんなでご飯を食べ、眠り、笑ったんだろうな。二歳の自分が過ごした祖母の家を思い描くことができた。そしていつも一緒にいた姉の姿も。

9

四歳だった私は、死を正確に理解できていなかった。姉は相変わらず私の隣にいたから。前歯がふたつ抜けた姉は、いちばんのお気に入りの空色のTシャツにデニムの半ズボン姿だった。私と遊んでること、大人には秘密だからね。姉はささやいた。私たちは雨が降った翌日の公園で砂の都市を作った。公園にできた大きな水たまりを海に見立て、溝を掘って水路を作り、橋をかけた。空き地のベンチに座ってローラースケートに乗る子たちを一緒に見物した。私が自転車に乗ると、姉は後部座席に座って歌った。夜になると布団の中に入ってきて、私の耳元で愉快な話をしてくれたりもした。私は甲高い声でしょっちゅう笑った。歩きながら木を見上げると、姉が高いところの枝に腰掛けて手を振っていた。ジヨンと私の名を呼ぶ姿を見るたびに、姉は今ここにいながらもどこか他の場所にいるのだと理解したし、そこにはなんの矛盾もないと感じていた。

死んだ姉と一緒に遊んでいると話したとき、母は私の背中を叩きながら泣いた。〈そんな嘘をつくもんじゃない。そんな悪い嘘をついて、お母さんの心を苦しめるもんじゃない〉。

そんな母の前で本当の話だとは主張できなかった。だから嘘をついた。〈お母さん、ごめん。嘘ついてごめんなさい〉。母が許してくれるまでひたすら謝った。姉は部屋の片隅に座って私たちを眺めていたが、布団を頭から引っかぶった。

それからは姉が隣に来るたびに追い払った。〈近寄らないで〉。姉は悲しそうだったし、そんな姿を見る私の心も同じだった。それから間もなくして姉は私の世界から消えた。たまに姉がしてくれた面白い話を思い出したり、一緒に遊ぶときの感覚を思い浮かべたりもしたけれど、どれも昼寝の夢みたいに実感を伴わなくなっていった。

私は小学校に入学してハングルや数字、時計の読み方を学び、死者は決して生き返ることができないという事実を、あちらにいながらこちらにも同時に存在するのは不可能だという当たり前の事実を学んだ。死んだ姉と遊んだと母に話した日を思い出した。想像もつかない苦しみの中にいる人を前に、己の真実を誇張することに一体どんな意味があったのだろう。母の苦しみの前で、私の真実はなんの価値も持たなかった。いかなる状況でも母の不幸と私のそれを比較することはできなかった。だから嘘をつき続けた。大丈夫、元気にやってる、たくさん寝てるし食べてる、問題ないと。私はいつだってよく笑う子だったし、よく笑う大人になった。心の中で泣いているときも、顔から笑みが消えることはなかった。

更地と化した祖母の家を見てすぐに夏風邪をひいた。長袖の服を着て布団をかぶっていても寒かった夜、熱が上がりはじめた。起きると喉が腫れていて、つばを飲みこむたびに耳の中が痛んだ。

こうして八月の第一週に予定していた夏休みはベッドで過ごすことになった。入社したばかりの私が病欠を申し出るのは難しいから、休み中に具合が悪くなったのはむしろラッキーかもしれなかった。内科に行って点滴を受けながら横になっていると、自分の一部が肉体から流れ出てくるような気分になった。ひとりで過ごすくらい、なんとかできると思っていたくせに、いざ熱が上がり、体をろくに動かせなくなると弱気になった。

薬と水を飲み、汗をかき続け、昼も夜もひたすら眠った。スーパーで買ってきたレトルトのお粥を温めて食べ、朝になるとまた内科に行って点滴を受けた。そんなふうに過ごしながら、本当に久しぶりに完全な休息を取っていることに気づいた。博士論文を書き、博士課程後のプロセスを経て、プロジェクトに参加し、夫の裏切りを知り、離婚し、ソウルでの生活を畳んでヒリョンに移住し、慣れない環境での生活に適応するまで、ちゃんと休んだことがなかったと今さらながら知ったというわけだ。これまでの自分は前ばかり見て走ってきた。傷つくと、その傷を感じたくなくて、さらに大きな傷を自分に与えながら。

風邪薬を飲んで眠ると総天然色の夢を見た。祖母が話してくれた避難民の一員になり、休まず歩き続けている夢を見たりもした。ようやく民家にたどり着いたら全焼しているのを目の当たりにし、仰天して目覚めたりもした。夢の中は時間の概念がなかった。ある日は前夫が夢に出てきた。私たちは離婚したのに夫婦だった。暗い街を歩いていた。私が言った。あなたは私を裏切ると思う。あなたは私を傷つけるだろう。すでに彼が浮気した後だと認識しているくせに、私はずっと未来形で話していた。彼はあり得ないことを言うなと怒った。もうどうすることもできないんだってば。嘘つき。私は怒鳴りながら夢から醒めた。

前夫は起こる可能性のあることは、いつか実際に起こると信じる人だった。時間とは川の流れではなく結氷なのだという言葉を好んで使っていた。時間は幻想でしかなく、過去と現在と未来は同時に存在すると。人間の自由意志や選択もまた、巨大な幻想なのかもしれないとも言っていた。そういう考え方には明らかに利点があった。そういう信条はなんといっても人間を後悔の罠から救い出してくれる。過去の自分が別の選択をしていたら、現在の苦しみはなかっただろうという思考の空回りから抜け出す力をくれる。私を欺いていた間も、彼はずっとそんなふうに考えていたのだろうか。これは起こる可能性のあることだったから仕方がないのだと。

夏休みの終わる頃にようやく風邪は治った。一週間ぶりに出勤して自分の席を整理していると、メンターのP先輩が来てファイルを手渡した。

「ジョンさんが夏休み前に集めたデータが不正確なんです」

単純作業だったのでエラーが出るはずはないと思ったが、確認してみたら先輩が正しかった。先輩は誤ったデータのせいで何日も苦労した、二度とこんなことが起こらないようにと言った。仕事には細かいほうだったし、簡単な作業でも二度三度とくり返し確認する性格だったから、こんなミスを犯したという事実は自分でも納得できなかった。恥ずかしくて顔が真っ赤になった。何度も謝りながら、この恩は必ず返すと言った。P先輩は私をまじまじと見つめた。気の毒そうな表情だった。

「そういうこともありますよ。今後気をつければいいんですから」

彼は笑みを浮かべて言葉を続けた。

「ジョンさんの事情は、私も聞いて知っています。ですが、私的な領域の感情が公的な領域にまで影響を与えるのは良くないでしょう」

私はもう一度謝罪した。P先輩が席に戻ってから渡されたファイルを確認してみた。あり得ないミスだった。ジョンさんの事情は、私も聞いて知っています。事情を聞いて知っているとは、どういう意味だろう。このミスが私生活のせいだろうと何をもって確信し、どうやったら私に告げられるのだろう。いや、言われる原因を提供した私のミスが問題なのだ。こんなことをやらかすなんて。エアコンの冷気で体が震えた。気をしっかり持たなければ。ケチをつけられることのないよう、どんなときよりも努力しなければならなかった。

一日ずっと緊張した状態で仕事を終え、へとへとになって家に帰りついた。服も着替えずベッドに倒れこみ、そのまま眠ってしまった。どれくらいそうしていたのだろう、チャイムの音で目が覚めた。玄関のドアを開けると、カートを横に置いた祖母が私を見つめていた。見ない間に祖母の顔は真っ黒に日焼けしていた。

「今日、この時間に来てって言ったじゃない」

面食らった表情で立ち尽くしている私を見ながら、祖母はたしなめるような口調で言った。風邪薬でぼうっとしながら祖母と電話で話したことを、ようやく思い出した。祖母は室内に入ると、カートに詰めてきた中身をリビングの床に広げた。大きな保温ポット、サイコロ状にカットされたスイカの入った保存容器、常備菜の入った容器、生姜シロップ、まくわうり三つだった。祖母は保温ポットを手にキッチンへ行くと、何かを探しはじめた。

「平鉢はどこ?」

ひとつある平鉢を取り出してシンク台の上に置くと、祖母は水でゆすいでから保温ポットの中身をあけた。あわび粥の香ばしい匂いがキッチンに充満した。沈みゆく太陽の最後の光がリビングを伝い、長々とキッチンまで入りこんできていた。光は祖母の手とあわび粥にも舞い降りた。空腹を感じた。熱いあわび粥を冷ましながらかきこんだ。祖母のほかの料理と同じように少し味が濃かったけれど、レトルトのお粥とは比べ物にならない深い味わいだった。

「おいしい」

私が言うと、祖母は小さく笑った。

「おばあちゃんは食べないんですか？」

「済ませてきたから」

祖母はそう言うと、持ってきた常備菜の容器のふたを開けて私に勧めた。炒めたキムチときゅうり漬けの和え物だった。私が食べている間に祖母は保存容器とまくわうり、生姜シロップを空っぽの冷蔵庫にしまうと、ベランダのほうに歩いていって窓の外を眺めた。お粥を食べたら内臓が温まって汗が流れ、元気が出てきた。一皿平らげて保温ポットに残っていた分まできれいに完食した。食べ終わる頃になると祖母は食卓に戻ってきて、そんな私のようすを見守った。

「本当においしかったです」

祖母は私の言葉を聞くや、冷蔵庫から保存容器を出してくるとふたを開けた。

「スイカも食べなさい」

私はその場でスイカも完食した。具合が悪くなってから、こんなふうに何かをたくさん食べたことがなかった。もう食べ物は苦くなかったし、口の中もざらつかなかった。

「今日は仕事で大変だっただろうに、もう休みなさい。あたしは帰るから」

祖母の顔がこわばっていた。化粧は崩れまくり、髪の毛もぐちゃぐちゃという私の姿を心配しているのが伝わってきた。祖母がこのまま傍にいてくれたらいいのにと思った。一時でもいいから一緒にいたかった。ひとりになりたくなかった。

「帰る前に何か飲んでいってください。お茶でも」

いつの間にか哀願していた。少しの間そんな私を眺めていたが、祖母は食卓の椅子に腰を下ろした。私は食器棚からマグカップをふたつ出すと、祖母が持ってきた生姜シロップをすくって入れた。祖母はこちらに背を向けて座り、窓の外の風景を見ていた。ケトルのお湯が沸くまで私たちは何も話さなかった。生姜茶を差し出すと、祖母は穏やかな笑みを浮かべて口を開いた。

「生姜茶、好きなの？」

「はい、昔から体が冷たくて」

「母さんも好きだった。夏でも温かい生姜茶を飲んでた。たぶん避難した頃からだと思う」

祖母はふうふうと吹きながら生姜茶を一口飲むと私を見つめた。

セビおばさんの叔母にあたる人の家は大邱の飛山洞(ビサンドン)というところにあった。避難民の収容所がある地域だったので路地はもちろん、大通りも人とぶつからないようにするのが大変なほど混み合っていた。

子どもをおぶったり抱いたりしている人、頭に包みを載せて歩く人、クムスク、クムスクと誰かを呼ぶ人、飴売り、おにぎり売り、隅に座ってしなびたリンゴを売る人、妊婦、叫ぶ人、声を殺して泣く人、杖をついて歩く人、国軍、米軍、半分くらい魂が抜けたような人、素足で歩く人、悪態をついて言い争う人、そのすべてが押し合いへし合いしていた。ソウル訛り、忠清道（チュンチョンド）訛り、慶尚道（キョンサンド）訛り、黄海道（ファンヘド）訛りといった、あらゆる言葉が入り混じり、たまに日本語と英語が聞こえてきたりもした。粥のご飯粒みたいに、すべてがすり潰されてひとつの鉢に入っているようだった。その密は果てしなく遠くまで続いていた。誰もが生きようと、縁もゆかりもないこの地に集まってきているのだった。

たどり着いたのは日が暮れた後だった。家は地域でもいちばん高い地帯にあった。木の表札にパク・ミョンスクと彫られていたが、女性の名前の表札は滅多に見かけなかったので祖母は訝しく思った。曾祖父が何度か戸を叩いたが、中からはなんの音も聞こえなかった。祖母はそのまま道端にでも横になってしまいたかった。ついに目的地に到着したと思うと、体が粉々になってしまいそうな疲労が押し寄せてきた。

——セビ。

——セビおばさん。

曾祖母と祖母が大声で呼んだ。でも相変わらずなんの音も聞こえなかった。霧雨が降りはじめた。

——セビおばさん。

その瞬間、家族はこれまで表に出さずにいた不安を眼差しで共有した。この家にセビおばさんはいないかもしれない、避難できなかったのかもしれないという考えだった。

——セビ、そこにいるんだろ？　開けてちょうだい。あたしよ、サムチョン。

曾祖母の声が小さくなっていった。雨脚が強くなってきたので、一行はぶるぶる震えながら軒下に入った。曾祖父がもう少しだけ待ってみて応答がなければ、避難民の収容所に行こうと言った。曾祖母は何も言わずに頷いた。祖母は曾祖母の隣でセビおばさんとヒジャを思った。開城の家に訪ねてきたふたりを避難の道に向かわせたのは自分の家族だった。考えないようにしていたけれど、開城に置き去りにしてきたボミも思い出された。避難しながら目にした光景が走馬灯のように駆け巡った。できるだけ考えるという行為をしないよう努力してきたけれど、軒下に立って雨を眺めていると、これまで頭の片隅に追いやっていた考えが待ってましたと言わんばかりに溢れ出てきた。米の一粒、ひとかけらにもならない役立たずな考えが。

しばらく立っていると続けざまに軽い咳が出た。大邱は冬でも暖かいというヒジャの言葉を思い出した。体が弱っているうえに、服が雨で濡れたせいで全身がくがくと震えていた。祖母は路地を流れる水を見た。避難の道に取り残された幼い女の子がヒジャに重なって見え、脳天にひんやりとした鋭い痛みを感じた。どれだけそうしていただろう。遠くから女たちが低い声で会話する声が聞こえてきた。声は徐々に近づいてきた。低いほうはセビおばさんの声のように思えたけれど、祖母はそちらに目を向けることができなかった。

――ヨンオク。

自分の名前を聞いた祖母はようやく顔を上げた。目の前にセビおばさんとヒジャ、そしてはじめて見る女性が立っていた。ヒジャは曇った眼鏡をかけた目で祖母を見つめた。

――ヨンオクお姉ちゃん。

祖母はヒジャと声をかけることもできずに座りこみ、手で顔を覆って泣き出した。会えてうれしいからだけではなかった。これまで口に出すことはなかったけれど、一日に何度もこみ上げてきた不安がようやく体の外に出ていったからだった。不安は不思議な感情だった。消える瞬間、もっとも強烈に感じるから。自分はセビおばさんとヒジャが無事に大邱までたどり着けたとは思っていなかったのだと祖母は認めた。希望が打ち砕かれたら、その衝撃に耐えられなくなりそうで、小さな望みすらもすべて捨てて避難の道を歩いてきたのだと。祖母はしばらく顔を上げられずに泣いていたが、やがて立ち上がるとヒジャを抱きしめた。祖母の懐のヒジャも泣き出した。雨はみぞれに変わりつつあった。

――このままじゃ、みんな風邪をひいちゃいますよ。さあ、落ち着いて、中に入ってください。

はじめて見る女性が咎めるような口調で言うと、門を開けて中庭へと導いた。

――積もる話は明日にして、まずは休んでください。お焦げ湯（スンニュン）から召し上がって……。

淡々と話す女性を見ながら、自分たちは歓迎されていないようだと祖母は思った。少なくとも還暦は過ぎていそうな女性は白い靴下に黒い靴を履き、髪の毛を後ろで丸く巻いてピンで留めていた。この人がセビおばさんの叔母のミョンスクおばあさんだった。

オンドルの暖かい場所に座り、ミョンスクおばあさんが出してくれたお焦げ湯を飲んでいたら睡魔に襲われた。その日の祖母は避難の道を歩き出してからはじめて熟睡した。服も着替えず、その場でそのまま眠りに落ちた。

翌朝、はじめて聞く音で祖母は目が覚めた。ミョンスクおばあさんが部屋の隅で椅子に座り、ミシンのペダルを踏みながら作業をしていた。糸の匂いとミシンから漂ってくる油の匂いをかぎながら起き上がると、祖母はもじもじと布団を畳んだ。部屋にはふたりしかいなかった。彼女は祖母を横目でちらりと見ると、ふたたび布地に目を落とした。よく眠れたかという一言もなかった。

――母さんは……。

祖母の問いにもしばらく黙っていた彼女は、やがて口を開いた。

――配給を受け取りにいったよ。娘っ子が、揺すっても起きやしないんだから。

ミョンスクおばあさんは顔も向けずに小さな声で言った。彼女には祖母一家をこの家に留まらせる理由がなかった。祖母とはなんの関係もない人間だった。それでもミョンスクおばあさんの冷たい反応は心に残った。

——あっちにお湯を沸かしておいたから、体を洗って服も着替えなさい。

祖母は引き戸を開けて縁側に出た。夜中に雨が降ったためか空が明るかった。縁側に立っていると、この家の間取りがようやく視界に入ってきた。縁側から表門まで数歩もないほど中庭は小さく、高い塀の上には先の尖った陶器の欠片が刺さっていた。開城ではこんなに塀の高い家は見たことがなかった。二部屋に台所、便所がすべての小さな家に、これほど高い塀が必要なのはどうしてだろうか。祖母は中庭を通り抜けて台所に行くと、ミョンスクおばあさんが沸かしておいたお湯に冷水を注ぎ、久しぶりに体を洗った。服を着替えて外に出ると、家に戻った曾祖母にセビおばさん、ヒジャが縁側に座って話をしていた。ミョンスクおばあさんの部屋からは相変わらずミシンの音がしていた。

——ひと仕事したね、ヨンオク。よっぽど疲れてたんだね、あんなに寝るなんて。

セビおばさんが笑いながら言った。その姿は現実味がなかった。セビおばさんと曾祖母の横に穀物の袋が置かれていた。ふたりとも幸せそうだったし、何よりも安らかに見えた。ヒジャはセビおばさんの隣に座り、じっと祖母を見ていた。以前だったらお姉ちゃん、お姉ちゃんと駆け寄ってきたはずのヒジャが、祖母のことを見知らぬ人のように眺めていた。数ヵ月の間に眉毛が少し濃くなり、顔の肉が落ちて背も伸びたようだった。祖母は中庭にぼんやりと立っていたが、ヒジャの横に行って腰掛けた。ようやくヒジャも祖母に向かってかすかに笑ってみせた。

ミョンスクおばあさんは朝鮮王朝時代の末期にセビで生まれ、日本の統治下で青年期を過ごした。十七歳になると自らの手でテンギモリを切り落とし、開城にある修道女会に入会した。フランスに本院がある修道女会は開城と大邱に分院を置いていたが、修練期を終えたミョンスクおばあさんは辞令を受け、そのときから大邱に住みはじめた。手先が器用だったので司祭服の仕立てもやったし、休み時間に修道女仲間の服を繕ってあげたりもしていた。そうやって二十年を修道女として過ごし、三十七歳になったときに修道服を脱いだ。

——どうしてだろう。

祖母の言葉にヒジャはわからないと首を振った。ミョンスクおばあさんは修道女会を出た後も故郷には戻らず、そのまま大邱に留まった。修道女時代に少しずつ貯めた金と実家からの支援で小さな家を買って塀を高く改造し、服の修理の仕事をはじめた。素晴らしい腕前だったので遠方から頼みにくる人も多かったし、オーダーメイドの洋装のように高額な依頼をする客もかなりの数だった。仕事を選ばずにどんな服でも注文を受け、陽が沈むまでミシンを踏んでいた。

ミョンスクおばあさんは祖母一家が居候だから冷たいわけではなかった。誰に対しても分け隔てなく接した。客に笑顔を見せることも滅多になかった。ひとつの季節をともに過ごしながら、感情表現が少し苦手な人なのだと祖母は気づいた。

――叔母さんは特別な人。

セビおばさんは時々そう言っていた。独特な人ではなく特別な人だと。考えてみたら、祖母一家を住まわせている事実からしてそうだった。ミョンスクおばあさんのおかげで、祖母は戦時中に特権を行使することができた。大邱市庁から南に向かって伸びている三徳洞（サムドクトン）の道路、新川洞（シンチョンドン）の向かい側と大邱駅の裏、東部、北部一帯と飛山洞のような西部の郊外一帯は避難民で溢れていた。全国各地から押し寄せた人は収容所に入りきらなかった。そこに比べたら、ちゃんとした家で暖かく過ごせるし、麦粥でも食べることができる状況は夢のようだった。彼女がいなかったら、橋の下で生活する羽目になっていたかもしれなかった。セビおばさんの言葉どおり、ミョンスクおばあさんは祖母一家にとっても特別な人だった。

家には一日の間に何人もの客が訪ねてきた。すべて大邱が地元の女たちだったが、まとめた髪を後ろで結い上げて白い韓服を着た人、短いチマにひさし髪の人、ボブヘアの人、子どもをおぶったり抱いたりしている人、華やかに化粧を施してハンドバッグを手にした人など、その姿はさまざまだった。特に何も言わずに服を預けていく人もいれば、ミシンを踏むミョンスクおばあさんの横でおしゃべりしていく人もいた。どの客も長い付き合いだった。ミョンスクおばあさんは流暢な大邱訛りで客と会話した。祖母は大邱の言葉を理解するのに苦労したが、客の言葉遣いに少しずつ慣れていくうちに、ある程度なら聞き取れるようになった。たまに客がミョンスクおばあさんに尋ねることもあった。

——あの子は誰。

——姪の娘っ子。

——じゃあ、あの子も北から来たの。

——ああ。開城から。

——まったく、お姉さんったら見かけによらないね、姪っ子たちの面倒を抱えこんで、その娘まで世話してやるなんて、こんな人なかなかいないよ。ねえ、あんた、ミョンスクおばあちゃんに感謝しなきゃね。外を見てごらんよ。大騒ぎなんだから。

——子どもが聞いてんだから、やめてちょうだい。

ミョンスクおばあさんが一日中ミシンを踏んでいる間、セビおばさんは道の一角に陣取って卸売市場で買ってきた果物を売った。曾祖母も一緒に働いたが、そのうちに外国産の煙草とアメリカ製のガムをばらして売ったりもした。曾祖父は背負子(しょいこ)を使って日雇いの仕事をしていた。ヒジャは臨時学校に通っていた。百人を超える児童がぎっしり集まって本もなく授業を受ける仮校舎で、ヒジャはいつも最前列に座っていた。数年前に開城で作った眼鏡は、今の視力を矯正しきれていないようだった。

開城でともに暮らした日々について、ヒジャはもう話そうとしなかった。会話の途中で開城の話題が出てくると口をつぐんだ。そのせいかヒジャは少しずつ口数が減っていった。こちらが疲れるほど騒いでいた頃の姿はもう思い出せなかった。

翌年の春になる前に曾祖父は国軍に志願入隊した。

全員で一緒に昼食を取っていたある日、曾祖父は今週末から訓練所に入ることになったと告げた。大邱に留まっている多くの避難民が国軍に入隊していて、訓練所は近場にあり、面会も可能だと。祖母は言葉を失ったまま曾祖父を見つめた。曾祖母は何も聞こえなかったように、曾祖父の隣ですいとん（スジエビ）をゆっくり食べていた。

じゃがいも入りのすいとん。祖母はすいとんを食べるたびに、あの日を思い出すと言った。

よく晴れた暖かな四月のある日。ヒジャが一冊の本を手に出てくると縁側に腰を下ろした。ひどい近視のヒジャは本に顔を埋めるようにして読みはじめたが、すぐに閉じてしまった。祖母は近づくと本に触れてみた。ミョンスクおばあさんが大事にしているみたいだったから、今までどうしても手に取ることができなかったのだ。表紙には『ロビンソン・クルーソー』と書かれていた。祖母は鼻をあてて本の匂いを嗅いだ。国民学校に通っていた頃を思い出した。

――ロビンソン・クルーソー。ダニエル・デフォー。

祖母は声に出して題名を読み上げるとヒジャを見た。

——続けて読んでみて。

ヒジャはそう言って祖母を見つめた。祖母は本を朗読しはじめた。ヒジャは時折ため息を漏らし、笑える、面白いねと言ったりした。そんなふうに生き生きした姿を見るのは久しぶりだったから、より心を込めて朗読しようと努めた。どれくらい読んだだろうか。ふと振り返ると、後ろでミョンスクおばあさんが脚を前にぴんと伸ばした状態で座っていた。

——続けて。

ミョンスクおばあさんに言われ、祖母は続きを読みはじめた。ミョンスクおばあさんは物語に没頭しているような表情で朗読を聴いていた。祖母も久しぶりに晴れ晴れとした気持ちになって、純粋に時間を楽しむことができた。その日からほぼ毎日ヒジャが下校すると縁側に座って本を朗読した。そうするとミョンスクおばあさんもミシンの手を止めて祖母の隣に座り、お話に耳を傾けた。

その日もいつもどおりに朗読を終えて水を飲んでいると、ミョンスクおばあさんが声をかけてきた。祖母の顔じゃなくて表門を見ながら話していたから、まるでひとり言を言っているようだった。

——あたしが小さいとき、小説を読んでくれた人たちがいた。本屋で『洪吉童伝（ホンギルトンジョン）』も読んでくれたし、『謝氏南征記（サシナムジョンギ）』とか『壬辰録（イムジンノク）』も読んでくれた。本当に楽しかった。夢中になってお話を聴いた。母さんは物語を好きになると貧乏になるって言ったけど、どうすることもできなかった。本当に好きだったから。

北の訛りでそう語るミョンスクおばあさんの顔に穏やかな笑みが浮かんでいた。

10

母がメキシコから帰国した週の週末にソウルへ向かった。その日は長時間の運転に自信がなかったので市外バスとタクシーを乗り継いだ。母の肌はいい感じに焼けていて、表情も以前より明るく見えた。

「お母さん、ピアス開けたの？」

「うん。前からやってみたかったんだけど、ミョンヒ姉さんの友だちが開けてくれた」

母はなんでもなさそうな顔で頭を揺らした。ドロップ型のパールが耳でゆらゆらしていた。

「ミョンヒ姉さんが買ってくれたピアス。つけてると気分がいいの」

母は携帯電話を出してメキシコで撮った写真と動画を見せてくれた。つば広帽子をかぶり、サングラスをかけた母が自然な笑顔を見せていた。旅行について話す姿はいつになく楽しそうだった。

母はメキシコで買ってきた土産物を並べた。フリーダ・カーロの顔が描かれたマグネット、ドン・フリオのテキーラ、ワカモレとサルサソース、色とりどりの糸を撚り合わせて作ったアルファベット柄の手工芸などだった。母はそれらをひとつずつ指差しながら、韓国で食べていたワカモレと本場の味はどう違うか、アボカド農業がどんなに大規模で行われているか、しばらく話し続けた。そうしてグアダルーペで買ったというロザリオを差し出し、グアダルーペ寺院で私のために祈ったと言った。母は無宗教だった。

「私のために何を祈ったって?」

「ジョンが強くなりますように」

「私が何に対して、どう強くなるのよ」

反抗心が湧き上がったけれど、無理やり微笑んでロザリオを見つめた。きらきらする黒いプラスチックの珠を連ねたロザリオに、青いマントを纏ったグアダルーペの聖母のメダルがついていた。

「なんで、そんな顔してるの?」

私の表情を探っていた母が訊いた。

「別に」

「別にってことないでしょう。ちゃんと言ってよ」

「私に言えることなんて何もないじゃない。ああいう話は二度と聞きたくないって言ったのはそっちでしょ。離婚の話も口にするなって。じゃあ、私がお母さんに話せることとって何があるのよ」

「あたしに話すことって、そういう内容しかないわけ？　肯定的に考えなさいって言ってるの。過去はもう終わった出来事。何度も覗きこんだってしょうがないでしょう。未来を見なきゃ。あんたは小さいときから、過ぎたことをいつまでも考える癖があった。だから、しょっちゅう存在しないものを見たり……」

　母はそう言いながら動揺の色を見せた。その顔に幼い私を見つめる若かりし日の母の表情が重なった。不安と嫌悪の入り混じった、あの表情が。

「ジョンは弱すぎるから、やたら過去の出来事にしがみつくのよ。いつもふわふわしてて、しょっちゅうひとり言を言ってた。またそうなるんじゃないかって……」

　そう言った母に当惑の表情がよぎった。衝動的に吐き出した言葉に驚いているようだった。

「疲れてるから、ちょっと休むね。ほっといて」

　私は壁のほうを向いて斜めに横になると目を閉じた。母は出ていった。部屋の外からシンク台で水を流す音、食器のぶつかる音、冷蔵庫を開け閉めする音が聞こえた。音に集中して意識を分散させたかったけれど、またしても心臓が波打ち、胃がむかむかしてきた。

　母がまたすぐにドアを開けて入ってきた。

「あんた、本当に最近は大丈夫なの？」

私の横に座ると訊いてきた。

「大丈夫」

「大丈夫そうに見えないから言ってるの。本当に薬をやめたの?」

「やめたってば」

でも私は言いたかった。薬をやめようとしたんだけど、逆にもっと苦しくなった、だからまた飲みはじめた、お母さんの願いや、私の決心に見合うようなスピードでは回復できていないと。でもそんなことを言ったら、その場で非難されるだけだともわかっていた。

「じゃあ、一体これは何?」

母が半透明の薬袋を突き出してきた。その手から薬袋をひったくった。

「わざと引っかき回したわけじゃないからね。電話が鳴ってたから渡してあげようと思って鞄を見たら、これが入ってた」

「見なかったことにはできなかったの?」

「楽な道ばかり選ぼうとするんじゃないよ。そんなもの、この世に存在しないんだから」

私がまだソウルに住んでいた頃、家に来た母が精神科の薬を見つけたことがあった。袋に印刷された薬の名前を携帯電話でひとつひとつ検索してから、母は冷たい口調で言った。お前には失望した、つらいことがあるからって、むやみに薬を飲むのは間違っていると。争いたくなかった私はすぐにやめるからと約束したのだった。母に立ち向かえば、あたしはお前と比べ物にならないほどの苦しみを味わったけど、それでも精神科に頼ったりしなかったと言い返されていただろう。

「私がいつ、楽な道を選ぼうとしたのよ」

「自分の力で耐えられるはずなのに放棄するからでしょう。結婚だって……」

「やめて、お母さん。全部終わった話でしょ。今でもお母さんは、私が簡単に結婚を放り出したと思ってるわけ？」

「そうよ」

母はそれだけでは言い足りないとばかりに続けた。

「あたしとお父さんは、お前のお姉ちゃんの一件があってからも家庭を放棄したりはしなかった。でも、あんたは……」

「むしろ放棄すればよかったでしょ。あそこで庇護(ひご)されて生きるくらいなら、いっそ捨てればよかったじゃない。病院が必要なのはお母さんのほうだった。薬にでも頼るべきだったのはお母さんだったんだよ」

我に返ると、母の顔に薬袋を突きつけて振り回していた。母は手の甲で涙を拭い、私の視線を避けた。

「ごめん、お母さん」

母は答えずにうつむいたまま涙を流した。

「私がどうかしてた。ごめん」

泣きながら母に近づいた。母はそんな私を手で振り払った。

「しばらく会うのはやめよう」

母はそう言うと立ち上がった。鞄を持って外に出ると心臓が高鳴りはじめた。こういう諍いを起こさないために、母も私もお互いに対して多くを諦めてきた。それなのに、どうしてまた衝突することになったのだろう。傷つけたくはなかったけど、自分を守るために母を攻撃する羽目になるパターンをくり返してしまった。頑として自説を曲げずに非難してくる母に耐えられるだけのパワーがなかった。

深夜零時を回ってようやくヒリョンのターミナルに到着し、タクシーで家に帰った。マンション群の入口で降りて歩いていたら、どこからか犬がきゃんきゃん鳴く声が聞こえてきた。声のするほうに顔を向けると、小さな犬が花壇から私を見ていた。近づいて手を差し出すと、犬はツツジの木の裏へと後ずさりした。立ち去るふりをすると、ようやくこちらに向かって歩いてきた。目元が黒く、黄色い毛の犬だった。両手で抱いてみると骨があたるほど痩せていて、長いこと洗っていない匂いがした。気力がないのか、逃げ出そうともがくこともなかった。私は犬を抱いたまま家に入った。

リビングに下ろして水を入れた鉢を差し出すと、犬は夢中で飲んだ。明るい場所で見ると子犬の時期を終えたばかりのまだ幼い犬だった。冷蔵庫にあった鶏の胸肉を焼いて与えると、ろくに嚙まずにものすごい勢いで食べた。すごくお腹が空いてたんだね。他にあげられそうなものがなくて出した食パンもがつがつ食べた。卵をふたつ焼いてあげると、それも器まで舐め尽くした。もうあげるものがないの。私は犬を見ながら言った。きつい一日だった。お互いに今日はまず休もう。それから先のことは朝起きてから考えよう。

シャワーを浴びて出てくると、犬はシンク台の下に敷いたキッチンマットにうつ伏せになって寝ていた。何があったんだろう。隣に行って覗きこんでも起きないくらい深い眠りに落ちていた。長いこと外で暮らしていたのか肉球は黒っぽかったし、鼻は乾いていた。おやすみ。犬に言うと、私も寝床に入った。

「お前は誰だい？」

祖母は犬を見ると、可愛くて仕方がないという表情になった。最初は警戒していた犬も自分を可愛がっていると気づいてからは、後ろ足で立って祖母にじゃれついた。私はこれまでの経緯を話した。飼い主を募集しているところだけど、いい人が見つからなかったら自分で飼うことも考えていると。

「名前は？」

「クィリ。病院で検査してもらうときに名前を聞かれて、その場でつけたんです」

「クィリね。クィリ、クィリ」

祖母は四つ足で歩く真似をしながらクィリに近づいていった。

「どっか行かなきゃいけないときとか、手が必要なときはあたしが預かるから。世話してあげる」

そうして自分の家から持ってきた私の衣類を食卓の上に置いた。ボタンが取れていたり、裾が破けたりした服を直してくれたのだった。家のあちこちに散らばっている服を見た祖母は、お直しが必要なものを持ち帰った。返された服はどこを直したのかわからないほど、きれいに整えられていた。

「ありがとうございます」

私が言うと、祖母はいやいやと手を振った。

「この程度は大したことないから。むしろ楽しかった。ほら、もっとないの？」

その声には確かな自負心が滲んでいた。幼かった私が祖母の家で過ごしたときには服の修理の仕事をしていた。祖母は手先が器用だった。

「九歳でヒリョンに来たとき、おばあちゃんがミシンでワンピースを縫ってくれたのを思い出します。色画用紙で王冠も作ってくれて」

私の言葉に微笑みながら祖母は頷いた。

「お直しの仕事は目のせいで……辞めたんですか？」

「目もそうだけど、それよりも手が……」

「手？」

「痛かったんだよ。少しの間だけ針を持つ程度なら大丈夫なんだけど、長い時間になると……」

あまりこの話はしたくなさそうだった。

「針仕事はいつ覚えたんですか？」

私は話題を変えた。

「大邱にいたとき」

祖母は当時を回想しながら笑みを浮かべた。


箒で地面を掃いていたある日、ミョンスクおばあさんが祖母を手招きして呼んだ。

――これ、ちょっと持ってみてごらん。

ミョンスクおばあさんが小さな一本の針を差し出してきた。

――ここに糸を通してみて。

祖母が白い木綿糸の端を唾で湿らせて針穴に通すと、ミョンスクおばあさんは人差し指に糸を置き、その上に針を載せなさいと言った。祖母は言われたとおりにした。

――そしたら針に糸を三回巻きつけて、そう、それを親指でぎゅっと摑んで針を引き抜いてごらん。

すると糸の端に小さな玉ができた。

――あんた、手先が器用なんだね。

ミョンスクおばあさんは玉を見ながら言った。

――さて、そしたら布の裏から針を抜くんだよ。針が入っていく面と出てくる面の縫い目が等間隔にならないといけないよ。

ミョンスクおばあさんの手本を見てから、祖母もゆっくりと並縫いをはじめた。不思議なことに針を握っていると乱れた心が静かになっていった。ミョンスクおばあさんはその場で返し縫い、まつり縫い、くけ縫いを教えてくれた。祖母は教わったとおりに真似していった。

――すごいね。

ひとり言のように何げなく発せられた言葉だったが、賞賛を聞いた祖母の胸は躍った。ミョンスクおばあさんの目に祖母の針仕事は大雑把なこと極まりなく映ったはずだ。はじめてにしては悪くないという意味だったはずだ。それでも祖母は、自分には特別な才能があるのかもしれないという気になった。そんなふうに褒められたのは生まれてはじめてだったから。祖母はそれからも毎日ミョンスクおばあさんの隣に座り、針仕事を身に付けていった。

ミョンスクおばあさんは多感な人でも、感情表現に長けている人でもなかった。仕事中は作業に集中していつも眉間にしわを寄せていたし、誰かに話しかけられても聞こえないくらいに自分だけの世界に没頭していた。作業中だけではなかった。曾祖母の愉快な話に皆が笑っているときも、ひとり深刻な表情をするほど空気が読めなかった。

表では聞こえのいいことを言うくせに裏では違うことを言う人、悪意のない笑みを見せながら本音は違うことを考えている人は珍しくなかった。それはもしかすると人間の普遍的な性質なのかもしれなかった。そういう意味でミョンスクおばあさんは人間というより猫みたいだった。足音が聞こえないくらい静かに歩くのはもちろん、人との接し方も猫そっくりだった。猫の中でも決して人間の膝に乗らず、人間に体をこすりつけない猫といえばいいだろうか。つねに背を向けて座り、人間が見ていないときは遠くからこちらを眺めているのに、視線をやるとそっぽを向くふりをする猫。ミョンスクおばあさんはそういう猫に似ていた。巧みにペダルを踏みながらミシンをかける猫だなんて。想像する祖母の顔に笑みがこぼれた。

祖母はミョンスクおばあさんの隣で針仕事をしながら、とりとめのない話をするのが好きだった。曾祖母やヒジャに言わなかったことを話すときもあった。祖母が何を話しても、ミョンスクおばあさんは決めつけたり正したりしようとはしなかった。ほとんど何も答えなかったけれど、祖母の言葉を遮ったこともなかった。

——避難してきて、頭がおかしくなった女の人をたくさん見かけました。

ミョンスクおばあさんがミシンの押さえ金にからまった糸を取り除いているときだった。

——不思議だけど、頭がおかしくなった女の人たちを見ると近づきたくなるんです。身近に感じられるし。

ミョンスクおばあさんは動きを止めて祖母を見ると、全然違う話をはじめた。

——あんたが針を握って生きていく星回りなのかはわからない。だけどあんたを見てると、それは決心次第なんじゃないかって気がするんだ。

そして椅子から立ち上がると手招きした。

——座ってごらん。

祖母がもじもじしているとミョンスクおばあさんが言った。

——座らないで何してるんだい。

祖母は慎重に腰を下ろした。ミョンスクおばあさんはその日、ミシンの糸の通し方、ペダルの踏み方、押さえ金に糸がからまったときの外し方、何よりも手を怪我しないように気をつけるやり方を祖母にはじめて教えた。

——ぼうっとしてると、針が手に刺さるよ。

ミョンスクおばあさんが険しい顔で言った。

——おばあちゃんも刺しちゃったことがあるんですか?

ミョンスクおばあさんの顔にかすかな笑みが浮かんだ。

――昔も今もすぐ眠くなるから、うとうとしてたら刺さったことがあるよ。

――あらまあ。

祖母が肩をすくめると、ミョンスクおばあさんはいつもの表情に戻って続けた。

――さて、どいてちょうだい。仕事しなきゃ。

ミョンスクおばあさんはそれから毎日、仕事の合間を縫っては祖母にミシンの使い方を教えた。糸巻きが回る感覚、ペダルを踏みながら布地に縫い目の跡をつけていく感覚が祖母は好きだった。

夜は曾祖父の夢を見た。戦争が完全に終わり、祖母は帰還する曾祖父を出迎える。場所はいつも開城の家。どういうわけかボミはまだ耳が立つ前の子犬だ。戦争が終わったら、また子犬になったんだね、そう感嘆しながらボミと一緒に曾祖父を歓迎する。その人が曾祖父だということはわかっているが、顔はいつもはっきり見えない。そんな夢から目覚めると胸がひんやりとして、曾祖父は二度と戻ってこられないかもしれないという予感に襲われた。国軍に入隊することを決めた曾祖父の気持ちが祖母には理解できなかった。死なないことだけを願った。

食事をするときも、針仕事をするときも、仕事に出かける曾祖母とセビおばさんを見るときも、ヒジャと話すときも、祖母は妙な罪悪感に苛まれた。話をしていて笑いそうになると尚更だった。笑い声が塀を越えてはいけないという法でもあるみたいに、祖母は笑わないようにしていた。

冬がはじまったある日、セビおばさんが透きとおったお酒を一本持ち帰った。客のおばあさんがリンゴ代の代わりに酒を出してきたのだった。どういうわけか食指が動いたセビおばさんは受け取った。セビおばさん、曾祖母、祖母、ヒジャ、ミョンスクおばあさんは大根キムチを載せた小さなちゃぶ台を囲んで酒を飲んだ。曾祖母は面白半分で祖母にも味見をさせた。酒は苦く、むかむかした。ヒジャも一口飲むとしかめ面になった。セビおばさんは一杯飲むと、手を叩いて息が切れるまで笑った。顔やら首やら一面が真っ赤だった。

——父親に似たんだね。うちの父さんも兄さんも全員が下戸であんな感じだった。

セビおばさんを見ながら舌打ちしたミョンスクおばあさんは大根キムチを肴に、速いピッチで酒を飲んだ。

——叔母さんはさ、修道女会で酒の飲み方でも習ってきたのかね。

セビおばさんがミョンスクおばあさんを指差して笑った。

——えい、このイカれた女が。酒でも飲んで、好きなだけ笑いな。

ミョンスクおばあさんがどんな表情でセビおばさんを見ていたか、祖母は今でも覚えている。普段は感情を出さない顔に浮かんでいた悲しみ、近くに行って撫でてあげたいけれど、やり方がわからないもどかしさ、その心に宿る深い愛情をミョンスクおばあさんの顔に見出したのだ。

セビおばさんはひとしきり笑うと、曾祖母の肩に腕を回してもたれかかった。

――サムチョン、あたしたちのサムチョン。

そして曾祖母の膝枕で目を閉じた。曾祖母がセビおばさんの額に手を置いた。

――ここまで飲めないお嬢ちゃんだとは……。

曾祖母はそう言うと、面白そうに微笑んだ。

お酒のためか、セビおばさんが笑いはじめたせいか、その日は軽い話題で笑い合った。曾祖母にも以前の無邪気な表情が戻ったし、曾祖母の膝枕で横たわるセビおばさんも子どものようにはしゃいだ。重苦しかった家の空気が久々に換気された瞬間だった。

でも祖母は、あの日あの場所で不安を感じていた。無警戒のとき、気持ちが緩んでいるとき、何事も起こらないだろうと思っているとき、悲観的な考えに縛られていないとき、ある瞬間を楽しんでいるとき、困難はふたたび襲いかかってくるのだという不安だった。今にも問題が生じるのではと戦々恐々としているときは別に何も起こらないのに、少しでも安心すると不意打ちを食らうのが人生だと祖母は考えていた。不幸はそういう環境を好むらしかった。ようやく一安心したとき、これからは生きるに値する日々らしいと思うときを。

こういう考え方は曾祖母から来たものでもあった。祖母が少しでも楽しい、幸せ、満足、そういう表現をすると、曾祖母はたたりに遭うよと警告した。子どもが可愛ければ可愛いほど不細工だと言い、幸せであればあるほど幸せだという言葉を控えてこそ、悪鬼が嫉妬しないというのだった。ふり返ってみると、人生における後悔はいつもその考え方から来ていたと祖母は言った。ともに笑い、楽しみ、温もりを分かち合う時間を素直に喜べず、不安に震えていたのだと。避けようとしても無理なものも世の中にはあるのだから。どんなに不安で震えたとしても、幸せな時間を楽しむまいとしても、避けようのないものがあるのだから。

祖母の不安をあざ笑うかのように、その夜が過ぎたあとも特別なことは起こらなかった。翌日に同じ路地に住む儒学者が笠をかぶってやってくると、真夜中にバカ女どもの軽薄な笑い声が塀を越えてきたと怒鳴りこんだだけだった。ミョンスクおばあさんは、彼をちらっと見ると頭を下げてミシンを踏んだ。曾祖母が大袈裟な身振りですみませんと謝ると儒学者は立ち去った。ヒジャが手で顔を覆って笑った。

こうして時間は流れていき、一九五三年の七月に休戦が宣言された。

祖母と曾祖母は両手を握りしめて泣きべそをかいたが、曾祖父の話は口に出さなかった。口を滑らせたら曾祖父を失う可能性もあるという考えからだった。表門を開けて家に戻ってくる瞬間まで確かなことは何ひとつなかった。曾祖父が帰ってくる夢を何度見たことか……顔もはっきりわからないその姿が現れたとき、どうして心から喜べなかったのか……同じ夢を度々見ているうちに曾祖父がどんな顔をしていたのか、祖母は本当にうまく思い描けなくなった。

曾祖父は死ぬことも、捕虜になって連行されることも、負傷することもなく帰還した。休戦が宣言されて間もなくだった。庭に入ってきた曾祖父を目にした曾祖母は、すぐには駆け寄れずにゆっくりと夫の姿を見回した。曾祖父も少しためらっていたが、やがて曾祖母を片腕で抱きしめた。祖母も、ヒジャも、セビおばさんも、そんなふたりを囲んで涙を拭った。

ミョンスクおばあさんはミシンを回していた手を下ろし、そのようすを眺めていた。

祖母の夢とは違い、帰還した曾祖父にはちゃんと顔があった。短く刈り込んだ髪の下には黒く日焼けした顔、見慣れた目鼻立ちが存在していた。以前には見られなかった満足げな笑みも滲んでいた。曾祖父は何か驚くべきものでも目にしたように祖母を眺めた。曾祖父の懐に抱きしめられながら、この瞬間は永遠に忘れられないだろうと祖母は思った。

曾祖父は家につくと、丸一日ぶっ続けで眠った。目を覚ますと麦飯を二杯も平らげ、ようやく自分を見守る人たちを前に口を開いた。

――軍隊で同郷のトンムに出会ったんだ。トンムが言うには、ソウルで二番目の兄さんと父さん、母さんに会ったそうだ。ソウルを発って避難したと。ソウルで亡くなったわけじゃなかったんだ。

祖母はこんなに興奮して語る曾祖父を見たことがなかった。

――それでトンムが、どちらへ行かれるのかと父さんに訊いたら、ヒリョンってところに向かうと答えたんだそうだ。黄海道の人たちがたくさん集まっている場所だって話は知っていたけど。

――だから？

曾祖母が用心するような口調で訊いた。

――行くべきじゃないのか。

――どこに……。

――父さんのいるところに。ヨンオクもこれからは、じいちゃん、ばあちゃんの近くにいるべきだろう。

――大邱を離れるってことですか？

祖母は尋ねながらも、当たり前のことを訊いていると思った。大邱は一時的に避難している地で、いつまでも留まるわけにはいかなかった。いつかは離れることになるとわかってはいたけれど、セビおばさん、ヒジャ、ミョンスクおばあさんとの暮らしに慣れきっていたから、ここを去るという事実は衝撃として迫ってきた。

――しばらくは開城に戻れないだろう。それでもヒリョンで父さんや母さんと暮らしていれば、帰れる日も来るんじゃないのか。

祖母の目に、曾祖父は奇妙なほど能天気に映った。まるで雲の上を歩いているようだった。根拠もない楽観的な話をして、ヒリョンでどうやって新たな人生をはじめるか得意げに演説した。よく食べ、異常なほど笑い、通りすがりの人を捕まえて騒いでは喜んでいた。曾祖父のそういう言動は単に戦争が終わり、生きて帰った喜びのためだけではない、祖母以外の人間もそう気づいていた。傍目には問題なさそうだったが、曾祖父はどこかにひびが入ったまま戻ってきたのかもしれなかった。雲の上を歩いていると思ったら泥沼にはまったかのようにもがき、そうこうしているうちにまた雲の上を歩くことを、この世を去るまでくり返していた。

曾祖父の親がヒリョンにいるという言葉は信じられなかった。

あたしは、どうして父さんの話が信じられないんだろう。

祖母は縁側に座って考えた。もしかすると大邱から、塀の高い家から、セビおばさんとヒジャから、ミョンスクおばあさんから離れたくないからかもしれなかった。問題なのは父さんではなく自分なのかもしれなかった。大邱を去る準備をしていたこの一ヵ月、祖母はセビおばさんにも、ヒジャにも、ミョンスクおばあさんにも、やたらと腹を立てていた。そうしたくないと思っているのに腹を立てていた。

その日も一日中へそを曲げていた。セビおばさんが近くにきて声をかけた。

――そんなことしなくていいんだよ。

祖母は何も答えられずにセビおばさんを見つめた。

――あたしがセビに戻ったときを思い出してごらん。一度あたしたちは別れたことがあるじゃないか。

――……。

――ヨンオクが、うちの叔母さんをとても慕っているのはわかってる。セビおばさんの口から意外な言葉が飛び出して祖母は唇を嚙みしめた。

――ヨンオクが、ヒジャをどれほど大事に思ってるかもわかってる。

――おばさん、あたし……。

――いいから泣いてしまいな。

手の甲で涙を拭うのがやっとの祖母を見ながらセビおばさんは続けた。

――慰めで言ってるんじゃないよ、ヨンオク。あたしたちはね、また会うんだ。あたしにはわかる。そう思うと悲しくもないよ。結局はまた会うことになってるんだから。

セビおばさんの言葉を信じてはいなかったけれど祖母は頷いた。

ミョンスクおばあさんは特に何も言わなかった。大邱を去る前日まで、祖母にミシンの使い方を教えていた。いつもと変わらなかった。祖母が思いつくままにおしゃべりし、ミシンを回しながらミョンスクおばあさんが黙って聞くところまで、いつもと完全に同じだった。

九月の早朝だった。朝食を食べる時間もないまま、祖母一家は荷物を手に庭へ出た。セビおばさんとヒジャも続いた。

——これでも食べてから出発して。

一家は庭で立ったまま、セビおばさんが差し出したおにぎりを食べた。

——ゆっくり食べて。ほら、水も飲んで。サムチョンはこっちに荷物をちょうだい。あたしが持つから。

セビおばさんが言った。

ミョンスクおばあさんが小さいほうの部屋から出てくると縁側に立った。そして自分の部屋の戸を開けてミシンの前に座り、両手を膝に置いたまま、おにぎりを食べている祖母一家を見つめた。

——叔母さん、下りてきて。ヨンオクたちが出発するって言ってるじゃないですか。

ミョンスクおばあさんは聞こえなかったように黙って座っていたが、小さく口を開けると何か言った。声が小さすぎて、もう少し大きな声で言ってとセビおばさんが頼まなければならなかった。ミョンスクおばあさんはしばらく黙っていたが、ふたたび口を開いた。

——元気で。

そう言うと壁のほうを向いた。

曾祖父と曾祖母が長々と挨拶をした。今日まで居候させてもらって感謝している、この恩は死ぬまで忘れないだろう、なんとしてでも恩返しするという内容だった。背筋をぴんと伸ばして座っていたミョンスクおばあさんの姿勢が少し乱れた。うつむくと彼女は言った。

――もう行きな。

――ミョンスクおばあちゃん。

祖母が呼んだ。目の前まで行って挨拶することもできたけれど、彼女は望んでいないだろうと思うと近寄れなかった。祖母は悲しく不安な気持ちで何度も名前を呼んだ。ミョンスクおばあさんはその声が聞こえないみたいにしばらく動かなかった。そしてしかめ面のまま庭のほうを向くと、もう行きなさいという手振りをした。本心ではないとわかっていながらも、祖母はどうしようもなく胸が痛んだ。この瞬間を耐えられないと思うほどに。

――母さん、行こう。

祖母は言った。

――ご挨拶してきなさい。あんたのこと、どれだけ面倒みてくれたと思ってるの、このまま行くつもりなの。

祖母はふたたびミョンスクおばあさんのほうを向くと頭を下げた。

——さようなら。

小声で挨拶すると、祖母は表門の外に出た。

坂道を下る祖母の胸に熱いものがこみ上げてきた。それがミョンスクおばあさんとの別れのせいなのか、ミョンスクおばあさんの冷たい態度のせいなのかはわからなかった。どうしてなのかわからないまま、祖母は泣きながらバスターミナルに着いた。セビおばさんがポケットからハンカチを取り出して涙を拭ってくれると、祖母の耳にささやいた。

——どう考えても、あたしたちはまた会うことになりそう。チマの内ポケットに旅費を入れておいたから。自分ひとりで使うんだよ。

そして祖母の手にハンカチを握らせてくれた。

——お姉ちゃん、必ず手紙ちょうだいね。

——うん。

——ちゃんとご飯食べるんだよ。

ヒジャは眼鏡を外すと目をこすった。

——ヒジャ、あんたもね。

——また会おうね。

——そうだね、また会おう。

——またね、お姉ちゃん。

バスを待ちながら曾祖母とセビおばさんはお互いをきつく抱きしめていた。セビおばさんは涙を堪える曾祖母を慰めながら無理して笑ってみせた。

——開城でさ、セビ、あんたが大邱へ避難するとき……。

——わかってる。

セビおばさんが曾祖母の言葉を遮った。

——いいんだよ。わかってるから、サムチョン。

セビおばさんは曾祖母の胸の内を知っていた。助けを求めて開城にやってきたセビ母子を追い出すように避難の道へと追いやった一件を、曾祖母がずっと申し訳なく思っていたことを。

窓が汚れていて、手を振るセビおばさんとヒジャの姿はよく見えなかった。お互いの表情がわからないのは、むしろ好都合かもしれなかった。祖母にとって、セビおばさんはいつも去っていく人だった。自分と曾祖母は見送る側だった。セビへと旅立つ一家を開城駅で見送った日を思い出した。時が過ぎて今度は自分が去る側に、セビおばさんが見送る側になるとは想像もしなかったと思いながら。バスが動きはじめると祖母は窓に張りつき、徐々に小さくなっていくセビおばさんとヒジャのシルエットを見つめた。

11

クィリは悪戯っ子で甘えん坊だった。どこにでも尻尾を振りながらついてきて、小さなウサギのぬいぐるみを咥えて楽しんでいた。仕事が終わって家に戻り、玄関キーの暗証番号を押しはじめると、興奮して前足でドアを引っ掻いた。その小さな犬の存在が短い間に私の日常を一変させた。家で過ごす時間はもう怖くなかった。朝起きたときや会社から帰ったときに喜んでくれる存在がいるのは、不思議であると同時に嬉しくもあった。

二日続けて下痢と嘔吐をしたクィリを見ても、最初は大して心配していなかった。保護した翌日に病院へ連れていって基本的な検査をしたときも問題はなかったから。でも数日が過ぎても具合が良くならず、ふたたび病院に連れていった。ジステンパーだった。入院させて点滴を打ち、ジステンパーの抗体がある犬の血液を輸血する治療法がベストだと医者は言った。

クィリは動物病院内のとても小さな部屋に入院した。一般の入院室から離れた空間だった。クィリの入院室の前には殺菌剤を撒いたパッドが敷かれ、出入りするときはそのパッドで靴底を拭わなければならなかった。手とドアノブも消毒が必要だった。クィリは自分の身に何が起こっているのか理解できなかった。点滴の管がもどかしかったのか歯で嚙み切ってしまい、エリザベスカラーをつけることになった。置いて帰ると思うと、なかなかクィリから離れられなかった。言葉が通じれば病院にいなきゃならない理由を説明してあげられるのに、それも叶わず、窓もない小部屋に閉じこめられた自分は捨てられたと思うのではないかと気が重かった。

翌日は仕事を終えるとすぐに動物病院に向かった。パッドで靴底を拭っていると、気配に気づいたクィリがきゃんきゃんと鳴いた。エリザベスカラーをつけ、片方の前足に注射針を刺したクィリが後ろ足で立って出迎えた。

「元気になってきました」

医者が希望はあるというように言った。

「今日は輸血もしましたから、明日の朝に白血球の数値を調べてご連絡します」

私はずっとクィリを撫でていた。悲しそうな素振りを見せまいと明るく話しかけた。もう少しの辛抱だよ。これが治ったら健康に長生きできるんだって。クィリはさあ、海に行ったことある？　今度一緒に行こう。寂しくても、もう少しだけ我慢しよう。私たち、ずっと一緒にいようね。この時点で、すでに私はクィリを譲渡する考えを捨てていた。

次の日、クィリにパルボウイルス感染症の陽性反応が出たという連絡があった。白血球の数値がふたたび悪化したので検査したら陽性だった、朝から餌を食べていないとのことだった。

インターネットで〈子犬　パルボウイルス〉を検索してみた。

〈生後二ヵ月の子犬ですがパルボだそうです。返金は可能ですか？〉

〈はい、お客さま。返金と交換、どちらも可能です〉

こんな内容が溢れていた。そういう文章のすき間から、犬パルボウイルス感染症の快復事例を見つけ出すのはなかなか大変だった。

クィリは日に日に変わっていった。数日の間にひどく痩せ、以前のような大きい動作ができなくなった。治る確率はどれくらいですかと尋ねると、はっきりとは言えないが楽観しないほうがいいと医者は答えた。

翌日のクィリは四本の脚でどうにか立ってはいたが、顔を上げることもできなかった。こんな窓もない部屋に閉じこめてはおけないと思ったから、家に連れて帰ると医者に告げた。もう一日だけ状況を見守りましょう、それでもどうしても駄目なら、明日の朝に連れて帰ってくださいと言われた。その日は病院が終わる時間までクィリと一緒にいた。泣くまいと頑張ったけれど顔すら上げられないクィリを見ていたら、それも難しかった。クィリは私の靴に顎を乗せていた。

ここで過ごすのは今日で最後だから。明日の朝になったら連れて帰るからね。今日だけここで点滴を受けよう。

当然のように治るだろうと思っていたから入院させたのだった。そして今この瞬間も希望を捨てられずにいた。それがクィリのための最善なのだと思っていた。入院室のドアを閉めてふり返ると、微動だにせず床に寝そべっているクィリが見えた。

「ジョン」

マンション前の東屋にいた祖母に呼ばれた。リネン素材の紺色の袖なしワンピースにピンク色のサンダルを履き、団扇であおいでいた。

「クィリはどう？」

私は東屋のほうに歩いていくと隣に座った。

「良くないです。今日は顔も上げられなかった。餌も食べなくなって随分になります」

涙を堪えてかろうじて言葉を絞り出すと、祖母が私の背中をとんとん叩いた。

「連れて帰ってくるべきだったのに、もしかすると回復するかもって、あの子を病院に置いてきたんです。やっぱり一緒に帰ってくるべきだったかも。でも、もう病院は閉まってるし」

「明日の朝になったら、あたしと一緒に連れて帰ってこよう」

祖母の言葉に私は頷いた。

「訳もわからずにひとりでいなきゃいけないなんて、つらくないかと……」

「クィリはぐっすり寝るはず。気力がないからぐっすり眠って、そこへあたしたちが迎えにきたら歓迎すると思う。干し鱈を茹でておかなきゃね。明日はその汁でも飲ませようか」

祖母は黒いビニール袋からブドウを一房取り出した。

「日傭に行ってもらってきたの。洗ってあるから。食べなさい。皮と種は袋に捨てて」

私はブドウを噛みしめた。舌の付け根がうずくほど甘かった。

祖母は黙って私のほうに団扇で風を送っていた。

「あたしがしてあげられることがあれば言って」

「ないです」

「よく考えてごらん」

人に助けを求めるのは、私にとって何よりも難しいことだった。自分にできることを手伝うのは簡単だった。自分には難しいことを手伝うのもやりがいがあった。でも助けを求めて手を伸ばすのは不可能に近かった。どんなに苦しくても他人にぶつぶつ言いたくなかったし、迷惑をかけたくなかったから。でもその日は違った。祖母に頼みたかった。

「話してください。ヒリョンに来てからおばあちゃんがどうやって生きてきたのか」

祖母はじっと私を見つめていたが、東屋の床を団扇でとんとん叩いた。

ヒリョンに着いた祖母は生まれてはじめて海を見た。国民学校のときに先生が海について説明してくれたけど、そんなのはなんの意味もなかったし、大邱にいたときにモノクロ写真で見た海もピンと来なかった。本物を目の当たりにした祖母は、自分の目で確かめなければ想像もつかない領域に存在するのが海だと知った。海はこれまで見たあらゆる存在の中でもっとも大きかった。最初はその大きさに圧倒されたが、しょっちゅう見て過ごしているうちに海の小さな部分に情が湧くようになった。雨が降った翌日の匂い、砂浜に打ち寄せる波の音。白い泡沫、薄い貝殻の内側の柔らかな感触、打ち上げられる海草の束、砂浜を歩くときの感覚、陽が沈む頃になると変化していく水平線の向こうの色……。セビおばさん、ヒジャ、ミョンスクおばあさんと一緒にこの風景を見られたら、もう何も望むことはないだろうと思ったりした。海に沈んでいく太陽をぼうっと眺めていたら、辺りが真っ暗になってから家に帰る羽目になり、曾祖母にきつく叱られることも一度や二度ではなかった。

曾祖父は両親を捜し回ったが目撃者を見つけることはできなかった。ヒリョンは大きな町ではなかった。着いて三ヵ月ほどが過ぎた頃、曾祖父の両親はヒリョンにいないという現実を曾祖母と祖母は受け入れた。最後まで諦められなかったのは曾祖父だけだった。祖母はヒリョンで暮らさなければいけない理由を見出せなかった。海を見にいくたびに侘しさが募り、仕舞いにはその感情に取って食われそうになった。

祖母は毎日のように手紙を書いた。曾祖母も毎週セビおばさんに手紙を書き、祖母が月曜日になると郵便局へ出しに行った。配達員が大邱からの手紙を届けてくれると、どんなに嬉しかったか。祖母は新しい手紙の匂いを嗅ぐと、ヒジャが書いた内容を何度も読み返した。

時は流れて祖母が十九歳になった年、ヒジャは大邱でもっとも有名な女子高に入学したと手紙を寄こした。ヒジャは中学校でも成績トップを逃したことがなかった。針を手に働く自分とセーラー服姿のヒジャを比べると、心がひりひりした。

もしかするとヒジャは、自分の知らない遠く巨大な世界へ羽ばたいていくのかもしれなかった。最終的に私を忘れるのだろう。手紙の間隔が少しずつ開くようになると、祖母は少しずつヒジャを失っていく気分になった。自分はいつか彼女にとってなんの意味もない人間になってしまうのだろう。開城と大邱への郷愁を長く引きずりすぎたのかもしれない。でも私の暮らしは開城にも大邱にもない。ヒリョンにある。ヒリョンで生きていかなきゃいけないんだ。祖母はそんなふうにしてヒジャとセビおばさん、ミョンスクおばあさんから自分を引き離そうとした。ヒジャの人生が次の段階に進んだように、自分の人生も停滞しているばかりではないのだと見せたかった。そしてその年の冬、祖母は同郷の男と結婚した。

名前はキル・ナムソンだった。一・四後退〔朝鮮戦争中の一九五一年一月四日、仁川上陸作戦が成功してソウルを奪還した韓国軍と国連軍は北に進んでいたが、中国から大々的に攻撃されたために再び退却した事件〕のときに北から単身ヒリョンへやってきた彼は、漁船に乗ったり市場で働いたりしながら戦争を生き延びた。家族もあとを追ってヒリョンへ来ることになっていたのに、消息がわからないと言っていた。祖母と結婚したときは二十六歳だった。

当時の彼はヒリョンでもっとも大きな水産市場で働いていた。曾祖父が品物の運送の仕事をしていて出会ったのだが、開城から南に下ってきた、家族を見つけられなかったなど、色々な面で似たような境遇にあった彼を気に入ったのだった。年齢差はあったが兄さん、弟と呼び合いながら、家で酒を酌み交わす日も多かった。

ふたりは小部屋で煙草を吸いながら色々な話をした。政治の話がほとんどだったが、曾祖父とナムソンが話をしている間に曾祖母と祖母は酒の肴を作り、マッコリを買ってこなければならなかった。その頃のナムソンはまだ、曾祖父にとって数少ない飲み友達のひとりにすぎなかった。祖母が聞いて不愉快になるようなことは言わなかったし、曾祖母にも礼儀正しく接してはいたが、曾祖母は別に彼のことを好いているようでもなかった。

祖母が市場を通り抜けて帰る途中のことだった。誰かがヨンオクと呼んだ。ふり返るとナムソンだった。紺色の作業服を着て、市場の入口で煙草を吸っていた。

——今日はお父さんに会いにいくことになっているんだ。一緒に行こう。

彼は煙草を消すと祖母のほうに歩いてきた。そして少し距離を保ちながらついてくる間もひっきりなしに話しかけてきた。曾祖父がどれだけ素晴らしい人か、市場での仕事はどこが難しいか、北から避難してきたときはどんな心情だったか。祖母は右から左に聞き流した。きつい一日だったから、彼の話を聴いてやる余力がなかった。もうすぐで家に着くというとき、彼が祖母に近づいてきた。

――ヨンオク、ところでさあ。

祖母はその瞬間、強い疲労感が押し寄せてくるのを感じた。

――縁談話ってあるのかな……ご両親が目星をつけた相手とかいるの。

――どうしてですか。父さんに訊いてください。

彼はそれ以上話しかけてこなかった。誰かに自分を紹介するつもりなのか、自分に気があるのか、どちらなのかはわからなかった。

その会話から半年が経った頃、ナムソンは祖母と結婚したいと曾祖父に申し入れた。そのときの曾祖父はマッコリですっかり出来上がっていた。娘をくれというナムソンの言葉に、喜んでそうしようと答えた。

祖母がまだ小さかったときから、曾祖父は冗談のようにくり返し言ったものだった。〈ヨンオク、お前と結婚してくれるって男が現れたら、俺はいつでも大歓迎だ。それが誰であろうと反対しない〉。

その言葉は祖母の心のいちばん奥深い場所に居座っていた。自分を望む男なら、それがどんな相手であろうと受け入れなければいけない。祖母にとってはただの冗談ではなかった。酒の力を借りて祖母と結婚したいと申し出たナムソンに、曾祖父は何度もありがとうとくり返し、娘を連れていけとも言った。

——ナムソンくらいの男だったら、お前にはもったいないくらいだ。

曾祖父は翌日の朝食の席で祖母に言った。

——お前も、もうじき二十歳だ。このまま行き遅れて、どっかの後妻にでもなるつもりじゃないなら、ありがたく受けるんだな。

そしてナムソンは最近の若者に似合わず誠実で、年長者を敬うと褒めてから、同郷だからお互いに頼り合って生きていくのにちょうどいいだろうとも言った。祖母は何も答えずに朝食を食べた。曾祖母の表情は暗かった。

祖母と一緒にちゃぶ台を片付けて台所に行ったときに曾祖母が言った。

——父さんの言うことは気にしなくていいから。

——じゃあ、どうしろっていうの。

曾祖母は祖母の疲れた顔を見つめた。

——こんなことまで言うつもりはなかったんだけど……。

曾祖母はため息をつくと話を続けた。

——ナムソンはね、あんたの父さんとよく似てる。あたしがお前の母親じゃなかったら、彼のことを礼儀正しくて控えめないい男だと思ったかもしれない。でも……あれは違う。お前を大事にする男ではないよ。

――母さんになんでわかるの。

――一緒にご飯を食べたときを思い出してごらん。魚だろうが肉だろうが、大きな身の部分を真っ先に確保してたのを。ヨンオクのことが大事なら、そんなことするかね？ 話は面白いよ。それはわかってる。でもお前の話を聴く姿を、あたしは見たことない。

――男は皆そういうもんでしょ。

――ヨンオク、他のことならともかく、自分を騙すのはやめなさい。

――あたしが自分の何を騙してるっていうの。

――セビおじさんを思い出してごらんよ。

曾祖母の言葉に祖母の心は打ちのめされた。セビおじさんの長い首、微笑む姿、セビおばさんを見つめる温かな眼差しと口調、ヨンオク、ヨンオクと呼ぶ穏やかな声。おじちゃんは太陽みたいな人です。大きくなってからも、太陽を見たらおじちゃんのことを思い出すはずです。ヨンオクは大きくなったら詩人になるべきだ。ヨンオクは元気だし、ご飯もたくさん食べるし、大きな声で笑うし、球を蹴るのも上手だし、走るのだって速いだろ。ヒジャとも仲良しだし。話も面白い。あの頃の自分を顧みたいとは思わなかった。

――いつの話をしてるの。あんまり覚えてないし。

——嘘つくんじゃないよ。

——母さん、過去に囚われて生きるのはやめようよ。あたしね、開城での出来事は全部忘れた。

曾祖父が気に入ったからという理由で、祖母はナムソンを受け入れた。

曾祖父は生涯にわたって祖母に満足しなかった。息子に生まれなかった自分は何をしても期待に応えられないとはわかっていたが、それでも祖母は曾祖父によく見られたかった。ちっぽけな屑ほどの評価でもいいから勝ち取りたいと、これまでずっと曾祖父の顔色をうかがってきた。ナムソンを夫として迎えれば、彼を介して間接的にでも自分が認められるだろうと考えた。

時が流れ、ようやく自らを欺いていたのだと祖母は認めた。曾祖母の目に映るナムソンの短所を、実は自分もわかっていたのだと。ナムソンを好きな気持ちはこれっぽっちもなかったくせに、ただ行き遅れになりたくないから、世間が言うところの正常な生き方をしたいから自分を欺いたのだ。あれぐらいなら夫としての資格は十分だと思うことで、心の中からの警告を無視した。曾祖父の声で祖母はこう思った。〈人より優れているところなんて、あたしにあるわけないだろう〉。

祖母が心を決めると、結婚の準備は滞りなく進められた。曾祖母はもう引き止めなかった。祖母は座卓を広げると手紙を書いた。ヒジャ、セビおばさん、ミョンスクおばあさん、結婚します……。

しばらくしてヒジャから返事が来た。お姉ちゃん、ごめん。母さんが忙しくて、どうしても時間が取れないの。ミョンスクおばあさんは車酔いがひどいし。私ひとりでも行けるって言ったんだけど、大人たちが許してくれなくて。おめでとう、お姉ちゃん……。

数日後に大邱から小包が届いた。開けてみると、ミョンスクおばあさんが縫った藍色の冬用ワンピース、銀のスプーンとお箸が二組、そして手紙が入っていた。ヨンオク、結婚おめでとう。銀のスプーンとお箸のセット、ワンピースを送る。幸せにね。幸せになるんだよ、ヨンオク……。

それが祖母の娘時代の終わりだった。

ナムソンに家族がいなかったから結婚式はこぢんまりと行われた。祖母はミョンスクおばあさんが縫ってくれた藍色のワンピースで式に臨んだ。式とはいっても名ばかりで、二十人ほどが中華料理店に集まって会食する席だった。食事を終えると、祖母は写真館で貸してくれたシンプルなウエディングドレスに着替え、ブーケを手に夫と写真を撮った。さほど肌寒さを感じない十一月の初旬だった。

新婚夫婦は小さな庭つきの家を借り、祖母はそこで服の修理の仕事を続けた。

ナムソンは評判が良かった。市場でも近所でも、気立てが良くて礼儀正しい人物として定評があった。奥さんが羨ましい、あんな旦那さんを手に入れて。一体どれだけの人から、そう聞かされたことだろう。祖母はそうでしょう、うちの旦那さん、いい人でしょうと答えて苦笑いした。彼はこういう人だった。酒の席で率先して飲み代を払う人。そして彼はこういう人でもあった。その支出のすべてを妻の金で賄う人。そのうちに自分で金額を決めて、あらかじめ準備しておいてくれと言うようになった。彼のほうが祖母に何かをくれることはなかった。感情面でも祖母を満たしてくれた瞬間は一度もなかった。その切実な感覚は曾祖父との関係で痛感していた。曾祖母が正しかった。彼は色々な面で曾祖父に似ていた。

曾祖父からは小さな贈り物のひとつも受け取ったことがなかった。避難の道にあったときもいちばん快適な場所で眠ったのは彼だったし、何ひとつ娘に譲らなかった。祖母が薄い外套しかなくて震えていても、自分の外套を脱いで着せてあげようとは考えなかった。そういう行動に慣れ切っていたから、祖母は寂しいとすら思わなかった。そういう慣れがあったからナムソンとの関係が可能になった。気配りのできる男、妻との関係に利害を求めない男が自分の配偶者になるなんて想像がつかなかった。祖母は期待して失望する代わりに、その中に座りこんで放棄するほうを選んだ。そのほうが圧倒的に楽だったからだった。夫への期待を完全に捨てて諦めたら、そういう人生もそれなりに耐えられそうだった。

たまにヒジャから手紙が来たが、祖母はほとんど返事を書かなかった。ヒジャに手紙を書いていると何か大きな過ちを犯したという気になったし、自分の感情に素直になればなるほど心が耐えられなくなっていった。ぼんやりとしか認識していなかった感情や思いが、文章を書いているとはっきり見えてきたが、それは祖母の日常を脅かすものでしかなかった。

ミョンスクおばあさんの手紙にも返事を書かなかった。手紙から滲み出る愛情を祖母は持て余していた。ミョンスクおばあさんの手紙を読んでいると、自分も結局は誰かに愛されたい人間なのだと気づくことになったから。それも切実に、心から、愛されたいのだと認めることになるからだった。ナムソンの棘のある言葉はいくらでも我慢できた。でもミョンスクおばあさんの手紙を読むと、いつも心が痛くなった。愛は祖母を涙させた。侮辱や傷すらも手出しできない心をえぐった。

春になる頃、祖母は妊娠したことに気づいた。

当時のナムソンは友人たちを引き連れて帰ってくると、皆で煙草を吸いながら大統領や国会議員、政党や世間について激しい討論をくり広げていた。今よりも人びとが苦しまず、もっと豊かに暮らす世の中を夢見ていると言いながらも、祖母の足がどれほど浮腫(むく)んでいるか、たまにお腹が張るたびにどれほど不安を感じているかについては関心がなかった。労働者の権利を語るくせに、祖母が稼いだ金は平気で奪っていった。そんな彼を見るたびに心の奥深くから笑いが込みあげてきた。怒りの混じった笑いだった。

結婚後に出会った人は祖母のことをシニカルだと評した。良くないことが起こると腹を立てたり、悲しんだり、残念がったりするよりも、あざ笑ったり、冷たい評価を下していたから。そのシニカルな仮面の裏には傷つきたくない、これ以上泣きたくないという祖母の素顔があることを知る人はほとんどいなかった。

祖母は妊娠中期になってようやく、ヒジャ、セビおばさん、ミョンスクおばあさんに手紙を書いた。子どもができた、秋には生まれると。すぐに小包が届いた。きめ細かい綿を丹念に縫い上げた産着とおくるみ、子ども用の靴下と帽子、ハンカチだった。ヨンオク、妊娠おめでとう。いくつか作って送る。いつも元気で、ヨンオク……。

祖母は一九五九年九月に私の母を産んだ。十五時間の陣痛の末だった。

しばらく経った日差しの降り注ぐ日だった。祖母は草箒で庭を掃いていた。

――パク・ヨンオクさん。

配達員が祖母に小包を届けにきた。開けてみると見慣れた本が目に飛びこんできた。赤い装丁の『ロビンソン・クルーソー』だった。祖母は草箒を庭の隅に置くと、縁側に行って同封されていた手紙を開けた。

ヨンオクお姉ちゃんへ

ヨンオクお姉ちゃん、久しぶり。産後の体調はどう？　立派にやり遂げたね。サムチョンのおばさんから手紙をもらった。健康な女の子を産んだって。子どもに会ってみたいな。

お姉ちゃん、連絡が遅れてごめん。

この間の秋夕(チュソク)〔旧暦の八月十五日を指す。先祖に感謝し、一年の豊作を祝う休日〕にミョンスク大叔母さんの葬式をしたの。サムチョンのおばさんはもう知ってる。大叔母さんは苦しまずに亡くなったよ。こんなこと言っても悲しいのに変わりはないけどね。亡くなる前に大叔母さんから、お姉ちゃんには知らせるなって頼まれたんだ。自分はお姉ちゃんにとって過去の人間だ、過去の人間が足を引っ張るようなことはできない。お姉ちゃんの産後の肥立ちに悪影響があったらいけないからって。

大叔母さんは一ヵ月ほど寝込んで亡くなった。お姉ちゃんの子どもが一歳のお祝いをするときに着る服を作りたい、いつかお姉ちゃんに会いたいとも言ってた、ただ笑いながらそう言ってた。

お姉ちゃんが忙しいのは私たちもわかってる。恨んでいるわけじゃないんだよ。それでも、大叔母さんがお姉ちゃんの手紙を待ってたことは伝えたいと思った。お姉ちゃんはたぶんわかってなかっただろうけど、大叔母さんはお姉ちゃんのことをすごく恋しがってた。お姉ちゃんはね、それくらい大叔母さんにとって大切な存在だったってこと。これは覚えておいてほしいなと思ったから。

私もしょっちゅうお姉ちゃんのことを考える。どこに行くにも一緒だったのが昨日のことのようなのに、お姉ちゃんはもうお母さんになったんだね。私たち、いつ会えるんだろう。ヒリョンは遠すぎるけど、私も大人になったらお姉ちゃんに会いにいくから。もし大邱にくることがあったら大叔母さんに会いにいってあげて。すごく喜ぶはず。

お姉ちゃん、元気でね。

ヒジャ

追伸、大叔母さんの遺品を送ります。

何度も手に取ったせいで擦れてテカテカの本を広げた。最初のページに角ばった楷書の文字が見えた。

ヨンオクに宛てる

ヒリョンで元気にやってるかい。あたしは大丈夫(イロブタ)。不思議なことにミシンをかけてると、あんたが傍にまとわりついてぺちゃくちゃ話す声が聞こえる気がする。うるさい小娘、それがヨンオクだった。声が甲高くて百里先まで届きそうだった。その声で、この本を何度も読んでくれた。何度聴いても面白かった。

ヨンオク、あんたにはじめて会ったときから、おっかないくらいの情が湧くだろうってことはわかってた。あっちに行きなってあたしは目もくれなかったのに、あんたは子犬みたいに近づいてきたね。世の中がひっくり返ったよ、あたしも人並みに穏やかな余生を過ごしたかったのに……あんたがあざ笑ったとしても返す言葉がないよ。

あたしたちは戦時中に出会った。今度はいつあんたに会えるだろうか。あたしが生きている間にまた会う日が来るだろうか。ヨンオク、ヨンオク。そう呼んでみる。元気で、元気でいるんだよ、ヨンオク。

おばあちゃんより

おばあちゃん、おばあちゃん、隣で何をぺちゃくちゃしゃべっても全部聞いてくれた、時々かすかな笑みを浮かべているように見えた、ミョンスクおばあさんの顔が目の前をちらついた。『ロビンソン・クルーソー』を読むといつも隣にやってきて耳を傾け、たまに頷いていた姿も、表門を開けて家に入ると、ヨンオクかいと訊いていた顔も。ミョンスクおばあさんはなんでもなさそうにしていたけど、本当は喜んでいるのだと祖母はわかっていた。

ヒジャは、ミョンスクおばあさんが祖母の手紙を待っていたと書いていた。恨んでいるわけじゃないんだよ。そうも書いていた。

その文面は祖母にこういう意味をもって迫ってきた。
お姉ちゃんは恨む価値すらない人間だ。私はこれ以上お姉ちゃんに期待しない。期待する価値もない人間だから。ミョンスクおばあさんに簡単な返信のひとつも送らなかった冷酷さを理解したくない。

一度流れ出した涙は簡単には止まらなかった。セビおばさんはどうしてあんなことを言ったんだろう。結局はまた会うことになるなんて。もしも時間を巻き戻せるならば、大邱の家を出発するときに帰ってミョンスクおばあさんを抱きしめたかった。ほんの一瞬でもいいから。

ミョンスクおばあさんが温かい態度で自分を見送れなかった理由を、祖母は後になってようやく理解した。拒否されるかもという思いがよぎり、ミョンスクおばあさんを抱きしめられないまま背を向けたことを祖母は生涯にわたって後悔した。裁縫を教えてくれてありがとうございました、おばあちゃんは喉が弱いからお湯をたくさん飲むようにしてね……そんな言葉でもかけるべきだったのに。

その一方で取り戻せないものもあるのだと祖母は理解していた。大邱にいる家族と祖母を遠ざけたのは時間と距離だけではなかった。自分が大邱を離れた瞬間からお互いの間には、ある種の反発力が働くようになっていた。いくら近づこうとしても、日々お互いから押し出されるしかない力が存在していた。

祖母は返事を出さなかった。

子どもにもっと没頭するようになった。没頭すればするほど、ミョンスクおばあさんも、ヒジャも、セビおばさんも、彼女たちの記憶が与えてくる刺激も少しずつ薄れていった。自分は過去に縛られた人間ではなく、今を生きる人間だと思った。子どものおむつを洗い、乳を与え、沐浴させ、遊んであげることで、自分の作り上げた小さな世界の中で満足することができた。

子どもは無事に一歳を迎え、また一年が過ぎた。

仕事の都合で帰れないと、ナムソンが二日続けて外泊した翌日だった。祖母が子どもをおんぶして庭を掃いていると、まとめた髪を後ろで結い上げて韓服を着た女がふたり入ってきた。ひとりは祖母と同年代の若い女、もうひとりは曾祖母くらいの女だった。

――どちらさまで……。

祖母が尋ねたが、ふたりとも何も答えずに背中の子どもを穴が開くほど見つめていた。

――この子がミソンですか?

若い女が子どもを指差しながら北の訛りで言った。長いこと歩いてきたのか頬が赤かった。

――どちらさま……。

年上の女が祖母を見ながら、やはり北の訛りで答えた。

——ナムソンの母です。

そして視線を子どもに移した。

——それはどういう意味……。

——こっちはナムソンの妻です。

祖母は呆れて笑ってしまった。

——何をおっしゃるんですか……ナムソンさんの妻はあたしです。

——風も冷たいし、中に入ってもいいですか？

若い女が訊いた。祖母は何が起こっているのか理解できなかったが、ゆっくりと頷いた。なぜか体が震えた。ふたりはオンドルの暖かい場所に座ると、顔を上げて祖母を見つめた。

——ナムソンは十六歳のときに、この娘と結婚しました。戦時中にナムソンがまず南へ向かうことになったのですが、消息が途絶えて……。私たちは束草（ソクチョ）〔北緯三十八度線より北に位置するが、朝鮮戦争で韓国領となった〕に避難していたんですよ。少し前にナムソンの消息を聞いたのでヒリョンまでやってきました。ナムソンも、私たちと一緒に束草へ行くことにしました。

祖母は何も言えずに年上の女の話を聞いていた。それによると、ナムソンには北で生まれたジュソンという息子がいる、ヒリョンまで訪ねてきた母と妻を喜んで迎えると、すぐに束草へ一緒に発つと約束した、パク・ヨンオクという女に事情を説明するよう、この家の住所を教えられたとのことだった。

――お望みでしたら、子どもはこのままそちらで育てても構いません。

ナムソンの妻という若い女が許可すると言わんばかりに告げた。

――男の子だったら話は変わってたでしょうけど。

年上の女が言った。

――それで何がお望みですか？

祖母が静かに訊いた。

――ジュソンの父親とは二度と会おうと思わないでほしいという意味です。

年上の女の言葉に祖母はぷっと吹き出した。その態度にふたりは驚いたようすを見せた。

――話が終わったのなら出ていってください。

祖母は部屋の戸を開けてふたりを追い出した。女たちは、夫を失うわけにはいかないと泣いて懇願する姿を想像していたのだろう。少なくとも〈本妻〉を前にして、目を見張るくらいの反応はしてほしかったはずだ。祖母は出ていくふたりを見ながら、ナムソンとの結婚が自分にとってなんの意味もなくなったことに気づいた。夫の所有権をめぐって彼女たちと張り合いたくはなかった。心はいつにも増して冷え切っていた。妻帯者だという事実を隠して重婚した彼への怒りも、その瞬間は特に感じられなかった。

祖母は温かい服でぐるぐると子どもを包んでおんぶすると、ナムソンが働く市場へ向かった。彼は段ボール箱を運んでいたが、祖母が目に入ると動きを止めた。近づいていくと、彼からはいつもの煙草と肌の匂いがした。

――弁解したいことがあるならどうぞ。

祖母が言った。

――女房が南に来てると知ってたら、こんなことにはならなかったはずだ。北にいるとばかり思ってた。ほんとだって。南にいると知ってたら、誰がまた結婚しようと思うんだよ。

――うちの父さんも、このこと知ってたの?

――ああ……問題ないだろうっておっしゃってた。

――つまり、あんたとうちの父さんはグルになってあたしを騙したってことだね。

――落ち着けよ。

彼は困ったという表情で辺りを見回した。

――女房はさ、戦争中にひとりで病気の父さんと母さんの世話をしながら、ジュソンまで育ててたんだって。俺も父さんのいる束草に行かないと。

――束草に行こうがどうしようが、あたしには関係ない。

祖母の言葉を聞いた彼の顔に軽蔑の色が浮かんだ。

――それで、俺にどうしろって言うんだよ?

市場にやってきた自分を見たら、彼は少なくとも驚くか恐れるだろうと思っていた。土下座して謝るだろうと思っていた。でも一連の行動には正当な理由があるのだと弁明するだけだった。申し訳ないという気持ちは微塵も見受けられなかった。祖母を騙したという事実に対する罪悪感も同じだった。どうしたらそんなことができたのか、今も考えてみるのだと祖母は言ったが、結論はいつもひとつだった。彼はそんなことができる人間だから、そうしただけなのだった。

——二日後に東草へ出発するから。

——そうかい、行きなよ。でもミソンは連れていけないよ。

——よくわかってないみたいだけど、いくら頑張ったところで、お前は死ぬまでミソンの母親にはなれない。法がそうなってるから。夫もいない女の戸籍に子どもを入れられると思ってんのか？

——駄目なものは駄目なんだよ。お前みたいな野郎にミソンを奪われてたまるか。

誰かに向かってあそこまでの大声をあげたのは、このときが最初で最後だった。誰かが自分の命を奪おうとしても、あそこまでの抵抗はできないだろうと祖母は私に言った。ナムソンは祖母の言葉が聞こえなかったかのようにエプロンで手を拭くと、店に戻っていった。

最後まで祖母に対する真摯な謝罪はなかった。

「私も謝ってもらえなかった」

祖母の話を聴いていたら、思わずそんな言葉が口をついて出た。

「私を騙して他の女性と付き合ってるのがばれたのに、逆に私のせいにしたんです」

「……」

「もう気持ちが離れた、そうなったのは私のせいだって言われました。さっさと別れていたら浮気することもなかっただろうって」

そこまで言うと喉がぐっと詰まって、しばらく黙った。

「ごめん、すまない、って怒鳴ったのが、あれが謝罪なんだって。おばあちゃん、私が望んでいたのは真摯な謝罪だったの」

「わかるよ、あたしにはわかる」

「そのまま一緒に暮らすことはできなかった」

「当然だよ、お前はあたしの孫娘なんだから。後ろは一切ふり返らずに別れられたはず」

「どんな人生を送ってきたんですか、おばあちゃんは。そんな目に遭ったのに、どうやって生きられたの？」

耐えきれなくなった私は顔を覆って涙を流した。

「いつか、なんでもなくなる日が来るはず。信じられないだろうけど……本当にそうなるから」

祖母が言った。

翌朝、動物病院から電話があった。夜の間にクィリが死んだという知らせだった。こんな短い間に急変するとは思いもしなかったと医者は動揺を隠せなかった。昨日の夜に連れて帰って、クィリが好きだったチェック模様の毛布の上で逝かせてやれていたら、ここまで心が痛むことはなかったかも。最初から私と出会っていなかったら、少しずつ衰弱して眠るように死んでいたら、クィリがここまで苦しむことはなかったかも。意味のない仮定だとわかってはいたけど、そんな考えが頭から離れなかった。救助したと思っていたけど、もっと大きな苦痛を味わわせただけだったのかもしれなかった。

クィリは使い捨てのパッドの上に横たわっていた。眠っているように見えるんじゃないか、安らかに見えるんじゃないかと無理な期待をしながらドアを開けたけれど、魂の抜けた体にも苦しみの瞬間は滲み出ていた。黒ずんだ口元、開いたままの口の間からのぞく歯と舌……。クィリは冷たかった。私はクィリが消えたクィリの体をいつまでも撫でていた。こうなることがわかっていたら絶対に入院なんてさせなかったはずなのに、少なくとも昨夜連れて帰ったはずなのに。ごめんね。私は声に出して言った。ごめんね、ごめん。

紙箱にクィリを入れて部屋を出ると、これまでの病院代を支払った。医者の前でも涙が止まらなかった。

「救出されたときから具合が悪かったんです。それでも治療も受けられたし、短い時間でしたが愛されて逝ったんだと思いましょう」

「どこで病気をもらってきたんでしょうか。どうしてこんなに痩せて、マンションの花壇の前にいたんでしょう」

自分が何を言っているのかもわからず、医者に向かって大声でしゃべり散らしていた。医者は困ったような表情を浮かべていた。それは無意味な質問だったし、彼にはそんな質問に答える義務もなかった。私はうつむいて挨拶すると外に出た。涙を止められなかったけれど心は穏やかだったし、頭は今後の予定を計画していた。クィリが好きだったチェック模様の毛布で包み、天文台の近くに埋葬するつもりだった。家に戻ってクィリを入れた箱をリビングに置き、しばらく座ったまま眺めていた。

携帯電話をチェックすると祖母から何件か不在着信が入っていた。朝になったら一緒に病院に行こうという言葉を思い出した。電話をかけると、まもなくシャベルを手にした祖母が現れた。

祖母は箱の中のクィリを黙って長いこと見つめた。クィリは最期の瞬間に真っ暗な部屋でひとり寂しかっただろう、待っている相手が来なくて捨てられた気分だっただろうと私は言った。

「そうかもしれない。でも違うかもしれない。犬は好きな人に具合の悪い姿を見られたがらないって言うだろう。そのせいで死期が迫ると家を出たりもするし……。だからわからないよ。最期の瞬間にクィリが寂しがっていたとは決めつけないほうが」

祖母はシャベルを差し出しながら訊いた。

「一緒に埋葬しにいこうか？」

私は首を横に振った。

「ひとりで行きたいの」

「わかった。見送ってきなさい」

私はクィリの隣に横たわった。昨晩はほとんど眠れなかったうえに、泣きすぎたせいで眠気が押し寄せてきた。いつの間にか深い眠りに落ち、目を開けたら午後も遅い時間だった。チェック模様の毛布でクィリを包んで紙箱に寝かせた。クィリが好きだった小さなウサギのぬいぐるみとおやつも一緒に入れて車で出発した。

前夫が信じていたとおりに時間は結氷で、過去と現在と未来は最初からすべて決まっているのだろうか。クィリが結局は入院したまま死を迎えたのも、私たちが出会う前から〈完了〉していた出来事なのだろうか。そう思えば少しは気が楽になると知りつつも信じられなかった。

祖母の家の跡地に向かった。なぜかクィリにあそこを見せてあげたかったのだ。箱を抱いてしばらくその場に立ち尽くし、太陽が水平線の下へと落ちていくようすを眺めた。跡地に長く伸びるヒメジョオンを一束摘んだ。

ゆっくり運転して天文台に向かった。駐車場に車を停め、人目につかない木の下へと歩いた。午後に雨が降ったせいか、土は簡単に掘れた。拳ほどの石がふたつ出てきたので取り除くと、かなり広い空間ができた。毛布で包んだクィリ、その上にウサギのぬいぐるみとおやつを置いて土で覆った。何度も足で踏み固めてから、祖母の家の跡地で摘んできたヒメジョオンを捧げた。

その場にじっと座り、今朝クィリの死を伝えられたときの感情は悲しみだけでなかったと思い出していた。私は安堵していた。少なくとも私の一部は安堵していた。クィリはもう苦しまないという事実、苦しむ姿を見ながら耐えなくてはいけないという苦痛はもう終わったという現実に。その利己的な気持ちを否定することはできなかった。

手についた土を払って立ち上がると駐車場に戻った。ゆっくりと車を走らせながら夜の山道を下りはじめた。山の中腹ほどまできたとき、遠くからヘッドライトを点けた車が速いスピードで上ってくるのが見えた。お互いの距離が近くなってようやく、その対向車がセンターラインを越えてこちらに走ってきていることに気がついた。急いで反対方向にハンドルを切った。その瞬間、視界が驚くほどの明るさに包まれた。事故に遭ったのに、どうして痛みを感じないんだろう？　穏やかな風が吹いてきたので目を開けた。夜だったはずなのに昼間だった。

祖母が庭の蛇口からたらいに水を汲み、お姉ちゃんの顔を洗っていた。昔の祖母の家だった。祖母はお姉ちゃんの小さな鼻に手を当て、洟をかませたりしていた。その姿を見ていたら安心してきた。小さな子どもがきゃっきゃっと言っているので近寄ってみると、母におんぶされた私の声だった。その顔を覗きこもうとしたら周囲が暗くなった。

お姉ちゃんと私は自転車で坂道を下りていた。お姉ちゃんが漕ぎ、私はお姉ちゃんの背中にしがみついていた。お姉ちゃんからはイチゴの風船ガムの匂いがした。自分がいつ悲しみ、苦しんでいたのかすら思い出せないほど安らかで穏やかな感覚だ。行かないで。その瞬間をしっかり捕まえるために私は叫ぶ。どこにも行かないで、お姉ちゃん。

すると空がひっくり返り、グラウンドの鉄棒にぶら下がっている中学生の私が見える。なんとかして家に帰る時間を引き延ばそうとしている。彼女の心情なら手に取るようにわかる。今はちょうど仲良しの子たちが自分を恥ずかしがっていると考えている最中だ。そして自分自身にささやいている。私は不細工だし、誰も私のことなんて好きじゃない。それは違うよ……。教えてあげようとしたら、誰かが私を後ろから力いっぱい引っ張った。

目を開けるとまたしても深い夜だ。私は真夜中のバスに乗っていて、愛する人が隣に座っている。二十一歳の私はどうしようもないほど彼に恋い焦がれているけれど、もうじき別れを告げられるのだと知っている。ついに彼が口を開く。知ってるよ、知ってた。あなたがそう言うだろうって。知ってる、知ってるよ。彼がバスを降りてからも言い続ける。知ってる、知ってるよ。最後はみんな離れていくって……。目覚めたくない。降車ボタンを押したのにバスは停まらない。大声で運転手を呼び、拳でいくらドアを叩いてもバスは走り続ける。誰も私に目を向けない。

背後で玄関のドアが閉まる音がする。私はそれが前夫の去っていく音だとわかっている。

あなただけは……あなただけは離れていかないと思っていた。私は床に座り、体を震わせて泣く。

ジョン。

前歯がふたつ抜けた七歳のお姉ちゃんが近づいてきて、私の背中をあやすように叩く。

ジョン、ジョン。

お姉ちゃんが呼ぶほどに世界が明るくなっていく。

太陽が大きくなっているみたい。

私はさっきまで泣いていたことも忘れ、お姉ちゃんに言う。

明るすぎて眩しい。なんでこんなに明るいんだろう?

お姉ちゃんは面白い話でも聞いたみたいに、明るい光の中で声をあげて笑う。

バカね。

お姉ちゃんが言う。

おバカさん、あたしはジョンの傍を離れたことなんてないのに。

第 4 部

12

事故現場を発見したのはトラックで家に帰る途中の大工だった。彼女は意識を失った私を見つけて１１９番通報をした。救急車が来るまでの間、私を目覚めさせようとしたのも彼女だった。救急治療室に到着して嘔吐したらようやく、少しずつ意識が戻ってきた。廃車にしなきゃならないほど大きく損傷した車に比べると、私が負った傷は軽いレベルだった。

保護者の連絡先を医師に訊かれた私は口ごもった。母や父には連絡したくなかった。祖母の電話番号を書き、患者との関係欄に〈祖母〉と書いた。翌朝に医師と看護師が病室にやってきてベッドのカーテンを開けるまで、補助ベッドにしゃがみ込んでいる祖母に気づかなかった。祖母の後頭部には、つけっぱなしで家を出てきた蛍光ピンクのカーラーがふたつ巻かれたままだった。

医者は脳震盪(のうしんとう)だと思われるが、もう吐き気はしないか、目眩はしないかと訊いた。私は少しむかむかするし目眩がする、息をするたびに胸と首が痛むし、ベッドから起き上がるときもつらいと答えた。

「体が驚いたんでしょう。頸椎の痛みが椎間板ヘルニアによるものか、捻挫かは、別の検査をしてみないと」

医者が言った。

「どれくらいかかりますか」

私が訊いた。

「数日は休まないといけません。何も考えずにね」

医者と看護師が出ていくと、ようやく祖母が立ち上がって近づいてきた。しばらく私を見つめていたが口を開いた。

「酒をかっ食らって運転するヤツらは、全員ぶっ殺されるべきだ」

はじめて見る表情だった。

「あいつが、ジョンを殺すところだった」

「死にませんでしたよ」

雰囲気を変えようとして言ったのに、私の言葉を聞いた祖母は眉間にしわを寄せると部屋から出ていった。

「おばあちゃん」

ベッドに横たわったまま祖母を呼んだ。

「おばあちゃん」

もう少し大きな声で呼んでも祖母は戻ってこなかった。誰かが私の体をゴムベルトでベッドに縛りつけたみたいだった。だいぶ経ってから戻ってきた祖母は少し落ち着いた表情でこちらを見た。そして私の肩にそっと手を置いた。センターラインをはみ出して突っ込んできた運転手は、事故当時の記憶がないほどの泥酔状態だった。私は飲酒運転の車は避けたが、道路わきの山の斜面に激突した。幸いにも徐行運転中だったし、エアバッグがしかるべきタイミングで作動し、目撃者が事故直後の私を発見した。でも飲酒運転の車と正面衝突していたら話は違っていただろう。祖母は医師から事故の状況を聞いたらしかった。

「車は危険だ。どんなに気をつけて運転しても、運が悪ければこういう事故が起こる」

「わかってます」

私はなんとか笑ってみせようとしたけれど、うまくいかなかった。

「トイレに連れてってあげようか？」

祖母は背中の後ろに手を入れて私を起き上がらせた。そして片方の腕を私と組み、もう片方の手で点滴スタンドを摑むと、トイレの中まで連れていってくれた。

「ひとりで入れる？」

私は頷いた。鏡に映った自分の姿を見た。顔はぱんぱんに腫れ上がり、額と目元に青痣ができていた。左の上まぶたの痣がもっともひどかった。医者はこれほどの事故で深刻な外傷がなかったのは稀なケースだと言った。

「不幸中の幸い。運が良かったんでしょう。事故に遭うと、反射的に体が緊張して負傷がひどくなるんです。あなたの場合は体の力が抜けていたようです。それでも後遺症が出る可能性はありますから、経過の観察は続けましょう」

どうして体の力が抜けていたんだろう。鏡を眺めながら事故が起こった瞬間を頭に思い浮かべてみた。

病院食の昼食を食べている間、祖母も付添人用のご飯を食べた。これといった会話はなかった。食べ終わって横になった私はふたたび眠りに落ち、祖母はうつ伏せになって携帯電話を覗きこんでいた。目が覚めたときも祖母は相変わらず携帯電話を見ていた。近くから覗くとゲームのキャンディークラッシュをしていた。しばらく続けてからヘキサパズル、それが終わるとまたキャンディークラッシュに戻った。速い手つきではなかったけれど粘り強いゲーマーだった。両方とも母も好きなゲームだったから、私は不思議な気持ちで祖母の姿を見守った。

「おばあちゃんがゲームするなんて知らなかった」

「暇になるとやってるよ。あんたは好きじゃないの?」

「そこまで楽しんでやったことは」

「うちの女はみんな好きだと思ってたのに」

高校生のときに通っていた読書室〔勉強や読書をするための机を貸す自習室。二十四時間営業の場所もある〕と同じ建物にあったネットカフェで、母はスタークラフトをしていた。夜遅くまで勉強する私を待つという名目だったが、ゲームに夢中になって娘の存在を忘れている母を迎えにいくこともしょっちゅうだった。その後の母は町内の文化会館で開かれたスタークラフト大会シニアの部で準優勝までした。そのことを思い出したら笑ってしまい、母がどれだけゲーム好きかを祖母に話して聞かせた。

「ミソンは花札がうまかった。ミソン、あたし、母さんで、よくゴーストップをしたんだよ。三人ってゴーストップにちょうどいい人数じゃない。ミソンがソウルに行っちゃってからはさ、よく母さんとふたり用のマッコをやったんだけど面白くなくて。ふたりでやる花札のつまらないこと。それでも親孝行のつもりでやってては、負けてあげてたんだけどね。時間が経つと、そんなことすらも懐かしくなっちゃうんだから……」

カーテンで覆われたベッドでそんな話を聞いていると、祖母がいつにも増して身近に感じられた。横の冷蔵庫から、ぶーんという音がしていた。隣のベッドから女性ふたりがひそひそ会話する声も聞こえてきた。ふと疲れてもいいから歩きたいという気分になった。

「外に出てみたいの」

祖母は立ち上がると、背中の後ろに手を入れて私を起き上がらせた。そして片方の手を差し出してきた。つないだ祖母の手は大きくてぶ厚くて冷たかった。エレベーターで下に降りて病院の玄関を出ると、風が長く吹きつけてきた。ぶるっと震えるほどの秋風だった。空はどんよりとしていた。

「ここに座ろう」

祖母が玄関の前に置かれたプラスチックの椅子を指差した。そこに座って遠くに見える山、喪服姿の男性三人が煙草を吸う姿、がたがたと通り過ぎるトラックなんかを何も言わずに眺めていた。その間に雨雲が速いスピードで押し寄せてきて周囲が暗くなった。風が次第に強まってきた。

「ジョンと話してると、もったいないって気になる」

祖母が沈黙を破った。

「何がですか？」

「なんとなく。親しくとまではいかなくても、たまに会えていたらどうなってたかなって。そう考えると、これまでの時間がもったいなく思えるし、今この瞬間もやっぱり過去になるわけだからもったいないし」

犬と人間の時間の流れ方が異なるように、三十代の私と七十代の祖母の時間の流れ方も異なるのだろう。稲妻が光り、すぐに雷が鳴りはじめた。

「去年の今頃は、自分がヒリョンに来ることになるとは想像もしてませんでした。夫と別れてひとりになるとも。おばあちゃんとこうやって並んで座ることになるとも、当然知らなかったわけだし」

私は祖母を見ながら微笑んだ。

「お医者さんがね、こんな事故に遭って、この程度の怪我で済むことは滅多にない、運が良いって言ってたけど否定できなかった。確かに私は運が良かった。いつもそうだった気がします。それなのに楽しくなかったの。手放したくないと思うほどもったいない時間もなかった。そういう時間は、もう終わってしまったとばかり思ってた」

冷たい風に体が震えて肩をすぼめた。

「ジョンくらいの年齢だったとき、あたしもそうだった。何にも期待が持てなくて。そんな思いができるなら、残された時間をすべてつぎ込みたかった……」

また稲妻が光り、祖母は両腕で自分の肩を抱いた。すぐにどしゃぶりの雨になり、私たちは病院の休憩室に移動した。祖母が病室に行ってくると言ったので、私はテレビを観ていた。シェフが肝臓にいいメニューの調理法を説明していた。最後に食材を買ってきて料理したのはいつだろう……。料理は数少ない趣味のひとつだった。あの日の朝も米を研ぎ、研ぎ汁でチゲを作り、ぬめりを取って茹でた真蛸を夫と一緒に食べた。彼がそれを食べた後に恋人と一夜を過ごしたという事実を知り、私は料理への興味を失った。下ごしらえをして、下味をつけて、焼いて、蒸して、煮て……。心を砕いてこの全工程に没頭していた自分が笑えてきた。あんなことを平気でする彼のために、なぜ真心を込めて食事を作っていたのか。打ち込んでいた何かが軽蔑の対象になるってどういうことか、それまでは知らなかった。色々と考えていると肩に温かい感触が伝わってきた。ふり返ると紫色のショールが掛けられていた。かすかにナフタレンが香った。

「羊の毛で編んだの。軽くて暖かいよ。こうしてれば、少しずつ体が温まってくるから」

祖母の言ったとおりだった。胸まで来るショールは私の体をどんどん温めていった。

「これもおばあちゃんが編んだんですか？」

「母さんにと思って編んだんだけど、あたしが時々使ってる。あんた、それを巻いてると本当に母さんそっくり。今もジョンの顔を見るたびにびっくりするんだよ。母さんが若い頃の顔になって戻ってきたみたいで」

亡くなったひいおばあちゃんの姿を私に重ねているんだな。その事実には今でも慣れなかった。

「私がどんな年寄りになるかも、おばあちゃんは知ってそう」

祖母は頷きながら言った。

「顔だけじゃなくて眼差しとか表情もね。それからジョンは誰かに踏みつけられそうになっても、そうはさせまいと頑張るはず。だからつらいんだよね。違う？」

祖母の言うとおりだった。私はそういう気質だった。いくらでも相手のために負けてあげられるけれど、自分を決定的に踏みにじろうとしてくる相手は我慢できないから。

「ひいおばあちゃんはどうしたんですか？　おばあちゃんの結婚が重婚だってわかってから」

祖母はしみじみ考えていたが口を開いた。

「母さんが知ったとき、あの男はもう東草に発った後だった。ミソンもあの男の戸籍に入ってた。北で結婚した妻との間にできた娘として」

「じゃあ、おばあちゃんは……」

私が巻いたショールをいじっていた祖母はしばらくして言った。

「法的には生涯ミソンの母親になれなかった。よくある通帳のひとつも作ってやれなかった。母娘じゃないから」

祖母は硬い表情で私を見つめた。

「それは一種の取引だった。あたしが育てるのを許す代わりに、ミソンを自分の戸籍に入れるっていうのが」

「おばあちゃんの戸籍に入れることはできなかったんですか？」

「昔の法律はそうだった。実父が自分の戸籍に入れるって言ったら、あたしにはなんの権利もなかった」

キル・ナムソンが東草に去ってすぐ、ヒジャから手紙が来た。以前はぽつりぽつりと届いていたのに、しばらく途絶えていたのだった。梨花女子大学の数学科に首席で合格したという知らせだった。首席は奨学金がもらえるから学費の心配もないし、寄宿舎にも入れるとのことだった。祖母は何度もくり返しヒジャの手紙を読んだ。女性が大学に入るなんて話は、それまで聞いたことがなかった。それなのに、そんないい大学に首席で合格して学費も払わずに勉強できるなんて。ヒジャはどれほどの偉業を成し遂げたのか見当もつかなかった。

祖母はそんなヒジャが誇らしかったけれど、これでもう完全に疎遠になるだけだという思いが心の片隅を占めていた。ヒジャは立派な人物になって、当然私を忘れるだろう。ヒジャにとって私ってなんなのだろう。祖母は返事を出すことにした。いつにも増して丁寧に字を書いた。端正で柔らかなヒジャの字に憧れていた祖母は、いつの間にか筆跡を似せようとしていた。ヒジャ、おめでとう。一行書くと胸が波打った。ヒジャ、あんたはあたしを忘れるだろうね。そう書いてから消しゴムで消した。自分の結婚生活がどんなふうに終わりを迎えたかも書かないことに決めた。ヒジャの気持ちを重たくさせたくなかったのも事実だが、それより同情されたくなかったからだ。惨めな姿を知られたくなかった。祖母は持っているなかで最上の布を使ってブラウスとスカートを一着ずつ縫い、手紙と一緒に大邱に送った。

祖母は子どもをおんぶして町内を回りながら仕事を探した。服の修理がほとんどだったが、たまにオーダーメイドの注文も入ってきた。少しずつ口コミが広まり、寝る時間を削って働くようになった。それが生きる道だと思っていた。

夫はどこに行ったのだと客から訊かれることもあった。祖母は包み隠さず話した。彼は重婚をして、北で結婚した女と暮らすことを選んだのだと。じゃあ、子どもの戸籍は？説明すると、大体そういう質問が返ってきた。夫の戸籍に入れたと答えるたびに、女たちはため息をついた。それでもミソンの母さんは偉い。会話はそんなふうに終わることが多かった。最初は言いにくかったけれど、毎回同じ質問をされていると、そのうちに何も感じなくなった。第三者の出来事を話しているようだった。

面と向かって祖母を非難する者もいた。まんまと騙されるはずがない、糟糠の妻がいると明らかに知っていて結婚したのだろうと。〈女も悪い〉。それが大多数の意見だと祖母は知っていた。人びとはいつだってそう言ったから。夫が妻を殴っても、女も悪いと言い、夫が浮気をしても、女も悪いと言ったから。男がそういう行動をするように女が煽ったのだろう、それがこの言葉の核心だった。

運送の仕事で数ヵ月ヒリョンを離れては戻るという生活をしていた曾祖父が、どこで聞きつけたのか訪ねてきた。この一件について自分を責めるつもりなのだと、彼の息遣いを聞いただけで祖母は理解した。曾祖父は具合が悪くて横になっている祖母に向かって、夫をヒリョンに縛りつけておけなかった愚かさを叱ると一席ぶった。

——男の気持ちひとつ引き止めることもできなくて盗られたんだ、思い残すこともないだろう。

祖母は目を閉じて、彼が浴びせる言葉の鞭を受けていた。

——もう一度言ってください。

傍らに座っていた曾祖母が静かに言った。そして立ち上がると曾祖父に近づいた。

——もう一度でも言ったら、あたしの手にかかって死ぬことになりますよ。ヨンオクにそんなこと言うなら、あたしの前から消えてください。

——俺に口答えするなんて何様だ？　俺がいなかったらお前は……。

——そうでしょうよ、あんたがいなかったら生きていくのも楽じゃなかったでしょう。あたしはそこまで恩知らずな人間じゃありません。あんたっていう木陰で、これまで問題なく生きてこられたんだから。でも、だから、あたしのことを借りだらけの人間みたいに扱ってきたんですか？　そこまでの借りが、あんたに対してあるんだと。

——くそ、旦那に向かって！

——あたしが逃げよう、親を捨てろ、結婚しようって言ったんですか？　そうじゃないのに、なんでこっちが口をつぐんで肩身の狭い人生を送る羽目になったんでしょうね？

あたしが何をしたっていうんだ。白丁の娘に生まれたのが罪だっていうなら、それはあたしの罪なんだからほっといてくれたらよかったのに。うちのヨンオクに、血肉を分けた娘に厳しく当たって、八つ当たりして、こんなに傷ついてる子を言葉の暴力で滅多打ちにするなら、こんなありさまを見る羽目になるなら、あのままサムチョンに捨て置いてくれたらよかったのに。あんたとは無関係の人間のままほっといてくれたらよかったのに。

——俺は、お前がどんなに揉め事を起こしても、一度も手を上げたことはないぞ。

——それ、いま自慢することですか？

曾祖父は床の本を掴むと曾祖母に投げつけようとした。曾祖母が両腕で頭をかばうと、祖母が乾いた唇を開いた。

——父さん、死んでしまいなさいよ。あたしたちの目につかないところで死んでくださいな。

その言葉を聞いた曾祖父は振り上げた本を下ろした。曾祖母もそんな祖母を黙って眺めた。祖母は水疱(すいほう)ができたみたいに腫れ上がった目で曾祖父をじっと見つめた。

——あなたが死んでも流す涙はありませんから。お墓に足を運ぶつもりもないし、あたしは父さんを忘れます。だから帰ってください。帰って、あたしたちのいないところで死んでくださいよ。

その瞬間の本心だった。心の中でもこんな台詞を言ったことはなかったけれど、父親を大切にしなきゃいけないというのは、自分にとって人を殺してはいけないのと同じくらい絶対的な定めだったけれど、祖母はその定めを破った。腹が立っていたからでも、曾祖父を攻撃するためでもなかった。祖母の言葉は絶望から出たものだった。

その数ヵ月後、曾祖父は東草の大通りでバスに轢かれて死んだ。猛スピードでバスが向かってくるのに、ゆっくり道を横切っていたと目撃者は証言した。運転手がブレーキを踏んだが手遅れだった。バスから降りてみたときには即死状態だった。葬儀はヒリョンの家で執り行われた。曾祖父の家族は音信不通だったから喪主なしになるところだったが、知らせを聞いてやってきた近くに住むセビおじさんの長兄が喪主の役割を務めた。だから家には男が必要なんだよ……。弔問に訪れた人たちがひそひそと言った。

あたしは父さんに死んでしまえと言った、父さんはその言葉どおりに死んだ。

祖母は呆然と、何度もそう考えていた。

祖母はそこまで話すと両手で目をこすった。

「おばあちゃんのせいじゃないですよ……」

祖母は肩をすくめた。

「母さんもジョンと同じようなことを言った。決してそんなふうに考えるんじゃないって。

それでも……なんとなく、そうしたくなるときってあるじゃないか。自分を罰したくなるとき。無性に自分をいじめたくなるとき。そういうときによく考えたよ。あたしは、なんてことをしでかしたんだろうって。あれが父さんへの最後の言葉になったっていうのは、どんなに憎い相手でも、最後の言葉があれだったたっていうのは……これをどうってことないと思える人間なんているのかね」

「他の女性と結婚している男を、自分の娘に引き合わせた人ですよ。そのうえ夫が去ったのはおばあちゃんのせいだなんて。他の誰でもない実の父親が」

「そうだね」

「心の傷が深いから、つらいからって声をあげることは絶対に罪なんかじゃない」

「わかってる。よくわかってるよ。ただ、そういうときもあったって話。自分をひどく責める気持ちになったときが。それでもね、ジョン、ありがとう」

「私は何も……」

「話を聴いてくれて。聴いてくれて本当にありがとう」

祖母はそう言うと、口角を上げて無理やり笑ってみせた。

そんな祖母を見ながら、誰かに向かって死んでしまえと声をあげるしかない心情を思った。前夫が最後まで謝罪しなかったとき、私も死んでしまえと言った。以前なら決して口にできなかったあらゆる暴力的な表現を使いながら、その言葉に殴られているのは自分のような気がしていた。彼は傷つくことも呵責を感じることもなかったから。私が吐き出した言葉は、一切を受け入れない彼のすべすべした表面に弾き返されて私を打った。

目には見えないけれど、この世には心からの謝罪をしてもらえなかった者たちの国があるはずだ。多くを望んでいるわけではない、ただ誠心誠意、謝ってほしかっただけ、過ちを認めてほしかっただけだという人、演技でもいいから申し訳なさそうなふりをしてくれたらと悲しく望む人、きちんと謝れる人間だったら、最初からあんなふうに相手を傷つけたりしないと諦める人、二度と以前のようには眠れなくなった人、どうして感情をコントロールできずに、あそこまでさらけ出すの？　と言われる人、結局は誰にも理解されないのだと壁にぶち当たる人、皆が楽しくはしゃぐ酒の席で頭がおかしくなったみたいに号泣して周囲を慌てさせる人が、その国の住人なのだろう。

三日葬を執り行うときも、地面を掘って棺を埋葬するときも、曾祖母は涙ひとつ見せなかった。当時は弔問客ですら無理やりでも哭（こく）する〔死者を弔う礼として、葬儀や祭祀で大声で泣くこと〕のが礼儀とされていたが、曾祖母はそういう形式的な礼儀すらも守らずに皆を驚かせた。セビおじさんの長兄が声をあげて泣いてくれと伏して頼んだが、聞く耳を持たなかった。

葬儀を終えて一週間が過ぎた平日、曾祖母は祖母と母を連れて聖堂に向かった。追悼ミサに曾祖父の名前を入れ、開城を離れてからはじめてミサを捧げた。それが神を信じていた彼にしてあげられる最後のことだと思っていた。曾祖父は自分の先祖について、よく話して聞かせた。縛られたままセナムトに連行されて斬首された先祖たちの話を。それは曾祖母がこれまで聞いた中で、もっとも奇妙で驚くべき話だった。

曾祖父は言っていた。人間は神の下に平等であり、生まれつき高貴な人間も下賤な人間も存在しない。すべてはその人の選択にかかっており、言動の結果として表れるものなのだ。まだ二十歳にもならない彼が、そんな雲を摑むような話をするなんておかしかったけど、曾祖母はいい話だと思った。鴨が群れを成して飛んでいく音のように、豪雨が湖面に降り注ぐ音のように、一面に吹く風が木の葉をかすめていく音のように、遠くから聞こえてくる汽車の音のように、曾祖父の声は迫ってきた。そのときの記憶を胸に曾祖母は生きていった。

曾祖父の葬儀が終わってすぐ、セビおばさんがヒリョンにやってきた。その頃のセビおばさんは大邱にある印刷所で働いていたが、日曜日や祭日にも出勤することが多いと言っていた。そんなセビおばさんが時間を作ってヒリョンを訪れたのだった。曾祖母、祖母、母は迎えるためにバスターミナルへ向かった。韓服の下着が汗でびしょびしょになるほど湿度が高くて蒸し暑い日だった。

バスを降りたセビおばさんは白いブラウスに黒いもんぺ姿、ゴムの靴を履いていた。ピンクの風呂敷(ポジャギ)に包んだ大きな荷物を頭に載せ、曾祖母を見ながら手を振った。曾祖母は近づくと、彼女をぎゅっと抱き寄せた。セビおばさんが頭の上の荷物を両手でしっかり掴んだ。公衆トイレと人びとの汗の匂い、煙草の煙が立ちこめるターミナルの入口で、曾祖母はセビおばさんをしばらく抱きしめていた。

――荷物をこっちにください。

祖母に言われて荷物を渡したセビおばさんは、ようやく両腕で曾祖母の背中を包んだ。曾祖母をとんとんと叩く姿は祖母の目に別人のように老けて映った。顔のあちこちに太いしわが刻まれているのが見えたし、手も老人のそれだった。ずいぶん痩せて、体は以前よりもさらに小さくなったようだった。何があったのだろう。祖母は驚きの目でセビおばさんを眺めた。

曾祖母はしばらくの間、すがりつくようにして抱きしめられていたが、やがて懐から出るとセビおばさんの肩を掴んだ。

――セビだね。

――そう、あたしだよ、セビ。

――いつ以来だろうね。ヒジャは元気?

――何事もなく、平穏に暮らしてるよ。サムチョンはお葬式で大変だっただろう。

――いやいや。遠くからわざわざ、セビこそ大変だっただろうに。

曾祖母は変わり果てたセビおばさんの姿については何も言わなかった。でも祖母は、曾祖母の顔に隠しようのない当惑の色が浮かんでいるのを見た。

――この子がミソン？　可愛い子だね。

セビおばさんは二歳になった母に向かってにっこり笑ってみせた。

――ミソン、おばあちゃんの友だちだよ。こんにちはって言ってごらん。

母は祖母のチマの裾を握ると後ろに隠れた。

――遠くから大変だっただろう、さあ行こう。セビ、ついてきて。

ターミナルから家まで歩きながら、セビおばさんはバスの中で生まれてはじめて海を見たと話した。居眠りしていて目が覚めたら大きな水が視界に飛びこんできた、最初はそれが海だとはわからなかったと。

――海はちゃんと見物する時間を取りますから。蒸したイカと新鮮なカレイを焼いたのも食べてくださいね。おばさん、ここでしか食べられないものを……。

――ヨンオク、気を遣わないで。父さんが亡くなったばかりなのにあたしのことまで。

――おばさん、そんなふうに言われると寂しいです。

――わかったよ、わかった、ヨンオク。

セビおばさんは家に着くなり風呂敷を解いた。中からありとあらゆるものが溢れ出てきた。飴玉、乾燥させたワラビ、唐辛子粉、干し柿、松の実一袋、鉛筆一ダース、洋装本の

『ジェイン・エア』、黒いゴムボール、靴下十足、白い運動靴一足、保湿クリーム一箱、ウサギのぬいぐるみ、石鹸三個、ウールのセーター二着、冬服のズボン二着、下着二着、子ども用手袋が一組、子ども用の綿入りジャンパー一着、日本製のステンレス鍋が一つ……。母は新しい品物が出てくるたびに感嘆し、ウサギのぬいぐるみと自分のジャンパーを手にはしゃいだ。一方で曾祖母の表情は暗かった。

――こんなに買う金がどこにあったの。

――ちょっとずつ集めたお金で買ったの。どれだけ長いこと会わなかったと思ってるのよ。その間にこのくらいは貯まるわよ。

――おばさん、これはもらいすぎです。いくらなんでも……。

祖母はぴかぴかのステンレス鍋を手に取って言った。

――ヨンオク、さっきあたしになんて言った？　そんなふうに言われると寂しいんじゃなかった？　あたしのほうが寂しいよ。あんたが結婚するときもお祝いしてやれなかったし、子どもが生まれたときもそうだった。自分がやりたくてやってるんだから、そうなんだなって黙って受け取れないの？

――それでもおばさん……。

――ヨンオク、おばさんの言うことを聞きなさい。願いを聞いてあげるんだと思って。

その言葉に祖母は仕方なく頷いた。

——本とウサギのぬいぐるみはね、ヒジャがソウルで買ってきたんだよ。

セビおばさんは気を遣いながらヒジャの話をした。祖母の家族に良くないことが相次いで起こった後だったから、家族自慢にならないかと慎重に切り出したのだった。ヒジャはソウルでの生活にもどうにか慣れ、大学の勉強を楽しんでいるとのことだった。セビおばさんがヒジャについて語る表情を見ながら、単純に娘を自慢に思っているだけではないのだろうと祖母は思った。ひとりで稼いで娘に勉強させる環境を整えるのは並大抵の苦労ではなかったはずだ。到底望めないはずの環境で大学に入学するというハードルを乗り越えたのは、ヒジャひとりではなかった。

やめようと思いながらも、祖母はヒジャのことを考えると自分が情けなくなった。勉強をあまりにも簡単に放棄したこと、夢を持たなかったこと、結婚に逃げようとしたこと、仕事だろうが人間関係だろうが、何かのために一度も努力しなかったこと。そのすべてが、ただ恥ずかしかった。祖母の選択はどれも当時としては理にかなっていたし、筋が通っていたにもかかわらず。

祖母は心を込めて食卓を整えた。朝市で買ってきたイカを蒸し、カレイに小麦粉をはたいて揚げ焼きにした。よく発酵した、越冬用に漬けたキムチを出してきて器にこんもりと盛りつけ、麦飯を炊いた。セビおばさんは汗をかきながら祖母が用意した料理をおいしそうに食べた。用意するのは大変だっただろうと何度も祖母を労った。セビおばさんはそういう人だった。人の努力に気づき、頑張っている心をぽんぽんと叩いてくれる人。冬に洗濯をしていれば手は冷たくないのと訊き、買い物をしてくれれば疲れなかったのと訊く人。以前のように自分の気持ちを察してくれるセビおばさんを見ていると、今にも涙がこぼれ落ちそうになった。

陽が沈み、女四人で布団を敷いて横になった。母を除く全員が眠れなかった。曾祖母がささやくように言った。

――セビ、ひとつ訊いてもいい？

――うん。なんでもどうぞ。

――あんた、食事はちゃんとしてるの？

――毎食しっかり食べてるよ。さっき見てたじゃない。

曾祖母は長いことためらっていたが、ふたたび口を開いた。

――いや、あんたがすごく痩せたんで訊いてみたの。

――サムチョンはいつも余計な心配をするんだね。家が丘の上にあるから、帰りはずっと上り坂を歩かなきゃならないし、印刷所の社長もあたしを犬みたいにこき使うから……いくら食べても苦労が多ければ痩せるのは当然だよ。

――セビ。

――うん。

――あたしはもったいない。

――何が。

――セビといる、この時間がもったいない。

セビおばさんはしばらく何も答えなかった。

――もったいないと思うとつらくならない？　ただ、これで十分だ、十分だって思いながら生きたら駄目なの？　あんたとあたしはトンムになった、ただそれだけで十分だと思ってくれたら駄目かな？

――……。

――あたしはね、サムチョンにもったいない、もったいないって苦しんでほしくない。

曾祖母は肯定も否定もせずに黙っていた。

一緒に写真を撮ろうと提案したのはセビおばさんだった。いつでも会えるわけではないから、懐かしくなったときに見られる写真があったらと言った。曾祖母とセビおばさんは白いチョゴリに黒いチマを穿き、祖母と母を連れて写真館に向かった。

鏡を見ながら髪をいじっていた曾祖母の姿を、祖母は今も覚えている。ふたりがぎこちなく座ってカメラを見つめていた姿も。笑ってくださいとカメラマンが言うと、ふたりは照れくさそうに微笑んだ。もう一度撮りますと言われると、セビおばさんが片手を曾祖母の手の甲に置いた。フラッシュが光ると、ふたりは子どものように目をぱちくりさせた。

写真館を出た一行は亀の浜へ歩いていった。暑い日だったけれど、海には涼しい風が吹いていた。セビおばさんは砂浜にぺたんと座って海を眺めていたが、ゴムの靴とポソンを脱ぎ捨ててチマの裾を膝までたくし上げると、海に向かって歩きはじめた。大きな波が打ち寄せてふくらはぎまで水に浸かると、セビおばさんは甲高い声で笑った。もう少し深い場所まで行く途中に波が押し寄せてくると、子どものように悲鳴をあげながら砂浜に走って戻った。その姿を見守る祖母、曾祖母、母に手を振りながら、いつまでも海で遊んでいた。

〈セビおばさんはその日、海で遊んだ〉。祖母はその日の出来事をこの一文で記憶している。セビおばさん、海、遊ぶ、どの単語もその日に含まれていた。どれも祖母が好きな言葉だった。だからその日が忘れられなかった。

ひとしきり遊んだセビおばさんがびしょびしょになった黒いチマをねじって絞りながら砂浜に上がってきた。祖母は黒いゴムボールをセビおばさんに投げた。おばさんは足元に落ちたゴムボールを拾うと曾祖母に投げた。曾祖母が後ずさりしながらゴムボールを受け止め、今度は祖母に向かって投げた。祖母はふたたびセビおばさんに投げた。そうやって三人の女は砂浜でボール投げをして遊んだ。受け止めようとあたふたするお互いのぎこちない姿に、全員がきゃっきゃっと笑った。

その日の海は、祖母の知るヒリョンの海ではなかった。ミョンスクおばあさん、セビおばさん、ヒジャを懐かしく思いながら、ヒリョンに閉じこめられているように感じていた幼い祖母の海でも、熱が出た母を抱いて震えながら医院に向かう道すがら、無心に波打っていた海でもなかった。その日の祖母は誰にも気兼ねせずに心の底から笑い、大声を出した。

セビおばさんはもう一泊すると、早朝に大邱へと帰っていった。写真ができたら必ず送ってほしい、次は大邱で会おうと言い残して。海辺で一日思い切り遊んだせいか、セビおばさんの青白かった顔は赤く日焼けしていた。おばさんはピンクの風呂敷を手にバスに乗りこんだ。今度はスルメ、干したムール貝、乾燥わかめ、昆布、煮干し、干し鱈が入っていた。曾祖母がその贈り物を用意するために、長いこと貯めてきたお金の一部を崩したことを祖母は知っていた。バスがターミナルを出ていく間も、曾祖母はバスの後ろに向かって手を振り続けた。全員が笑顔で別れた日だった。

家に戻った祖母はためらっていたが鉛筆を取ると手紙を書いた。ヒジャ、あたし。ヨンオク。久しぶりだね……。

祖母が手紙を出していくらも経たないうちにヒジャから返事が来た。

ヨンオクお姉ちゃんへ

お姉ちゃん、元気にしてる？　蒸し暑い夏だけどヒリョンはどうかな？　ヒリョンに行ってきた母さんが、おじさんの訃報を知らせてくれた。

ここ数日、ずっとおじさんのことを考えてた。道を歩いていても、ご飯を食べていても、急に大邱で一緒に暮らしたときのことが思い出されたりして。お姉ちゃんの心境が気になってます。どんな言葉をかけるべきか悩んでたら、ちょうどお姉ちゃんから手紙が来て。いっぱい泣いたんじゃないか、ご飯はちゃんと食べてるか気がかりです。

お姉ちゃんは、うちの母さんが心配だって書いてたよね。実は私も怖いの、お姉ちゃん。気にしないようにしてるんだけど、母さんの姿が目の前をちらつく。母さんは、私をいつもソウルにいさせようとするの。大邱に帰ってきてもいいことないからって、月に一度の帰省も不服みたい。

母さんと最後に会ったのは長期休みがはじまる頃だった。以前よりもっと痩せたみたいで心配だって言ったら、母さん怒ったんだよ。自分は健康なのに、やたら心配して病人扱いするなって。

私をソウルの大学に行かせようと、母さんがどんなに苦労したかはわかってる。家から通える大学で十分だ、一緒にいたいって言ったのに、母さんはソウルに行ってほしいって。その期待を裏切ることはできないから私も頑張った。怖かったけどソウルに上京したし、授業も休まず聴いてる。ひとりぼっちだって気がするときもあるけど、そういうふうに考えないように努力もしてる。

それでもね、お姉ちゃん、こんなことしてなんの意味があるんだって思うときがある。贅沢なこと書いてるのはわかってる。同室の先輩は、自分もそうだったけど時間が経てば慣れるって言ってた。それでもしょっちゅう母さんのことを思い出すの。母娘が腕を組んで歩いてる姿を見かけると、堪えきれなくなって涙が出ることもあるんだ。

残された家族は母さんひとりなのに、私の使ってた部屋は人に貸したから大邱には戻ってくるなだって。母さんがどんどん遠くなっていくのに、私に何がわかるっていうの。お姉ちゃん、私ね、自分が今どこにいるのかもよくわからないときが多いんだ。今週末に大邱へ帰ろうと思う。お姉ちゃんに手紙を書いていたら、必ず帰らなきゃって気になった。

お姉ちゃん、元気でね。

おじさんのご冥福をお祈りします。

一九六二年八月

ヒジャ

ヒジャの手紙を読む間、祖母は最後に見たセビおばさんの姿を何度も思い浮かべていた。曾祖母にもセビおばさんの具合が良くないように見えたと言った。ヒジャの手紙についても話した。

――あんなに食べて、あんなに走り回って遊ぶ具合の悪い人間がどこにいるのさ。あたしは見たことないけど。

――ヒジャも心配してるじゃない。

――あんたもヒジャも、セビのこと知らないからだよ。縁起の悪いこと言うもんじゃない。セビは健康だってば。

曾祖母はそう言うと、引き出しから小さな封筒を取り出した。

――写真が出来上がったよ。一枚は紙に包んでセビに送るつもり。

葉書大の写真だった。モノクロ写真の中のセビおばさんは、曾祖母の手の甲に自分の手を置いていた。祖母は写真に添える短い手紙を書いた。セビおばさんからもすぐに返事が来た。もらったわかめでスープを作ったら尋常じゃないおいしさだった、一緒に海辺でボール投げをして遊んだことは忘れないとあった。それからは以前のようにぽつぽつと手紙のやり取りをするようになり、セビおばさんは自分の近況を伝えてきた。印刷所の同僚が結婚する話、大邱の八公山（パルコンサン）へ紅葉狩りに行ってきた話、部屋を貸している同僚とじゃがいもを焼いて食べた話……。セビおばさんは今までと何も変わらないように見えた。

ヒジャは大邱にいたときよりも頻繁に手紙を寄こした。

道で会っても、お互いにわかるかなあ……。

そう書くと、小さな高校の卒業写真を送ってきた。黒縁の度数が高そうな眼鏡をかけたヒジャがかすかに微笑んでいた。それを財布に入れて持ち歩き、思い出すたびに眺めた。祖母には送れる写真がなかった。その代わりに自分にあった出来事を包み隠さず書き綴った。夫の重婚、自分が父さんに放った呪いのような言葉も……。子どもを寝かしつけ、ちゃぶ台に向かって手紙をしたためる間、祖母はむしろ心が軽くなるのを感じていた。こうやって洗いざらい書けるのも、その相手が十年近く顔も見ていない相手だというのも悪くなかった。


祖母は家に戻り、ひとり病室に残された私は携帯電話を取り出して曾祖母とセビおばさんの写真を眺めた。セビおばさんの顔は祖母が言うほど老けては見えなかった。ひどく痩せたせいで口元と額に深いしわが刻まれてはいるけれど。写真の中のセビおばさんと目を合わせてみた。セビおばさんの目は輝いていた。誰よりも生き生きと、その瞬間を生きている人のように見えた。

ヒリョンまで看病にくるという母に、その必要はないと答えた。私のために大変な思いをさせるのが嫌だったのもあるけれど、ふたりきりで狭い空間にいる自信がなかった。またこの間みたいに、お互いを怒らせて傷つけるかもと思うと怖くもあった。その気持ちを正直に伝えた。娘が交通事故に遭ったという現実に興奮して私を責め立てていた母は、わかった、好きにしなさいと言うと電話を切ってしまった。そして一時間もしないうちにショートメールを寄こした。お父さんは旅行中だから知らせていない、お前が気まずいなら行かないけど、連絡は待っていると書かれていた。

ジウにも連絡して事の次第を知らせた。母には事故の大きさを控えめに話したが、ジウにはありのままを伝えた。ジウはしばらく言葉を失っていたが、事故を起こした運転手への怒りをあらわにした。しばらく興奮状態で話していたジウは、怪我がその程度でよかったと付け加えた。驚きを隠そうと努めているのが感じられたけれど声が震えていた。そして翌日になるとバスに乗ってお見舞いにやってきた。以前の私なら、わざわざ遠くまでごめんねと言っていただろう。でもそうしなかった。ただ、ありがとうと言った。自分の痛みについても正直に話した。もしもジウにつらいことがあったとき、強いふりをするのではなく、痛みを隠さないでくれたらと思ったからだった。

時間の経過とともに、支えがなくても簡単に体を起こせるようになった。首の痛み以外はやり過ごせるようになった。私はほとんどの時間を気絶したみたいに寝て過ごした。朝食後に眠り、昼食後に眠り、夜もぐっすり眠った。誰かが背中のスイッチを切ったみたいに、自分の意志とは無関係に眠り続けた。

そうやってひたすら眠って目を覚ますと、いつにも増して頭がすっきりするのが感じられた。病室の窓から朝日が昇るようすを眺めながら、あの日の自分に起こった出来事について思いを巡らせた。お姉ちゃんが私に言ってくれた言葉。あれは幻想や夢なんかじゃないとわかっていたし、この話は死ぬまで誰にも明かさないと誓った。自分でも気づいていた。ずっとあの瞬間を待ちわびていたということを、そして二度とあんな瞬間は訪れないだろうということも。

もう十分だから。これ以上は望めないから。

退院する前日は祖母が病室に泊まった。祖母が補助ベッドで寝ているというのに、深夜にショートメールが届いた。退院を手伝いたいから、明日の始発でそちらへ向かうという母からの連絡だった。自分でやるからと返信すると、母は来るなと言われても絶対に行くと言い出した。断っても無駄だと思ったから、わかったと送った。

翌朝になって母が来ると祖母に告げると、じゃあ自分は帰るからと鞄を手に出ていった。祖母が病院の入口に歩いていく姿を窓から見ていると、一台のタクシーがその前に停まった。アイボリーのカーディガンに、同じ色のロングスカートを合わせた母がタクシーから降りてきた。祖母は母を見ると立ち止まった。母も祖母を見ると、その場に立ち尽くした。

しばらく立ったまま見つめ合っていたふたりは、やがて少しずつお互いに近づいていった。母が話しかけ、頷きながら祖母の言葉を聞いていた。

祖母はふり返ると、私がいる病室を指差した。窓に日差しが反射しているせいか、ふたりには私の姿が見えていないらしかった。そうしてまた話をはじめた。遠くからでも母の表情が穏やかなのがわかった。祖母の顔は見えなかったが、いい雰囲気は伝わってきた。祖母と母は一体どんな仲なのだろう。ふたりが硬い表情でお互いを批判していたら、もどかしさを感じることはあっても理解できただろう。でも、あんなに長い間ほとんど連絡も取らずにいたくせに、いざ顔を合わせたら何事もなかったかのように言葉を交わす姿は理解できなかった。

ようすを見守っていた私は、もしかすると一緒に上がってくるかもしれないと思った。でもふたりは一定の距離を保ったまま話し、すぐに別れた。祖母は母に手を振り、母は軽く会釈して祖母に挨拶すると、ふり返ることなく病院のロビーに向かって歩き出した。

「なんなの、この顔は……」

整理する私を見た母が驚きの顔で尋ねた。腫れはだいぶ治まったけれど、額と目の周りには青と紫が交った痣が広がっていたし、相変わらず左目はまともに開かなかった。

「あたしに嘘ついたの？　ただの接触事故だって言ったのに、全然違うじゃない」

「お母さんがこういう反応するだろうと思ったから黙ってたの。心配ない。問題なくすべて処理したから」

私の話を聴いていた母は補助ベッドにへたり込んだ。

「本当に大丈夫なのね？　どのくらいの事故だったの？」

「もう一週間以上になる。ＣＴも撮ったけど異常ないって」

母は泣きそうな顔でじっと見上げた。

「通院治療をすれば、少しずつ回復するから」

事故の経緯をかいつまんで説明した。母はしばらく呆然と座りこんでいた。

「どうして……あんたがこんな目に」

母は力なく訊いた。まるで私がその答えを知っているかのように。


退院の手続きを済ませて防波堤の近くにある食堂で昼食を取る間も、母は気が抜けたようすだった。食事を終えると、食堂の駐車場でインスタントコーヒーを飲んだ。目の前に防波堤と、その端にある灯台が見えた。私がタクシーを呼ぼうと携帯電話を取り出すと、母は灯台を指差しながら言った。

「消化も兼ねて、灯台まで行ってみない？」

私は首を横に振った。

「ずっと寝てたんだから歩かないと。行ってみようよ。あそこまでならすぐだから」

「観光に来たわけじゃないでしょう」

私は携帯電話を覗いた。

「お母さんの願いを聞くのって、そんなに難しいことなの？」

母がいきなり大声をあげると、駐車場にいた人びとが一斉にこちらを見た。紙コップを持つ母の手が震えていた。母はまだコーヒーの残っている紙コップをゴミ箱に投げ捨てると、その場にしゃがみ込んで頭を抱えた。駐車場の水たまりについたロングスカートの裾に泥水が染みこんだ。

「すみません、車を出したいんですが。どいてもらえますか」

中年男性の言葉に、私は母を立ち上がらせると駐車場の花壇まで連れていった。母は花壇の縁に腰掛け、両手で顔を覆うとひとしきり泣いた。そんなふうに泣く姿をはじめて見た。それも人前で感情を爆発させるなんて尚更だった。母はこんなふうに衝動的なタイプではなかった。私はティッシュを渡し、母の涙が落ち着くのを待った。

「灯台まで行ってみよう。お母さんが言ったとおり、消化も兼ねて運動がてら」

「もういいって。意地なんて張るんじゃなかった」

「ううん。行こうよ」

母は少し私に寄りかかった姿勢でゆっくりと歩きはじめた。そしてすぐに離れると前を歩き出した。速い足取りだった。両腕で自分の体を抱きしめるようにしていた。母のショートヘアが風になびいた。海風が冷たかった。

灯台へと続く防波堤に立つと、波が激しくて水しぶきが跳ねてきたりもした。母は速足で歩くと灯台にもたれかかった。

「写真撮ってあげようか？」

母はとんでもないというように笑いながら首を振った。母の足元をゴキブリみたいな虫が通り過ぎていた。防波堤や海岸の岩でよく見かける虫だった。ぞっとした私は距離を取り、母は地面にしゃがみ込んで虫を観察した。その顔にうっすらと笑みが漂っていた。母はしばらくそうやって眺めていたが、やがて私のほうに歩いてきた。

「フナムシよ」

母は悪戯めいた表情を見せた。

「フナムシ？」

「ジョンが怖がってたあの虫。あんた、小さいときも怖がってた」

「あんなに気持ち悪いのに、怖がらないほうがおかしいって」

「あたしは好きよ」

母は重大な問題でも告げるような表情で言った。

「フナムシは海辺の石のすき間とか、防波堤に暮らしながら海岸の掃除をしているの」

母は友だちでも紹介するような口調で続けた。

「まだ小さかったとき、ひとりで海辺に座ってたんだけど、あんなにせっせと真面目に動き回るフナムシに親しみを感じたの。心の中で呼びかけてた。フナムシちゃんって。悪いことなんて何もしてないのに、人間はお前たちを気持ち悪い、最低だって言うんだよね」

母は泣いて赤くなった目で私を見た。以前よりも目がくぼんだようだった。すっぴんの顔はほくろと染みがそのまま見えた。頭頂部にも白いものが混じっていた。海風でショートヘアが乱れていた。

灯台に向かうときは追い風だったが、戻るときは全身に向かい風を浴びる羽目になった。風は冷たくて、私たちはそれぞれ腕組みしながら歩いた。

家に戻るタクシーの中で母は車窓に頭を預けていた。何かをじっと考えこんでいるように見えた。母がもたれている車窓に小さな雨粒が少しずつ落ちてきた。道端のあらゆるゴミが強風で宙を舞っていた。黒いビニール袋がひとつ、空高く舞い上がっていた。

その日は少し早めに布団に入った。遮光カーテンを引いてじっと横になり、母の息遣いを聞いていた。私と一緒ですぐには眠れないらしく話しかけてきた。

「眠れないの？」

「ちょっと時間がかかる」

「小さいときは横になった途端に眠ってたのに」

「寝てるふりしてることも多かった」

「そうだったの？」

ジョン寝てるみたい、眠ったみたいと言いながら、こちらを眺める母の気配が好きだった。私が眠っていると思ってこちらを眺める人の穏やかな眼差しを、目で見なくても見ることができた。

「メキシコにいたときもジョンの夢をたくさん見た」

「そうだったの？」

「うん」

「母さんも夢に出てきて」

「おばあちゃんが？」

「そう」

母はそう答えると何も言わなくなった。少しためらったが、私は話を切り出した。

「おばあちゃんから、おじいちゃんの話も聞いた。お母さんが私に本当のことを言ってないって知らなかったみたい」

しばらくして母が口を開いた。

「ジョンにも聞く権利はあるよね。ジョンの話でもあるわけだから」

自分が生まれてすぐに祖父は亡くなったのだと、母は私に言っていた。でもまるっきり嘘というわけでもなかった。母にしてみれば、一瞬たりとも彼が生きている人間だったことはなかったのだろうから。親の役割をしてきたのは祖母だけだったから。

平凡に生きるのが最高の人生だと、母は常々言っていた。父との結婚で自分も平凡な家庭を築けてよかったとも言っていた。習慣のようにそうくり返す母を、以前の私はよく理解できなかった。頭の中に丸をひとつ描き、その中に平凡という単語を書く。他人と変わらない人生、目立たない人生、目につかない人生、つまり、いかなる話題にも上らず、評価されたり断罪されたりすることも、仲間外れにされることもない人生。丸がどんなに狭くて窮屈でも、そこから抜け出てはいけないというのが信念だったのかもしれないと、眠る母の息遣いを聞きながら思った。

13

退院して通院治療を受けている間に秋は深まり、従妹のヘジンの結婚式に出席する頃にはかなり肌寒くなっていた。母は結婚式の前日に電話を寄こすと、親戚に会うのが気まずければ来なくてもいいと言ってきた。〈まだ離婚のことは誰も知らないから〉。母はそう言い足した。

〈まだ〉という言葉には語弊があった。一年は短い時間ではなかったし、その間に旧正月や旧盆、祭祀といった行事もあったわけだから、私の離婚を伝える機会は何度もあったはずだった。〈まだ〉知らせていないというよりも〈永遠に〉知らせないつもりなのだろう。ふたりとも娘の離婚を親戚に言えないほどの恥だと思っていることを、私に隠すつもりはないようだった。両親が言いたくないのなら、当事者が直接乗り出すしかないという気になった。

結婚式は忠州湖（チュンジュホ）が見渡せるペンションで行われた。プール付きのヴィラが何棟もある高級ペンションだった。新郎の実家がペンション全体を一泊二日で貸し切り、披露宴の翌日に結婚式を挙げるとのことだった。

ヘジンは下の叔父の末娘だった。大学を卒業すると銀行に就職し、そこで新郎と出会った。招待状を開くと、大きなティアラをつけたヘジンがマーメイドラインの華やかなウエディングドレスを着て、悪戯めいた笑みを浮かべていた。

笑顔の絶えない家庭だった。叔母が小学生のヘジンを膝に乗せてキスしている姿に魅入ったものだった。ヘジンの家に招かれると叔父がエプロン姿で夕食を作っていて、それを見た母と父は顔が真っ赤になるほど狼狽していたのも覚えている。そんな叔父の傍らには、いつもヘジンがまとわりついていた。〈パパ、パパ〉。まるで友だちのように呼びながら、父親となんの気兼ねもなく自分の日常を共有していたあの子の姿も覚えている。ヘジン一家と会った帰り道では、十秒でもいいから誰かが私を抱きしめてくれたらと思った。まだ寂しさという言葉を知らなかった頃から。

披露宴はペンションの庭で行われた。新郎新婦が忠州湖を背にして長いテーブルにつき、いくつかの丸テーブルに参列者が座って料理を食べ、シャンペンを飲んだ。司会者の進行に沿って参列者がひとりずつ出ていくと、マイクを握ってお祝いのメッセージを述べたり、祝歌を歌ったりした。私は母や父と一緒のテーブルで披露宴を見守った。

陽が沈み出して完全に暗くなると、庭に飾られた卓球ボール大の丸い電球に灯りがともされた。ペンションに到着したばかりの上の叔父が私たちのテーブルにやってきた。こういうシチュエーションには慣れていないんだというように、彼はこちらを見て笑った。父と上の叔父が一緒にいる席ではいつも緊張した。ふたりともお互いのことを一瞬たりとも我慢できないらしかった。小さかった私の前でも、何度も大声で喧嘩をした。自分が犠牲になって進学を諦めたから、弟ふたりは大学に行けたのだと父は思っていた。それは事実でもあった。問題は下の叔父が父の犠牲に対してつねに感謝を示しているのに対し、上の叔父はそうじゃないという点にあった。むしろ上の叔父は長男である父ばかりを母親が偏愛し、次男の自分は無視されてきたと事あるごとに敵対心をあらわにした。父に対する反感が娘の私へのいじめにつながったことも度々だったけど、父はそういう攻撃には無視を決めこんでいたから見て見ぬふりをしたし、母もまた傍観するだけだった。

「ジョン、久しぶりだな。旦那の姿が見えないけど」

上の叔父が訊いた。

「こちらから申し上げるべきだったのですが。叔父さん、私、離婚したんです。もう一年になります」

「ミソンさん、ジョンはなんの話をしてるんですか？　離婚？　一年も経つのに、どうして今まで言わなかったんですか？」

上の叔父は呆れたというように声をあげて笑った。母は皿の料理を見つめながら黙って唇を噛みしめた。

「私が直接お話しするからと言ったんです。離婚って簡単じゃないですね。整理しなきゃならないことが山積みで、本当に余裕のない一年でした」

私はグラスにシャンペンを注ぐと続けた。

「それから叔父さん、お義姉さんです。ミソンさんじゃなくて」

上の叔父の顔が歪み、父は両方の拳をテーブルに叩きつけた。箸やフォークが地面に落ちた。

「お前、自分が何を言ってるかわかってんのか？　親に赤っ恥かかせて、すっきりしたか？　クソッタレが。離婚が自慢するようなことか？　目上に向かって指摘するなんて何様のつもりだ？」

父が酔った声を張り上げた。人が集まってきて制止すると父はうつむいた。上の叔父は、そんな父と私を交互に見ながら笑った。彼が物書きで、大学で文学を教えているというのが理解できなかった。他人の苦しみに対して一度でも共感したことがあるのだろうか。

灯りの消えた部屋でベッドの縁に腰掛けて窓の外を眺めた。靴も脱がず、服も着替えないまま。披露宴会場の片付けがはじまると庭の電球が消えた。目の前が闇に沈んだ。湖の縁にある建物からのかすかな灯りだけが目に入った。緊張してシャンペンをたくさん飲んだせいで頭痛がひどく、喉が渇いていた。暗い部屋の中にひとり座っていると、さっきよりも酔いが増してくる気がした。

親の見ている前で親戚に離婚の事実を告げるという目的を達成したのに、思っていたほど気持ちはすっきりしなかったし、満足感もなかった。恥ずかしいことをしたわけじゃないと見せつけたかっただけなのに、親が私の離婚をどれほど恥ずかしく思っているのか、この一件で再確認した気分だった。予想していなかったわけではないけど、ふたりのああいう姿を目の当たりにすると、アスファルトの床で擦られたみたいに心が痛んだ。

暗闇に慣れた目で周囲を見回した。椅子と冷蔵庫、ガラスのコップや使い捨てのスリッパが見えた。灯りをつけてシャワーを浴びなきゃと頭の中でくり返したけれど、なかなか動けなかった。

ノックの音が聞こえた。

いないふりをした。灯りも消えているから、応答しなければこれ以上ノックしてこないだろうと思ったのだ。

ふたたびノックの音がした。

「ジョン、お母さん。ドアを開けて」

私は斜めに横たわった。

「中にいるのはわかってるんだから。少しの間でいいからドアを開けて」

チャイムの音がした。仕方なく起き上がった。どこまでも意地を通そうとする人だから、ドアが開くまでチャイムを鳴らし続けるのは明らかだった。母はこちらを見もしないで入ってきた。さっきと同じ服装に靴を履いていた。母は窓辺に置かれたロッキングチェアに腰を下ろした。

「トイレから戻ったら、あんたがいないから待ってたのよ。どれだけ待ったと思ってるの。何も言わずに部屋に戻るとは思わなかった」

〈お前が何も言わずに部屋に行っちゃったから腹が立った〉というメッセージを母は遠回しに伝えていた。私はベッドに横たわると天井を見つめた。

「最初からこうするつもりだったの？　来なくても大丈夫だって言ったじゃない」

「来るなって意味だったんでしょ。お母さんが気まずいから」

「そんなつもりは。今日のあんたの態度を言ってるのよ、あたしは」

母は誰かに聞かれるのが不安なのか、ささやくような声で言った。

「私の態度の何が問題だったのよ？」

問いつめるような自分の声が聞こえた。心臓が波打ちはじめた。闘う準備はできているし、決して負けられないという事実も理解していた。

「叔父さんにわざわざあんな言い方しなくてもよかったんじゃない？　あたしのことをミソンさんって呼ぼうが、お義姉さんって呼ぼうが、何が問題で目上の人に指摘なんかするのよ。離婚しました、そう報告したのなら、ちゃんとお話を聞かなきゃ。目上の前で顔も真っすぐあげちゃって」

「顔は真っすぐあげるものでしょう、お母さん。何も悪いことしてないのに、どうして顔を伏せなきゃいけないの？」

母はジャケットを脱いでテーブルに置くと窓を開けた。肌寒い風が室内に入ってきた。

「昔はこうじゃなかったのに。目上に対して礼儀正しくできてたじゃない」

「どんな礼儀？　礼儀？　ああ、クソみたいなこと言われても黙って座ってる礼儀？　あれが礼儀なんだ？　礼儀知らずはお父さんの家族のほうでしょう。しっかりしてよ、お母さん。ミソンさんって呼ぶのがどうして問題なのかって？　本当にわからなくて訊いてるの？　叔父さんがこれまでどんな態度でお母さんに接してきたか。本当になんとも思ってなかったって言えるの？」

「口を慎みなさい」

「お母さんが口を慎めって言うべき相手は私じゃない、お母さんの姑と義理の弟だった」

母は闇の中で苦笑いを浮かべた。

「ヒリョンに引っ越してから、あんた変わったみたいね。おばあちゃんがどんな影響を与えたのか知らないけど、まるであたしが仇みたいな態度を取るのね」

「そうじゃない」

頭痛がひどくなり、何か言うたびに頭に響きはじめた。

「いちいち張り合っていたら生きていけないよ、ジョン。ただ避ければいいの。それが利口なやり方なんだから」

「私はいつでも避けてきた。だからこうなったんじゃない。自分がどんな気持ちなのかもわからなくなった。涙が流れているのに、胸にぽっかりと穴が開いて何も感じない」

「何を言っているのかわからない。避けることが、あんたを守る道なんだってば」

「殴られているのに、じっとやられっぱなしでいるのが自分を守ることなの？」

「張り合えば二発、三発とやられる、どうせ勝てやしない、だったら一発殴られて終わりにすれば済む話でしょう」

「私が勝てるかどうか、どうしてお母さんにわかるの？」

母は何も答えなかった。

「おとなしく生きろ、言葉遣いに気をつけろ、泣くな、口答えするな、怒るな、言い争いをするな。耳にタコができるほど聞かされてきたせいで、腹が立っても悲しくなっても罪悪感を覚えるようになった。感情が消化されないから、ゴミみたいに自分の心の中に投げちゃうんだよ。その都度リセットされないから心がゴミ箱になってた。汚くて臭くて片付けられないゴミでいっぱいになってた。もう、そんなふうには生きたくない……。私だって人間なんだよ。私にも感情はあるの」

涙がこめかみを伝って耳の中に入っていった。私は静かにすすり泣いた。そうだったの、そうだったんだね、あたしも胸が痛い……。ごく簡単な言葉でもいいから、母が共感してくれることを期待していたのだろうか。

「だいぶ酔っぱらってるみたいね。今日は休んで、明日話しましょう」

母がジャケットを着る音が聞こえた。苦しんでいる私、悲しんでいる私とは一緒にいようとしなかったよね。一瞬たりとも。私は慣れっこになっている怒りを感じた。起き上がって座ると母を見つめ、どんな残酷な言葉を言おうか心の中で選んだ。

「お母さんがヒリョンに来るたびに嫌だった。面倒くさかったし」

真っ赤な嘘だった。

「来るなって言えばよかったじゃない」

邪念が私を突き動かした。

「そうね、お母さんが憐れだったからじゃない」

暗闇に慣れた目で陥落寸前の母の顔を見た。

「私にさ、どうしてヒリョンなのかって訊いたよね。ほんとのこと教えてあげようか？ヒリョンはね、お母さんが絶対に来ない場所だから。だからだよ」

母は手で顔をこすると、こちらを見て言った。

「何が望みなの」

「泣いて、大声で叫んで、怒りなよ。言いたいことがあるなら、ちゃんと言って。遠回しな言葉で攻撃されるのもうんざり」

「何を言ってるのかわからない」

「ううん、お母さんはわかってる」

　母は立ち上がると私を見下ろした。

「このままこうやって生きていったって、別になんの問題もないでしょう?」

　母は疲れた表情でそう言うと、部屋のドアに向かって歩き出した。母を立ちすくませる一言を私は知っていた。

「ねえ、わかってる?　お姉ちゃんをいなかったことにしたのはお母さんだってこと」

　母が立ち止まった。

「お母さんはさ、お姉ちゃんの話を絶対にしない。お姉ちゃんの名前すらも口にしない。最初からこの世に存在しなかった人みたいに……。そんなことってある?」

　母はドアノブに手をかけたままうずくまって泣いた。私は自分の残忍さに酔いしれ、そんな母を憐れむこともなく見つめていた。禁じられた言葉を口にして自由を感じていたのだろうか。復讐の一撃を味わっていたのだろうか。でもそれは一瞬だった。落ち着いてくると、どうやったら母に許してもらえるだろうと怖くなった。近づくこともできないまま、ただ見つめていた。母はしばらく泣いてから涙を拭うと部屋を出ていった。ドアが閉まった。

私が小学校に入学した年、母は電話番号案内の114に就職した。家に帰ると誰もいなくて、子どもにもできるあらゆるひとり遊びをしながら母の帰りを待った。たまに我慢できなくなると、受話器を持ち上げて114番を押した。

114です。どちらの電話番号をご案内しましょうか？

私は電話を受けた相手の声に注意深く耳を傾けた。こうやってかけ続けていれば、いつか母が出るだろうという希望を胸に。

どちらの電話番号をご案内しましょうか？

電話は一度も母につながらなかった。

クム・ドンソン不動産を。

思いつくままに店名を挙げて電話番号を案内する音声を聞いた。本当に耐えられなくなったときだけ114を押した。もしかするとお母さんの声が聞けるかも。ちょっとでも、ほんのちょっとでもお母さんの声が聞けたら、もう何も望むことはないだろう。自分と同じ気持ちから114を押す子どもを想像してみた。失敗するとわかっていて電話をかける子どもの姿を。そういう想像をしているときだけは完全なひとりぼっちじゃなかった。

114です。どちらの電話番号をご案内しましょうか？

お母さん、私、ジョンだよ！

幼い体の中には寂しさが電気のように流れていて、私をかまった人も同じように寂しくなってしまいそうだった。だからかもしれなかった。母がもう抱きしめてくれないのも、触れてくれないのも、私の手をひたすら避けるのも。そんな想像をすると悲しい気持ちも少しは柔らぐようだった。

小さい頃の私はどうしてもスキンシップができないまま、子犬のように周囲をうろうろしながら母を見つめていた。母がソファで居眠りをはじめると、そうっと近づいて温もりが混じった匂いを嗅いだ。間近にいるのに恋しくて涙が出そうだった。母が触れてくれるのは私の髪を結ぶときだけだった。早起きして櫛を手に母が目覚めるのを待った。私がその時間をどれほど待ち焦がれていたのか、母には想像もつかないだろう。いまだにそういう数々を忘れられずにいる。

翌日の午前中に結婚式が行われた。母は私の結婚式のときと同じ韓服を着て、私と同じテーブルに座っていた。何事もなかったかのように〈スモールウエディングもいいね〉〈晴れてよかった〉などと話しかけてきた。私は〈そうね〉〈本当に〉と答えた。母はまたしても知らんふりを決めこんでいた。何事もなかったかのように行動していた。母は選択性の記憶喪失にかかったのかもしれないと、たまに思うことがあった。不愉快な事実にはふたをして、最初から何もなかったと信じてしまうのではないだろうか。そして私も調子を合わせてきた。そうやって、いつも全部にふたをすることに。

式が終わって駐車場に向かっていると母が追いかけてきた。

「昨日みたいなこと言ったら、次はあたしも容赦しないから」

母は怒りに体を震わせながら言った。はじめて見る姿に怯みそうになったけれど、口は違う言葉を発していた。

「何もなかったふりをしたからってなくなりはしない。私にも言う権利はあるし」

とても大きな声では言えなくて小さく呟いた。

「何もかも過ぎたこと。口にしたからって、あの子が生きて帰ってくるわけじゃない」

母は私の視線を避けながら言った。

「お母さん」

私が近づくと、母は一歩後ずさりしてこう続けた。

「叔父さんがあたしを無視したって？　あたしをいちばん無視してたのはあんただよ、他の誰でもなく。お前がいつもあたしの人生を否定してたんだ」

叫ぶような声だった。駐車場の向かいにいた人たちが、ひそひそとこちらを注視していた。母は手でいじって髪形をチェックすると、大股で歩きながら駐車場を出ていった。紺色の韓服のチマが風にはためいて白いペチコートが覗いた。建物の裏に消えるまで、私はその後ろ姿をじっと見送った。

公共の場で夫や子どもに腹を立てる女性、バスですすり泣く女性、道端で電話をしながら怒り狂う女性を、母は恥知らずな人間だと非難した。そういう下品で低レベルな真似をするのは自分の価値を貶める行為だとも言っていた。そうやって生涯避けて通ろうとしてきた姿を娘の前で晒したのだった。母の指摘が胸に突き刺さるのとは別に、〈恥知らずに〉自分の怒りを発散させる母の姿から、私はある種の解放感を感じていた。

結婚式を最後に母からの連絡が途絶えた。ふとした瞬間に、あの日の自分の言葉を何度も思い出した。あの暗い部屋で浮かび上がってきた古傷のことも。あのときは母を傷つけるため、心にもない悪意に満ちた話をでっち上げたのだと思っていた。でも時間が経ってふり返ってみると、傷つけるために放ったあの言葉はあながち嘘でもなかったという気がしてきた。ヒリョンに引っ越したのは、離婚した私を傷つける母を遠ざけるためでもあったのは事実だから。姉を最初からこの世に存在しなかった人にしたのは母だという指摘も、今までは認めることができないから意識すらできずにいた、私の無意識の一部だった。

無視しているのは私のほうだと母は言った。とんでもない話だと思ったが、じっくり思い返してみると、私の態度にはいつも一種の無視が含まれていた。もっとも効果的に母を攻撃する方法だと無意識のうちにわかっていたのだろうか。そうすればもう少し真摯に向き合ってくれると思ったのだろうか。切望し、泣き、哀願し、恨んでもびくともしなかった母が、それとなく無視するたびに、なんかしらの方法で反応してくるのが嬉しかったのだろうか。何度も母にショートメールを書いては消すことをくり返しながらも、結局こちらからは連絡しなかった。どんな言葉で謝罪するべきかわからなくもあったけれど、謝っても許してくれないだろうという不安を拭いきれなかったからでもあった。

　資源ゴミを捨てにいって鉢合わせしたときを除くと、しばらく祖母とはご無沙汰していた。私も会社の仕事が忙しかったが、祖母も果樹園と農場の日傭で多忙だった。明け方からワゴン車で出かけ、丸一日を働いて帰ってくる姿を見ていたら、もう仕事を辞めて楽に生きてという言葉が喉まで出かかった。集積所の前で会った祖母は赤黒く日焼けした顔で、冬になると休みが多くなるから、それまでにできるだけ仕事を受けないといけないのだと強調した。七十代前半の若い老人ほどではないけれど、自分なりの手腕で果樹園と農場のオーナーからの連絡は逃さないのだと自慢もした。明るく話す祖母を見ながら、ちゃんとした保険には入っているのだろうか、貯蓄はどれくらいあるのだろうかと思いを巡らせた。もうじき八十を迎える老人が農場やら果樹園やらに通って働くのは、あまりに厳しすぎる労働なのではないかとも思った。

　そんなふうに晩秋を迎えた。陽が短くなって通勤の時間帯は薄暗く、たまに体が震えるほどの冷たい風が吹いた。大田(テジョン)の研究所に求人が出たのもその頃だった。ずっとあそこで働きたいと夢見てきた場所だった。しばらく応募書類の準備に忙殺されていた。ようやく提出した週末に祖母と会う時間を持つことができた。

冷蔵庫に入れっぱなしでぐにゅぐにゅになった桃を丁寧に洗い、ガラス瓶を熱湯消毒した。桃と砂糖を弱火でじっくり煮詰めてジャムを作った。パン屋で買ってきた食パンと生クリームを紙袋に詰め、家で淹れたドリップコーヒーを魔法瓶に入れて祖母の家に向かった。私の入院中に尽くしてくれた祖母に、なんでもいいからお返しがしたかった。

退院する頃に現金を入れた封筒を祖母に渡し、微妙な空気になったことがあった。封筒を差し出すと祖母は傷ついたような顔をしたが、またすぐに明るい表情を取り戻した。無理して微笑みながらお金はしまいなさい、お金ならたくさんあるからと言った。むしろ傷ついた表情で私を見つめてくれたほうがよかったのかもしれない。率直に言えないくらい、隠したいと思うくらい、祖母は私の行動に傷ついていた。

封筒を渡したときに少し影が差した祖母の顔を、その後なんてことなさそうに笑ってみせた祖母の顔を、その年の秋はずっと思い出していた。

「おばあちゃんがくれた桃で作ったんです」

食パンに生クリームと桃ジャムを順番に塗ると祖母に手渡した。魔法瓶に入れてきたコーヒーをマグカップに注ぐと、祖母はパンをかじってコーヒーを一口飲んだ。

「首の具合も良くない子が、立ちっぱなしでジャムを作ってたって？」

「もう痛くないから大丈夫。ジャムを作るのは楽しいし」

「ブラックコーヒーと一緒に食べるとおいしいね。砂糖の入ってないコーヒーなんて何が良くて飲むんだろうって思ってたけど、甘いの食べながら飲むといいね。何を見てるの？あんたも食べなさい」

私もパンを一口かじった。午後一時、はじめての食事だった。ホットコーヒーを飲むと、体が温められていくような気がした。

「九歳でヒリョンに来たとき、おばあちゃんが桃のシロップ漬けをくれたのを思い出します。平鉢に中身をあけて氷と一緒に食べたこと。甘すぎなくて、しゃきしゃきしておいしかった」

祖母は何か言おうとしたがコーヒーを飲んだ。そしてまた私の顔を見た。

「桃を大事にちょっとずつ食べたくて作ったの。好きな人が来たらあげたりもして」

「お母さんが桃大好きなんです。私がお腹にいたときも、たくさん食べてたって」

「ジョンがお腹にいたときも、ミソンはしばらくヒリョンに来てたんだよ。ジョンヨンを連れて。みんなで座って桃を食べたのを覚えてる」

祖母の口から姉の名前が出たのは今回がはじめてだった。いつも〈あんたのお姉ちゃん〉とぼかして言っていたから。誰かの口からジョンヨンという名前を聞くのは久しぶりだなと思った。ベランダの向こうに海の切れ端が見えた。日差しを浴びて白いセロファン紙がきらきらしているみたいに見える海が。

一九六三年一月、大邱から電報が来た。ヒジャからだった。

祖母は自分も大邱に行くと言い張ったが曾祖母は思いとどまらせた。小さな子をおんぶしてバスを乗り継ぎながら行くのは無理だ、注文をもらっているユニフォームの納期もあるだろうと。曾祖母が正しいとわかっているくせに、祖母は子どものように駄々をこねた。

——セビおばさんは病気じゃないかって言ったでしょう？　あのとき耳も貸さなかったじゃないですか。セビは大丈夫、セビは大丈夫、そう言ってなかった？　母さんは、どうしていつもそうなんですか？　どうして私の言葉を聞こうともしないんですか？

荷造りをしていた曾祖母が冷たい表情で祖母を見た。

——あたしが気づいてなかったとでも思ってるの？　セビはね、心配されたり同情されたりするのが死ぬほど嫌な女なんだよ。それがセビなの。自分の好きなように、自分の生きたいように残りの時間を過ごすつもりでいるのに、あたしに何が言えるっていうの……。知らんふりするのがセビの願いならばと、どんなにつらくてもそうしてきたんだ。

曾祖母は手の甲で目尻の涙を拭うと、荷物をひとつ残らず詰めた。

そうだよね、母さんが知らなかったはずがない。あたしの目にも見えてたんだから、母さんが気づいてなかったはずがない。祖母は荷造りを終えて立ち上がる曾祖母を呆然と見守った。

——おばあちゃん、どっか行くの？

目を覚ました母がオンドルの暖かい場所に横たわったまま尋ねた。

——ばあちゃんは、ちょっとトンムに会いにいってくるから。

——泊まってくるの？

——そうだよ。

——一日泊まってくるの？

——十日泊まってくる。

その答えに駄々をこねて泣く母を背に、曾祖母は戸を開けるとすぐに出発した。

セビおばさんはかすかではあるが意識のある状態だった。曾祖母が話しかけると布団に寝たまま目で反応した。

セビおばさんの視線は曾祖母の肉体を通り過ぎ、精神を通り過ぎ、もしかすると魂と呼べる場所にまでたどり着いていたのだろう。そこでは、まだ四歳にもならない幼い曾祖母が陽光で温められた石を抱きしめ、あたしのトンム、あたしのトンムと、その石に話しかけていた。ちっぽけな温もりでもいいからと切実に求めていたから、でも人間は怖すぎるから。曾祖母は庭の片隅にしゃがみ込んで自分の影を見ていた。

それが誰なのかもわからないまま、あのときの自分が切実に呼び求めていた相手はセビおばさんだったのだと、曾祖母は彼女の視線の中で理解した。あんた、あたしの声を聞いてくれたんだね。あたしが用意した食事をおいしいって言ってくれた。あたしをサムチョンと呼んでくれた。セビ、あんたは、あたしのことをサムチョンって呼んでくれたんだ。

——セビ。

セビおばさんが瞬きした。

——あたしだよ、サムチョン。

セビおばさんの顔に穏やかな笑みがよぎったように見えた。すぐにセビおばさんは目を閉じると眠りに落ちた。

ヒジャが使っていた部屋は印刷所の同僚のギョンスンが間借りしていて、尋常じゃないセビおばさんのようすに医者を呼び、ヒジャに電報を打ったのも彼女だった。年齢は二十代半ばくらい、髪形はボブヘアでコーデュロイのズボンに手編みの黒いセーターを着ていた。ギョンスンは庭の隅にしゃがみ込んで煙草を吸いながら言った。

——医者もなんの病だかわからないって言うんだから、手立てはないんじゃないですかね。閉経が早かったのが問題だったんじゃないかとも思います。三十代半ばで生理が終わったって聞いたことがあったけど、それって普通じゃないですよね？

彼女は曾祖母を見上げながら言った。はじめて聞く話だった。

――いつからああやって寝込んでいるのか……。

――ヒジャに電報を打ったときは、まだひとりで便所には行けてました。ヒジャが来てからは、もうそれも無理で……。絶対にヒジャを呼ばないでくれって言ってた人が、いざ顔を見たら歓迎してましたから。弱っている姿を見せたくない気持ちは理解できるけど、何も子どもの心をあそこまで傷つけなくても……。

――ヒジャは今どこですか？

――食べるものを買ってくるからと市場に行きました。

ふたりは寒い中で体を縮めたまま、しばらく何も言わずに別々の方向を眺めていた。

――ああ、紹介が遅れました。あたしはヨンオクの母です。

――知ってます。ヒジャのお母さんからたくさん話を聞きました。

彼女は血走って疲れたような目で曾祖母を見た。

少しすると表門が開き、ヒジャが庭に入ってきた。寒さのせいで頬は赤く、目が腫れていた。

――おばさん、久しぶりです。

長いこと泣いたのか声が嗄れていた。

――ヒジャ。

――遠いところを大変だったでしょう。そんなところに立ってないで、暖かい部屋に入ってください。

――わかった、わかった。

ヒジャと曾祖母、そしてギョンスンは部屋に入り、一緒に毛布を膝に掛けるとセビおばさんを見守った。

――何も食べなくなって二日になります。

ヒジャが言った。オンドルをつけたが、土で塗り固めた壁のすき間から風が入りこんできて鼻の頭が冷たかった。

――正直に言うと、皆のことが恨めしいです。お母さん、おばさん、ギョンスンお姉ちゃんの全員が。誰かひとりでも本当のことを話してくれてたら、少しでも早く帰ってきてお母さんに会えたはずなのに。お母さんの意識がはっきりしているときに話もできたはずなのに。

――声が大きい。お母さんがゆっくり休めないでしょ。

ギョンスンがヒジャをたしなめた。

――お母さんに聞こえるように言ってるんです。ひどい仕打ちだと思いませんか？　人を騙さずに生きなさいって耳にタコができるほど言ってきた人が、私を騙すなんて。こんなことになるってわかってたら、ソウルにも大学にも行きませんでした。私ひとりが良い暮らしをするために、分不相応な大学の勉強なんかして何になるんですか。この世にたったひとり、ぽつんと取り残されて、一体どう生きていけっていうんですか。

——ヒジャ、ヒジャ。

曾祖母がヒジャの頭を撫でた。

——私にどうしろって……。

——ヒジャ、お母さんに聞こえるから。

ギョンスンが低い声でヒジャをあやした。

——セビは、ヒジャの気持ちを理解していると思います。ヒジャ、続けて。あんたが伝えたい話、母さんに聞かせたい話、全部話しなさい。セビもあんたが胸にしまっておくことは望んでないと思うよ。さあ、続けて。

曾祖母が言った。

——お母さん、こんな終わり方をするために戦争の真っ只中、私の手を引いてセビから南に来たんですか？　あんなに苦労して私を大学に行かせて、ソウルに送り出して、それで安心しました？　お母さん、それはないでしょう。こうやってひとり我慢して、何もかも秘密にすれば、私がお母さんすごいって思うとでも？　それは違いますよ。私は、お母さんすごいなんて思いませんから。

そう声をあげるとヒジャはうなだれた。言うとおりだった。セビおばさんが逝けば、ヒジャは天涯孤独の身になる。かける言葉が見つからなくて、曾祖母は正面の壁を見つめるばかりだった。涙が頬を伝って流れ落ちた。

曾祖母、ヒジャ、ギョンスンは交代で寝ることにした。小部屋でふたりが寝ている間、ひとりがセビおばさんの介護をすることにした。ギョンスンが働きにいっている間は曾祖母とヒジャが交代でセビおばさんのようすを見た。セビおばさんの容態は少しずつ悪化していった。外部の音に反応しなくなり、呼吸しているのか確かめないとわからないほど息遣いも静かだった。

大邱に来て三日が過ぎた明け方のことだった。曾祖母はセビおばさんと向き合って同じ布団に入った。鼻と鼻がくっつくほど近づいてセビおばさんを抱きしめた。薄い皮膚の下に、ひとつひとつ分かれているみたいな尖った背骨が感じられた。曾祖母はセビおばさんの顔に指で触れてみた。冷たい絹織物のような感触だった。セビおばさんは顎を突き出し、口を少し開いていた。鼻の下に手を当ててみた。子どもの息遣いのような小さくて温かい呼吸が感じられた。十分だと思ってくれたら駄目かな……。ヒリョンで一緒に寝ていたとき、自分のことを慰めるような口調で言ったセビおばさんの声が聞こえてくるような気がした。

——そうだね、セビ。あんたの言うとおりにするから。心配しないで。

曾祖母はセビおばさんの顔を見ながらささやいた。

風が鎧戸を揺らした。

――セビ……あんたのトンムのサムチョンは、死ぬまいと、生き延びるための道をひたすら探す人生だった。獣みたいに、土や埃を餌に生きる虫みたいに、ずっと自分の生きる道を探す人生だった。あたしは母さんを捨てて逃げた女じゃないか。

曾祖母はそこまで言うと、セビおばさんの小さな呼吸に耳を澄ました。

――母さんを捨てて開城に向かったとき……あの寒かった日、戦乱の中を避難しろとあんたを追い立てたとき……どうすることもできないんだ、仕方ないんだ、そう思いこもうとしながらも、一方ではそんなことするべきじゃないってわかってた。

路地の向こうの家から笑って騒ぐ男たちの声が聞こえ、遠ざかっていった。

――セビ……あたしは死んでも、もう二度とあんたには会えなそう。類は友を呼ぶとは言うけど、あたしたちはトンムとは言っても違いすぎるから……。あたしは死んだら母さんとも、セビ、あんたとも会えないだろうね。あたしたちは別々の世界に行くだろうから。あたしは、セビ、あんたのいる場所には絶対に行けないはずだから。だからこれで全部だよ……これで終わり……。

曾祖母は両手でセビおばさんの顔を撫でた。

――あたしのセビ、寒くもひもじくもないところに行って、もうこれ以上苦しまないで、気も遣わないで、あんたが恋しく思ってた人たちと会って暮らすんだよ。

少しするとセビおばさんの体が細かく震え、息が荒くなるのが感じられた。ギョンスンは夜間勤務で家におらず、ヒジャは眠っていた。曾祖母は小部屋に行くとヒジャを起こした。曾祖母とヒジャが見守る中、セビおばさんの体は少しずつ変化していった。胸郭の震えが静かになっていき、喉も動かなくなっていった。やがて口に残っていた最後の息が抜けていった。曾祖母とヒジャはセビおばさんの体を抱きしめ、涙が溢れるに任せた。時刻は午前五時だった。

第 5 部

14

電車は漢江を渡っていた。私は車輪のがたんごとんという音を聞きながら窓の外を眺めた。太陽が空のてっぺんから光をほとばしらせ、反射した川面が目をひりつかせるほど輝いていた。アプリコットカラーのトレーナーを着た女の子が、私の肩にもたれて寝ていた。口を少し開いたまま深い眠りについているようだった。

その姿を見ていると、地下鉄で往復三時間の道のりを通学していた二十代前半が思い出された。いつも疲れていて、地下鉄ではほとんど眠りこけていた。爆睡すると、いつの間にか隣の人のほうにかくんと頭が揺れることがよくあった。〈学生さん、ゆらゆらしてないで、こっちに寄りかかりなさい〉。そう言って肩を貸してくれる女性たちもいた。当時の私はそういう心を大したことだとは思っていなかった。

結婚してからも地下鉄で通勤していた時期があった。大学院の研究室で夜を明かして帰宅するときは、自分の乗った地下鉄が家と違う方向に走る想像をした。有毒な空気が染みついた家に帰り、残っている心をかき集めて夫に向けるというパワーが徐々に消滅していくようだった。いつからか家に帰るときは決まって緊張するようになった。

その日も思い切り肩をすぼめ、硬い表情で携帯電話のニュース記事を読んでいると、二十代前半の女性が居眠りしながら肩に頭をもたせかけてきた。我慢できなくなった私は腹を立て、肩を揺すって寄りかかれないようにした。それでも彼女は何度ももたれかかろうとしてきた。横目で彼女を見た。膝の上に大きなバックパックを載せ、長いこと洗ってなさそうな古いスニーカーを履いていた。頭がしょっちゅう触れてくるのに苛立った私は席を立った。

夫の浮気と彼との離婚が、一時期の私を絶望に追いやったのだと思っていた。でも本当にそれがすべてだったのだろうか。私が信じていたのと同じくらい、信じたかったのと同じくらい、夫は意味のある、そして重要な位置を占める存在だったのだろうか。そう思いこんでいたけれど、彼の裏切りを知る以前の私は本当に苦しんでも病んでもいなかったのだろうか。

彼と結婚することで、抱えていた問題と手中にあった可能性の両方から逃げようとした。自分の原家族から、解決できなそうな傷から、傷つく可能性から、そして何よりも真実の愛から遠ざかっていった。心の底から人を愛し、胸が張り裂けるような苦しみを経験したくなかった。そういう感情の可能性から遮断されたまま、ぬるい関係性の中で安全に生きていきたかった。自分を騙すより簡単なことがあるだろうか。離婚後に味わった苦しみの時間は夫の欺瞞のせいだけではなかった。自分に対する己の欺瞞の結果でもあった。胸に手を当ててふり返ってみると、私をより苦しめていたのは己の欺瞞のほうだった。

そうやって安定を求めていた頃は成長できずにいた。孤立していた。甕に閉じこめられた木のように、枝を思い切り伸ばしていくことができなかった。孤立していた。私に対して〈お前が話してるのを見るとゾッとする。お前みたいな人間を誰が好きになる〉と言う姑の前で、彼は無表情でテレビを観ていた。どうして私の苦しみに目を向けようとしないの？ 涙を流す私を置き去りにして、彼は部屋のドアを閉めた。そして音楽をかけ、体操をした。私への感情の回路が遮断されているように見えた。感情のひとつひとつを広げてみせ、説明したところで無意味だった。通じなかった。そこで終わらせるべきだったのではないだろうか？ でも私はまたしても問題から逃げた。そんなことなかったかのように振る舞った。諦めた。彼が家にいないときは泣き、電話がかかってくると声音を整えた。〈声、どうしたの？〉と夫に訊かれると〈寝てたから〉と嘘をついた。

私は誰に嘘をついたんだろうか。

自分に、自分の人生に。認めたくなくて、知りたくなくて、感じたくなかったから。

闇はそこにあった。

私の肩にもたれた女の子は安らかな寝顔をしていた。澄みわたるような午後だった。肩に感じる重みが心地よかった。私に肩を貸してくれた名も知らぬ女性たちを思い出した。

彼女たちにも肩を貸してくれた女性たちがいたのだろうと思った。どれだけ疲れていたら、そこまで気絶したように眠れるんだろう、少しでも楽な姿勢で寝てくれたら、そう思える心。なんてことなさそうに見えるその心が、時として誰かを生かすこともあるのだと考えた。肩にもたれる人も、肩を貸す人も。雲のすき間から一筋の陽光が降り注ぐように、私にもそういう気持ちがふたたび下りてきたと思い、安堵した。

国立中央図書館に行く途中だった。一九九二年にKBSテレビで放映されたドキュメンタリー番組の資料を見るつもりだった。祖母はその年の秋頃にドキュメンタリーでヒジャを見かけたと言った。そして他のことはともかく、ヒジャがまだ生きているのかが気になる。年に一度はヒジャが夢に現れていたが、最近はもっと頻繁に出てくるようになった。生きているのなら自分を捜しているかもしれないと言った。話のついでのように出た言葉だったけれど、私はヒジャを見つけたかった。セビおばさんが亡くなってからのヒジャの人生が、私を惹きつけてやまなかったからだ。

ヒジャは葬儀を終えると曽祖母と一緒にヒリョンへやってきた。太いパーマをかけたロングヘアに黒いコートを着たヒジャは、真っ青な顔で無理して祖母に笑いかけた。ヒジャは祖母の家で数日間こんこんと眠った。水を入れたやかんとコップを枕元に置いたけど、口をつけたようすはなかった。数日が過ぎるとようやく部屋の外に出てきて、祖母が作ってくれた緑豆のお粥を口にした。食べながらヒジャが言った。

――私には、もうどこにも家がなくなっちゃった、お姉ちゃん。

――そんなふうに思わないで。あたしたちは家族も同然の仲じゃないの。寂しいこと言わないでよ。

そう言いながらも、祖母は本当にヒジャと家族になれるか自信がなかった。十年間も顔すら見ていなかったし、ヒジャの人生を想像するのは不可能に近かった。それはヒジャも同じだっただろう。ふたりの間には現実の共通分母がなかった。長いこと文通はしてきたけれど、同じ釜の飯を食べていた頃とは実感が異なった。でも自分は今でもヒジャの家族だと祖母は思っていた。つらいときはヒリョンにおいでというのも口先だけの言葉ではなかった。だからもうどこにも家がないという言葉が、祖母の心に氷のように刺さったのかもしれなかった。

そんな会話をした翌日のことだった。祖母が床に落ちた糸と布切れを片付けていると、ヒジャが戸を開けて言った。

――海が見たい。

曾祖母に母を預け、一緒に亀の浜へ向かった。頭が痛くなるほど冬風が厳しく、波も高かった。ヒジャは砂浜にそのまま座り、手袋をした手で砂をかき集めた。祖母は離れたところにしばらく立っていたが、ヒジャに近寄るとひざまずいて後ろから抱きしめた。風と波の音以外は誰もいなかったからできたのかもしれなかった。こういう行動には不慣れな祖母だったから。

歩き出す頃には、どこに行くにも影のようにつきまとっていたヒジャの姿を思い出していた。ひっきりなしにおしゃべりし、小さな思い出ひとつすらも忘れてしまうのではとびくびくしながら、自分に話を聞かせてくれた幼いヒジャ。細い脛があらわになる短いチマを穿き、路地で縄跳びをしていた姿。ひどい近視のせいで顔をにゅっと突き出して目を細めていた姿。お姉ちゃん、ちゃんとご飯食べるんだよ、また会おうね、また会おう、そう言いながらバスターミナルで別れを惜しんでいた姿。祖母はヒジャの長い髪に顔を埋め、いつまでも抱きしめていた。海風で頭が割れそうなほど痛むまで、手袋をした手が風で凍りついて痛みを感じるまで。

ずっと座っていたら全身が凍りつき、祖母とヒジャは踊っているような不自然な動きで海岸を出た。お互いのそんな姿がおかしくて、ふたりは思わず噴き出した。

祖母は家に戻りながら、あの海岸でセビおばさんはチマがびしょびしょになるまで遊んだのよと話した。そのときは本当に誰よりも健康な人に見えたと。

——ボール投げをして遊んだの。

——どんなボール？

ヒジャが祖母のほうに寄りながら訊いた。

——拳くらいのゴムボール。セビおばさんがミソンの遊び道具にと大邱から持ってきたボールで。

——それと、他に何をしたの？

セビおばさんがヒリョンの地にやってきた瞬間から去るまでの、どんな些細な出来事も逃すまいと祖母は頑張って話した。

——母さん、私のことで何か言ってなかったかな……。

ヒジャは唇をひくひくさせながら尋ねた。

——たまにね、ヒジャ、あんたが鳥になって夢に出てくるって言ってた。すごく素敵な鳥が高い枝の上にとまっているんだって。胸がいっぱいになって〈鳥さん、ちょっと下りてこない？〉って話しかけると、その鳥は枝を踏みしめてから高く、果てしなく飛び立っていく。すると一瞬は悲しくなるんだけど、こんなに嬉しいことはないって気持ちになる。涙が出るほど嬉しくなるって。

——その鳥が私だって、どうやってわかるのよ……。

ヒジャがくぐもった声で言った。

——あんたが鳥になろうが、モグラになろうが、柿の木になろうが、セビおばさんはひと目でヒジャだ、うちのカッコいいヒジャだって見抜くと思わない？

——そうだね、そのはず。

ヒジャは眼鏡を外すと、両手で顔を覆って泣いた。

一週間後、ヒジャはソウルに戻っていった。そしていつにも増してたくさんの手紙を祖母に書いた。夏休みになると荷物を手にヒリョンへやってきて、近所の子どもに勉強を教え、母の面倒をみながらひと夏を過ごした。祖母と一緒に空気の抜けたゴムボールを持って出かけ、日が暮れるまで遊ぶことも多かった。それからもヒジャはたびたびヒリョンに遊びにきた。

祖母は訪問を歓迎しながらも、必ずしも気楽な気持ちで接しているわけではなかった。ふたりきりでいるときも、ヒジャはソウルの言葉を使うようになった。祖母はそのそっけない口調にたやすく傷つき、なんでもないことに心を痛めた。ある日、このままずっと大学に通うべきかわからないと、何かのついでのようにヒジャが言ったとき、その言葉は祖母の心に深く刺さった。自分が手にしている特権に気づいていないのか。食べるものがなくて飢えている人が至るところにいるというのに、贅沢にもそんな弱音を吐くなんて。祖母は家族三人が食べていくだけで必死だった。天涯孤独になったヒジャに冷たくあたりたくはなかったが、表情を管理するのが苦痛だった。

ヒジャが婚約を破棄してドイツに留学すると言ったときも、祖母は素直な気持ちで接することができなかった。女のくせに向こう見ずな。独り身でいつまで持ちこたえられるっていうんだ。心配から出た言葉だったが、自分を支持してくれないのかとヒジャは腹を立て、祖母もまた怒りを隠せなかった。結局ヒジャがドイツに発つまで、ふたりの溝が埋まることはなかった。

『祖国を輝かせた海外同胞』シリーズは、一九八八年の夏から一九九三年の夏まで放映されたドキュメンタリー番組だった。「暗号学者 キム・ヒジャ博士」の回は一九九二年九月二十八日に放送された。

黒縁の丸眼鏡をかけ、肩まである黒いストレートヘアの女性だった。ラベンダー色のシャツの裾を焦茶色のスラックスの中に入れ、オックスフォード・シューズを履いていた。カフェのオープンテラスに座って何かをノートに書いている姿が、番組の冒頭に映し出された。画面の下に、暗号学者 キム・ヒジャ（49）という字幕がついていた。次の場面では、光が瞬く巨大な黒い機械の前で三、四人の同僚とドイツ語で話していた。その中の茶色い髪をした男性が語った。

「彼女はいくつもの主要企業に特別な保安システムを提供するのに、重要な役割を果たしました。情報へのアクセスを防ぐシステムを独自の方法で構築したのです」

ナレーションはドイツでの業績について説明していた。国費留学生としてドイツに留学し、数学の修士課程と博士課程を修了すると、アメリカとドイツを行き来しながら暗号学者として生きてきたという内容が続いた。同僚たちの好意的な評価が感じられるインタビューを合間に入れながら働くようすを映していたが、やがて自宅での映像に切り替わった。小さなアパートの室内にはこれといった家具は見当たらず、壁にも額縁ひとつすら掛かっていなかった。

「著名な学者の家にしては、あまりにも素朴ですね。小さなキッチンとリビング、部屋ひとつがすべてですが。書斎のような部屋も見当たりません」

クローズアップ・ショット。辛子色のソファに座ってコーヒーカップを手にした彼女が口を開く。

「旅が多かったので、物をあまり買わないんです。管理するのも大変ですし。仕事は食卓でしてきました。学生時代からの習慣です」

彼女が言うと、カメラはズームアウトして周囲に焦点を当てはじめた。座っているソファ、その横に置かれた電気スタンド、そしてサイドテーブルが一目で見回せる。サイドテーブルの上には小さな額縁がある。私は一時停止を押し、額縁の中の写真を注意深く覗きこんだ。それは曾祖母とセビおばさんがヒリョンの写真館で撮った写真だった。祖母が持っているのと同じ写真。

再生ボタンを押した。故郷と幼少期について尋ねるインタビュアーの質問で、カメラはふたたび彼女をズームインした。

「一九四二年に開城で生まれました。朝鮮戦争のときに大邱で暮らす大叔母の家に避難し、そのまま大学に進むまで暮らしました。一九六一年に梨花女子大学の数学科に入学しました」

彼女は古めかしいソウル訛りで語った。

「その時代に大学に行かれたということは、かなり裕福なお宅だったようですね？」

彼女は苦笑いすると首を横に振った。

「一位で入学しました。奨学生として、全額支援を受けたんです」

「ご両親としては、若い娘さんを遠くにやるのは簡単な決断ではなかったでしょうね」

「父は早くに亡くなり、母がひとりで育ててくれました。母はいつも立派な学問を修めなさい、遠くに行きなさいと言っていました。自慢になるかもしれませんが、私には生まれつきの頭脳がありました。母はそれを見抜いていたのでしょう。日本の植民地時代に生まれた人でした。女の星回りは夫次第ということわざが、その時代の人びとにとっては絶対的な信念だったじゃないですか？　そういう意味では、私の母は異端だった……そう思っています」

そう言うと彼女は声をあげて笑った。

「留学生活中は、お母さんにすごく会いたかったでしょうね」

その質問に彼女の瞳が揺れた。お茶を一口飲むと、次の質問をするようにと目で合図した。

「女性が数学を専攻するというのは難しいことだったのでは」

彼女は答えようとも笑おうともしなかった。解像度の低い画面からも怒りが伝わってくるようだった。

「私の質問は素晴らしいという意味で申し上げたわけで。そう言いたかったのです。女性がひとりで、それも海外で、今も独身を貫く理由があるのか気になりますね」

「学問と仕事に集中していたので、恋愛に意識が向きませんでした。男性に興味がなさすぎたこともあって」

インタビュアーは彼女の答えに大笑いした。冗談に対する誠意ある反応のはずだったが、肝心の彼女はなぜ笑うのかわからないという表情だった。

「韓国にはいつ行かれる予定ですか？」

「わかりません。仕事が多すぎて」

「それでも待っている家族がいらっしゃるかと思いますが」

「私に会いたいと思っている人がいるかどうか」

彼女は冗談だというように肩をすくめて笑った。

インタビューは暗号学者としての経歴の話に移っていった。

祖母はこの番組を観ながらどう思ったのだろう。暗号学者のキム・ヒジャ博士は今もドイツで暮らしていた。彼女が勤務していた大学のホームページでメールアドレスを見つけ出すのは難しいことではなかった。私は長いメールを書いた。でも数日が過ぎても返信はなかった。

祖母とはたまに会ってお茶を飲んだり食事をしたりしていたが、キム・ヒジャ博士のドキュメンタリー映像を観にいった話はしなかった。彼女にメールを送ったことも言わなかった。インターネットで彼女の情報を検索しながら感じた、複雑で微妙な感情についても、もちろん言わなかった。祖母はヒジャのドイツ留学については、それ以上話さなかった。大学を卒業して二十五歳になった年に彼女はドイツへと旅立ち、それが最後になったと。私は祖母の話を思い出しながら、キム・ヒジャ博士が返信を寄こさない理由は何だろうと考えてみた。もしかすると時間が、何よりも強い力を持つ時間が、祖母との記憶を色褪せた過去にしてしまったのかもしれなかった。

祖母は冬になっても働き続けた。キムチ工場で塩漬けにした白菜の葉にヤンニョムを塗る仕事をしたり、公共勤労〔政府が低所得層に公共分野での仕事を提供することで最低限の収入を保障する事業〕に出かけたりした。祖母をこの一年間見ていた私は、彼女は何ひとつぞんざいに扱ったり無駄にしたりしない人なのだと知った。カートを引いて市場に行くと一週間分の野菜を買いこんで常備菜を作り、残すことなく、きっちりある分だけ食べた。物もあまり買わなかった。でも月に一度、契（ケ）〔金銭の融通を目的とする民間の互助組織。日本の頼母子講に該当する〕の集まりがあるときは例外で、その日はいちばん良い服に着替え、髪形もきれいにセットして友人たちに会い、数年にわたって集めたお金で全員一緒に済州島(チェジュド)旅行に行ったりもしていた。

話す祖母、声をあげて笑う祖母、花札に興じる祖母、日傭に行くためにワゴン車に乗りこむ祖母、東屋に座って友だちの話に耳を傾ける祖母、カートを引いて坂を上る祖母、老眼鏡を取り出して何かを読む祖母……。そんな中でも真っ先に思い浮かぶのは片手をコップに置いたまま、その場にいない人のように食卓に座っている姿だった。私と一緒にいるのに、自分がこの場にいることを忘れているような瞬間が時々あった。短いときは数秒、長いときは一、二分も、祖母は自分が座っている場所にいなかった。そんなときはまた戻ってくるのを待った。また戻ってきてコップの飲み物を口にし、自分が今いる場所を感知するのを。待っていると、まるで潜水して水面に上がってきたフリーダイバーのように祖母は悠々と戻ってきた。

大田の研究所に合格したと祖母に報告できずにいた。春になったらヒリョンを離れなきゃいけないと告げる勇気がなかった。花札をして、一緒にトッポッキを作って食べ、望遠鏡で月の表面を観察し、ふたりで市場に行く途中に雪合戦をしながらも、ヒリョンを去るとは言えなかった。

いつ言うべきか悩んでいたら、夜に長い夢を見た。シマウマを安全な場所に連れていかなきゃならないのに、夢の中は真冬で土砂降りの雨だった。傘がなくて、シマウマと私は鞭のような雨に打たれながら前進した。これ以上は我慢できないと目を開けると、部屋のオンドルが切れていた。起きて調べてみると家中が同じ状態だった。しょっちゅう誤作動していたボイラーが故障したのを確認したときには午前四時になっていた。ありったけの布団と毛布を引っ張り出してきても我慢できないくらい寒かった。悩んだ末に祖母にショートメッセージを送った。ボイラーが故障したみたいなんだけど、おばあちゃんの家は大丈夫か心配だという内容だったが、本音は助けを求めていた。すぐに祖母から電話が来た。こっちはすごく暖かいから、来て寝なさいと言われた。

祖母はキッチンの電気をつけて私を待っていた。中に入ると家の温もりが体を包みこんでくれるようだった。祖母が自分の布団の横に敷いておいてくれた布団に入って毛布をかぶった。溶けてしまいそうだったし、お腹と脚がくすぐったかった。祖母は台所の電気を消すと、闇の中で壁に寄りかかって座った。

「私のせいで起きちゃいました？」

祖母は違うと首を振った。

「夕飯を食べてすぐ寝たんだけど、あんたのメールが来る頃に起きたの。最近は朝早くに目が覚めるんだけど、二度寝ができなくて。もう少し遅く寝ようと思うんだけど、思いどおりにいかないね」

「明け方に起きて何をするの？」

「キャンディークラッシュをしたり、テレビを観たり、掃除もするし、お焦げ（ヌルンジ）を作ったりもするよ。そのときそのときだね。日が昇る頃になると窓辺で日の出を見物して。あれは飽きないね。さあ、もう寝なさい。今日も仕事だろう」

「日曜日ですよ。寒すぎて眠気もすっかり覚めたみたい」

「それでも寝なさい。目をつぶってれば眠くなるから」

目を閉じて眠ろうとしたけど、もうじきヒリョンを離れるんだという事実が頭から離れなかったし、いつかこの瞬間も記憶にすら残らない遠い過去になるのだと思った。そのときにはもう祖母もいないだろうとも。祖母とともに過ごした時間は私だけの記憶になるのだろう。目を閉じたまま話しかけた。

「何ヵ月か前にお母さんにひどいことを言ったんだけど、それから連絡がなくて」

「どんなひどいこと？」

「お姉ちゃんを最初からこの世に存在しなかった人にしたのはお母さんだ。お姉ちゃんの名前すらも口にしない……。そんなのおかしいって問いつめたんです」

祖母は長いこと黙っていた。私はじりじりしながら答えを待った。どれだけ経っただろうか、祖母は小さな声で言った。

「ミソンはね、ジョンヨンの一件を自分のせいだと思っていた。ミソンは何も悪くないのに。今でもそう思っているのかもね……。お前の言うとおりだって自分を憎んでいるんじゃないかな。ジョンを憎んでるわけじゃなく」

祖母の一言一言が私の心に刺さった。

「お母さんになんて謝ったらいいかわからない」

「あんたはあたしとは違う。あの子の娘じゃないか。母親が娘を許すのは簡単なことだよ」

祖母は静かに、でもはっきりと言った。

幼かった母は、祖母が溜まった仕事に追われて面倒をみてやれないときも、静かに自分のやるべきことをやっていた。子どもにありがちな問題を起こしたりもしなかった。本が好きで、学校の図書館から小説を借りてくると祖母に手渡すこともあった。母のおかげで、祖母は暇ができると好きな小説を読むこともできた。祖母と母が抜きつ抜かれつ同じ本を読むのは、お互いにとっていくつもない愛情表現のひとつだった。

キル・ナムソンは東草に去ってから一度も連絡を寄こさなかった。それでも戸籍上の母は祖母の娘ではなく、記憶すらない生物学的な父親と、その配偶者の子どもだった。娘を私生児にはしなかったのだから、自分の義務は果たしたと思っているようだった。少なくとも戸籍上の母は正常な家族の構成員だったから、父親がいないという理由で社会から差別を受けたりはしないと考えていたのだろうか。

祖母は、母が自分の父親を恨んだりしないでほしいと願っていた。だからキル・ナムソンが破廉恥な真似をした理由を嘘で塗り固めた。お前の父さんは家族が戦争で死んだと思っていた。確かにそう言っていたんだから、あたしとの結婚は重婚じゃなくて再婚だった。この世を去ったと思っていた家族が生きているって知ったとき、お前の父さんはあたしたちの元を去るしかなかった。お前を連れていきたいって言ったけど、あたしが頼んで、ふたりで暮らすことになった。二度と戻ってこないでほしいと言ったのもあたしだった。父親に会ったりしたらお前が傷つくんじゃないかと怖かった。祖母の言葉に母は黙って頷いた。母が国民学校の四年生のときだった。

ふたりの間には母娘にありがちな諍いはなかった。祖母に叱られると、母はただごめんなさいと言うばかりだった。祖母は〈情のない子〉という言葉をよく使った。母はそれを否定しなかった。ひねくれもしなかったし、丁寧だったし、学力もそれなりについてきたし、一度もトラブルを起こしたことがなかった。いつからか祖母に敬語を使うようになった。口答えし、トラブルを起こしながらも、母さん、母さんと母親にまとわりつく子どもを見ながら祖母は羨ましさを感じていた。

母が自分との間に壁を作っていることに気づきながらも、祖母は無理やり自分を慰めながら、娘は他の子に比べて大人で寡黙なだけだと思いこもうとしていた。時間が経てば変わるだろうとも。でも母は高校を卒業するやソウルに上京して就職し、根を下ろした。ヒリョンにいる祖母や曾祖母とは距離を置いた。まるで祖母に罰を与えるかのように。自分には罰を与えるだけの正当な理由があると抗議するかのように。祖母はそんな母の態度に傷ついたが、事実を認められるほど強くなかったので代わりに腹を立て、しょっちゅう自分の攻撃性をあらわにするようになった。

「ある日ね、ミソンが電話をかけてきて言ったの。結婚したい相手ができたって。お前の父さんを連れてヒリョンに来たんだ。あたしは大して気に入らなかった。でもミソンが好きだって言ってるんだから、あたしにはどうすることもできないだろう。ところがね、一晩泊まった翌日になって、お前の父さんが言うんだ。ミソンの父親の話は聞いて知っている、自分が両親をなんとか説得するってね。じゃあ、まだお宅ではミソンのことを認めていないのかって訊いたら、そうだって頷くんだよ。だから面と向かって言ってやった。うちのミソンが歓迎されないような結婚は望まないって。でも意味なかった。結婚はそのまま進められた。両家の顔合わせで、あたしは向こうの家族に頭を下げて感謝を伝えなきゃならなかった。欠陥だらけの娘をもらってくださり、本当にありがとうございますと」

祖母は淡々と話した。

「当時の世の中はそうだった。娘の親は罪人って言葉には効力があった。婚家に咎められて良いことなんてないだろう。父親の問題ですでに責められている娘が、あたしのせいで誰が見ても困った立場に置かれるようなことは望んでいなかった。負けるが勝ちだと思った。相手が聞きたがっている言葉を言ってやればいいと思ったんだね。それがミソンのためだと」

「張り合えば二発、三発とやられる、どうせ勝てやしない、だったら一発殴られて終わりにすれば済む話でしょう」。私にそう言った母の顔を思い出した。「負けるが勝ち」「いじめられたからって同じようにやり返したら、お前も同じレベルの人間になる」「ただお前が我慢すれば済む話」。そういう敗北感まみれの言葉。どうせ張り合って闘ったところで勝算もないだろうからと、最初から試合を放棄する心。私はそれらをどれほど軽蔑してきただろうか。自分は染まらないようにと、どれだけあがかなければならなかっただろうか。そういう考え方を強要してくる母が憎かった。そんな屈辱的な人生はご免だと抵抗した。でもどうして怒りのベクトルはいつも母に向かっていたのだろうか。どうしてそんな屈従を選択させた人間たちには向かわなかったのだろうか。私がもし同じような環境で育っていたら、母とは違う選択が本当にできただろうか。今の自分が思っているように堂々とできただろうか。母が置かれていた環境に自分を当てはめてみたけれど、はっきり答えられなかった。

「顔合わせの席ではそう言ったけど、本心ではなかった。家に帰ってからミソンに電話したんだ。お前には欠陥なんかないのに、なんで頭を下げて嫁に行かなきゃならないんだ。お前を尊重してくれる男と家族に出会うべきじゃないのか。どうして結婚を控えている子の顔が少しずつ暗くなって、やつれていくんだって。こうも言った。あたしはね、ミソン、あんたが幸せになってくれることを願ってるって」

母は酔った声で「幸せ?」と反問したが、神経質な声で笑った。祖母は笑い声を聞きながら不安に駆られた。

——あたしだって平凡に生きたいですよ。それが夢なんだから。人にとってはなんでもないことが、あたしにはひと苦労でしてね。

母の言葉は自分への恨み節のように聞こえた。あたしがお前を育てるのにどれだけ苦労したと思ってるんだ。女ひとりで子どもを育てるのが簡単なことだとでも? 祖母は思った。それを見透かしたかのように母が言った。

——あたしがいなかったら、母さんもあんなに苦労しなくて済んだでしょうね。いっそのこと父さんに預ければよかったのに。そうしたら母さんも、あたしも、ずっと楽になれただろうに。

言っている途中でしまったと思ったのか、最後はささやくような声だった。

「それはミソンの本心じゃないってわかってた。でも傷つきはしたよね。そんなこと言うような子じゃなかったから余計に。電話を切ってから長いこと泣いた。泣きながら思ったんだ。つらそうな素振りは決して見せない子が、酒を飲んであんなことを言うほど疲れ果ててしまったのか、誰にあそこまで心を引っかき回され、あんなふうに自分を諦めてしまったのか、もしかしてあたしのせいじゃないのか……。式の当日まであたしたちは連絡を取らなかった。布団だの嫁入り道具だの、良いものを支度するようにとお金だけ送った。当日にお前のひいばあちゃんと新婦の控室に行ったら、あたしたちを見たミソンが子どもみたいに泣き出して。あたしが近づいていったら、母さん、ごめんなさい。あたし、ひどいこと言ったって。その一言であたしはあの子を許した」

母のアルバムで見た結婚式の写真を思い出した。式の直前まで泣いたのか、濃いメイクを施しているにもかかわらず、赤い顔と充血した目がそのまま写っていた。母はどんな気持ちだったんだろう。結婚写真が貼られたアルバムには新婚旅行と新婚時代の写真もあった。母は楽しそうだったが、それは若さのためにそう見えていただけなのか、写真がその一瞬を美化しているからなのか、それとも実際に楽しく暮らしてたからなのか知りようがなかった。でもその瞬間の母が輝いていたことは間違いないと写真は物語っていた。

「ミソンが結婚してからは、もっと会うのが難しくなった。姑の家が目の前にあって出かけにくいみたいだった。旧盆や旧正月にも帰ってこられなかったし。お前の父さんは本家の長男で親戚も多いじゃないか。だからミソンが時々ヒリョンに来るのは贈り物のような時間だった。一、二年に一度だったね。子どもはすぐに大きくなって……」

祖母は言葉を濁した。

「お姉ちゃんは……どんな子でした?」

私は少しためらったけれど、勇気を出して慎重に尋ねた。

「あたしは、あの子をワンちゃんって呼んでたよ」

「ワンちゃん？」

私は小さく笑った。

「そう、ワンちゃん。あの子は感心したり褒めたりするのが本当に上手だった。ちっちゃな蛙を見ても、うわあ、大きなサザエの殻を見ても、うわあ、いつも、うわあ、うわあって言うんだよ。でもお前も同じだった。お姉ちゃんを見て大きくなったからかもね。もしかするとひいばあちゃんから受け継いだのかも。なんでもないことにも感嘆するから、これからの人生をどれだけ豊かに受け入れていくのかなって。良いことがあるたびに、うわあって言いながら生きていくんだろうな。それがあたしの希望だった」

口を開いたら涙が出そうで、私は何も言わずに沈黙の中で話の続きを待った。どこかでシャワーの水が流れる音が聞こえた。流れては止み、また流れる音がした。水の音が止み、すぐに祖母が話を続けた。

「あの子は歌うのが好きだった。自分で歌を作って歌ったりして。ジョンヨンのことを考えると、庭に立ってコメディアンみたいな顔で歌っている姿が浮かんでくる。そうやって注目されるのが好きで、お前のひいばあちゃんとあたしが拍手しながら、アンコール、アンコール！　って叫んだりしたものだった」

小部屋の隅に布団が畳んで置いてあった。お姉ちゃんはその上で手を組んで歌うのが好きだった。路地を走りながら大声で歌ってご近所に怒られたりもした。そのすべてが生き生きと鮮明だった。人はよく、三、四歳の記憶がそんなにリアルなはずがないと言う。幼い頃の記憶を消去する力がそれほど強力なのだとしたら、心の奥深くでその強力なパワーに死に物狂いで抵抗していたのかもしれない。私は必死に覚えていた。

「ジョン、あんたはジョンヨンのことが大好きだった。ジョンヨンのことが自慢だった。周囲はお前が小さかったから、何もわからないだろうと思ってたけど……。あたしはそうは考えていなかった」

自分では気づいていなかったけれど、私はずっとこの言葉を待っていたのだろうと思った。

「ジョンヨンはミソンにそっくりだった。見た目も、話すことも、ご飯を食べる姿も」

そのとおりだった。お姉ちゃんはお母さんに生き写しだった。笑うと半月形になる目もそうだったし、狭い額もそうだった。そんなお姉ちゃんの顔をはっきりと思い出すことができた。

「あたしはミソンがどんな目に遭ったのか知らない。ミソン以外の誰にもわからないだろうね。それなのに、あの子にあんなことを言うなんて……」

祖母は言葉を選ぶようにしばらく黙っていたが、やがて話を続けた。

「命は天に在りとも言うし、どうしようもなかったんじゃないかって。ミソンがやたら自分のせいにするから、そうじゃないって伝えたかったんだけど……」

母の表情を見た祖母は理解した。この子は自分を許さないだろう、自分は今、救いを求めている娘の手を突っぱねてしまったのだと。

「それからあたしは口出ししないことにした。お前も知ってのとおり」

母は少しずつ、さらに祖母と疎遠になっていった。そして九歳になった私を連れて、五年ぶりにヒリョンを訪れた。ヒリョンにかんする私の記憶がはじまった瞬間だった。祖母はとても喜び、母との関係に新たなチャンスが与えられたのだと思っていた。でも夜になって私が眠ると、母は明日になったらヒリョンを離れるつもりだと告げた。

――十日だけ、この子を頼みます。うちの人は、あたしがジョンとここにいると思っているから、うまくごまかしてくださいね。

祖母は不安になって訊いた。

――意味がわからないね。どこに行くっていうの。

母はノートを一枚破って何かを書き留めると祖母に渡した。紙には慶州（キョンジュ）で泊まるところの名前と電話番号が書かれていた。そして少しの間ここに滞在するつもりだと言った。悪い予感がした。

――慶州に行って何をするつもりなの。

母は沈黙の末に口を開いた。

――ひとりになって考える時間が必要なんです。

――十日も必要だなんて、何を考えるんだい。

――もう、こんなふうには生きられないと思って……。

母は言葉を濁した。祖母はその中に含まれるさまざまな可能性を思い浮かべながらも、何も尋ねられなかった。

――どこで何をしようと、自分のやりたいようにしなさい。でも十日後には、必ず元気に帰ってこなきゃいけないよ。それだけは約束してちょうだい。

――ありがとう、母さん。ジョンにはあたしからよく言い聞かせておきますから。

母は鞄から私の非常用の薬と乳液、衣類なんかを取り出すと、祖母にひとつひとつ説明した。私について書いた小さなノートも渡した。肉が苦手だから食べるのを無理強いしないでください。無理に食べさせると吐きます。よくお腹を壊すから、お腹を出して寝かせないようにしてください。行動が遅いけれど、問題があるわけではないので催促しないでください。ストレスになります。もしも痙攣（けいれん）を起こしたら、すぐに救急車を呼んでください。何かあれば、すぐに電話をください。

だから祖母はそのとおりにした。私と渓谷に行き、寺や海に行き、友だちを呼んで一緒に踊り、市場を見学した。それでも祖母の心は慶州の母のもとにあった。「もう、こんなふうには生きられないと思って……」。そう言った顔は穏やかですらあった。渦中にあるのではなく、すでにある程度は心の整理がついているようだった。どんな問題であろうと諦め、どうにかして適応しようとしてきた娘が、こんなふうには生きられないと言うまでには何があったのだろうか。

十日が過ぎ、母は約束どおりヒリョンに戻ってきた。祖母が用意してくれた食膳を受け取りながら、宿題はちゃんとやっているのか、日記は毎日書いたのかと私に尋ね、「学校がはじまるまで、あと十日だね……」と呟いた。去りたいと思っていた場所にふたたび帰っていくことを決心した娘を、祖母は苦々しい思いで見つめるしかなかった。

——いつでも帰ってきていいから。

そう言う祖母の顔を見ながら母は頷いた。些細な部分も逃すまいと、この十日間の出来事を大げさに話す私を見ながら作り笑いをした。そして二度とヒリョンを訪れることはなかった。

「あんたには二度と会えないと思ってた」

祖母は静かに言った。

「私もです。私がヒリョンに来ていなかったら……」

「お互いを知らないまま生きてただろうね」

凍りついていた全身に、もう寒さは残っていなかった。たくさんの時が流れ、もうすぐ日が昇る時刻だった。明るくなったら、あのことを言えなくなりそうだった。私は口を開いた。

「最初に言っておくべきだったんだけど、なかなか切り出せなくて」

「何が？」

「大田の研究所に移ることになったんです。三月に引っ越します」

「大田とは、よかったたね。あそこは都会だし、若い人も多いから、ジョンには今よりいい環境になるだろう」

祖母は意外にも嬉しそうな声だった。

「ありがとうございます、おばあちゃん」

「おめでとう！　いいことが起こる気がしてたんだ」

「遊びにきますね」

「うん。いつでも戻っておいで」

窓の外に朝日が昇りはじめ、私は祖母の声を聞きながら押し寄せる眠気に身を委ねた。ヒリョンから、おばあちゃんから離れるんだ……。苦しみを耐え忍んだ場所のはずだったのに、いつも去りたいとしか思っていなかった場所のはずだったのに、祖母よりも私のほうがこの別れを重く受け止めているようだった。

15

母からショートメールが来たのは、祖母の家で朝を迎えてすぐのことだった。チョンセ契約の延長がうまくいかず、来月に隣の棟へ引っ越すことになったという内容だった。ソウルを脱出して老後を過ごす家を買ったらどうかと提案したこともあったけれど、母は長く住んだ町を離れたがらなかった。

「今回は断捨離しようかと。引っ越しの前に一度来てちょうだい。あんたの持ち物は自分で何を捨てるか選んで。それからアルバムを一冊買ってきてくれる？　文房具屋に行ったんだけど売ってなくて」

必ず時間を作ってソウルに行く、大田の職場に移ることになったから、春になったらヒリョンを離れると簡潔に伝えた。

「お父さんがすごく喜んでる。おめでとう」

翌週の土曜日にソウルへ向かった。父は山岳会の会員と雪岳山（ソラクサン）へ登山に行って留守だった。私はリビングのソファに座り、翡翠色に塗られたテレビ台と天井のモールディングを眺めた。この家が建てられた二十五年ほど前は、翡翠が流行りの色だったのだろうか。うちの家族は八年前にこの家に引っ越してきて、三度の契約更新をしながら暮らしてきた。風通しが悪く、エアコンもない家に引っ越してきた最初の年の夏、どれほど多くの汗を流したか思い出した。引っ越してきた日に網戸を見てびっくりしたことも。建てられてから一度も取り替えたことがないようだったし、風が通らないくらいにびっしりと埃がついていた。大家に網戸を取り替えてくれるよう連絡してみようと言うと、母は気分を害するようなことは言いたくないからと網戸に新聞紙を貼りつけ、霧吹きで水をかけて掃除をしたのだった。

母はこの家で娘の結婚を祝福し、孫の誕生を願い、癌と診断され、婿の浮気を知り、娘が離婚だけは回避してくれたらと祈り、離婚してヒリョンに引っ越すまでを目の当たりにしなければならず、癌が再発して手術し、毎日のように近所の烽火山へ散歩に行き、モバイルゲームのアニパンとクッキーランの一位記録を打ち立て、ウォークラフトをした。

「大家が自分でここに住むんだって」

母がコップに注いだ水を差し出しながら言った。

「ああ、あのおばあさん？」

「そう」

「これ」

私は母にアルバムを渡した。

「整理する写真があるの？」

「待ってて」

母はプロワールドカップと書かれた古いスニーカーの箱を持ってきた。まるでとても大切な品物のように箱の上に両手を置いて私を見た。まるでこの箱をいじってはならぬとでも言うように。

「忘れようと思って全部捨てたんだけど……これだけは無理だった」

私が手を伸ばすと、母は自分のほうに箱を引き寄せた。

「この前あんたと喧嘩になってから、言われたことがずっと心に引っかかってて。捨てられないなって気になったの」

それからもしばらくそのままでいた母は、ようやく箱を開けた。すると幼い子どもの姿が見えた。お姉ちゃんと私だとわかった。母がこちらに箱を押し出した。指を置くと、不安ながらも懐かしい気持ちがこみ上げてきた。

「年代順に整理する？」

私が訊いた。

「いや、手に取った順に整理しよう」

「わかった」

私はいちばん上の写真を取り出してみた。三、四歳くらいのおかっぱ頭のお姉ちゃんが黄色い半ズボンを穿き、噴水の前でしかめ面をしていた。もっとよく見ようと写真に顔を近づけた。

「お父さんの会社でピクニックに行ったときよ。バスで寝てたのを起こしたんで機嫌が悪いね」

母が次の写真を差し出してきた。オレンジ色のおくるみに包まれた赤ん坊のお姉ちゃんが目を見開き、唇を突き出していた。それ以外にも赤ちゃんの頃の写真が何枚かあった。母におんぶされたお姉ちゃん、はいはいするお姉ちゃん、歩行器に乗ったお姉ちゃん、おもちゃの馬に乗ったお姉ちゃん、タンポポの綿毛を吹いているお姉ちゃん……。私はそれらをアルバムに貼っていった。

私とふたりで撮った写真もあった。近所の路地を走っている写真、身長差のせいで中途半端に肩を組んで歩いていく後ろ姿を撮った写真、並んでベンチに腰掛け、アイスキャンディを食べている写真、お姉ちゃんが国民学校に入学する日に、母、お姉ちゃん、私の三人で撮った写真……。母は軽く膝を曲げ、両腕でお姉ちゃんと私を抱きかかえていた。明るく笑う姿はむしろ幼いという言葉がぴったりなほど、あどけなく見えた。両側のお姉ちゃんと私は眩しいのか、手で日差しを遮りながらしかめ面をしていた。ふたりとも前髪を下ろし、長い髪を後ろでひとつに結んでいた。

全身ずぶ濡れのまま浴槽の中で撮った写真もあった。バスルームの壁にはライオンの家族のステッカーが貼られていた。お母さんライオン、お父さんライオン、子どものライオンが座っている絵だった。母は洗面台で姉と私の髪を洗いながら、ライオンの家族の声で私たちに話しかけた。お母さんライオンが言った。ジョンは勇敢に、ちゃんとシャンプーもできるね、子どものライオンもジョンみたいにシャンプーしないとね？　子どものライオンが答える。私はシャンプーするの怖いよ。お母さんライオンが母に向かって話しかける。ジョンのママが羨ましいな。ジョンはちゃんとシャンプーができて。母は子どものライオンとお母さんライオンを交互に演じながらお話を作り、私は魔法を使っているのだと思っていた。母が喋っているのだと知りながらも、あのステッカーに命が宿っていると信じていた。母の声でライオンの家族は目覚めるのだと。

「ライオンの家族だ」

私が写真を見せると、母はにやりと笑うだけで何も言わなかった。私たちはお姉ちゃんの一件があってから引っ越してきたけれど、ライオンの家族はついてこなかった。母はそれからも私の髪を洗ってくれてたけど、ただのやっつけ作業になったことが肌で感じられた。

「写真立てに入れたいものはないの？」

私が訊くと母の瞳が揺れた。アルバムじゃなくて、いつでも見られる場所に置くこともできるとは思っていなかったようだ。

「一枚選んで入れれば」

出すぎた提案だとわかっていた。写真を見える場所に置くということは、もうこれ以上お姉ちゃんについて隠さないという宣言も同じだったから。母は黙っていたが、やがて首を横に振った。私はなんでもないふりをしながら残りの写真をアルバムに整理していった。そして思った。ここまで来るのも長い時間がかかったし、これだけでも母にとっては大変な勇気が必要だったはずだと。

整理がほぼ終わる頃、箱の底に白っぽい写真が一枚あるのを見つけた。女数人で縁側に座っている写真だった。青い袖なしのワンピースを着た若い母、その隣で欠伸をしているおかっぱ頭の私が見えた。髪をツインテールにしたお姉ちゃんが横から私を覗きこんでいる。その隣には両脚を前に伸ばし、お姉ちゃんのほうに体を傾けている祖母がいた。そして白い苧麻（チョマ）の服を着た老人が母の左側にくっついて笑っていた。誰だかすぐにわかった。

「ひいおばあちゃん？」

私が指差して尋ねると母は頷いた。

「うん。使い捨てのカメラで撮ったからぼやけてるね。現像がうまくいかなかった写真も多いし」

母は残念そうに言うと、ヒリョンで撮った写真を選んで差し出してきた。どれもぼやけていて、片方が潰れていたり露出がうまくいかずに片方だけ写ったりしているものもあった。焦点が合っていなくて人の顔が白かったり、背景の木だけがはっきり写っているものもあった。それでも母は、この写真を捨てずに取っておいたのだった。

「これはアルバムに入れないで」

母が指差したのは亀の浜で一列に並んで撮った写真だった。母が撮影したのか、写真の中に母だけいなかった。いちばん左に苧麻の韓服を着た曾祖母、その隣に私とお姉ちゃん、右端に祖母、全員で手をつないで笑っていて、波の白い泡沫が足を濡らしていた。母は老眼鏡をかけてその写真をひとしきり眺めていたが、眉間にしわを寄せるとうっすらと微笑んだ。そして写真をノートに挟んだ。

私は祖母の家の縁側で撮った写真をつまみ上げ、ちょうだいと頼んだ。そして他の写真を一枚ずつ携帯電話で撮影して保存した。

母はアルバムを本棚にしまうと衣装ダンスを整理しはじめた。写真の整理も他の片づけ同様にやらなくてはいけない仕事のひとつでしかないという態度だったけれど、それは逆に表情に出せないほどの大仕事をやってのけたという間接的な証拠に見えた。母はあの写真を三十年近くもひとり大切にしてきたのだ。引っ越しをするたびに捨てようか迷いながら。

母は残す服と捨てる服を慎重に選んでいた。傍目には大差ないように思えたが、ある服は残され、ある服は捨てられた。残った服よりも捨てる服のほうが多かった。

「毎日同じのばっかり着てるから。これも全部お荷物になる」

服の山を眺めながら母が言った。私たちは捨てる服を抱えて外に出た。リサイクルの回収箱に入れて戻る途中、母は高校を卒業してソウルにひとり上京したときの話をはじめた。下宿でルームメイトと節約しながら暮らしていた頃だった。それでも祖母のおかげで着るものには困らなかったが、金泉(キムチョン)から上京してきたルームメイトは服がなくて、冬は震えながら過ごしていた。あるときソウルにやってきた曾祖母がその姿を目にすると、自分の着てきたセーターを脱いでプレゼントしたことがあったそうだ。その話をしながら母は唇を舐めた。

「ばあちゃんは、何日か泊まらせてくれてありがとうって何度も言いながらセーターをあげてた。すごくありがたかったって。ばあちゃんは、いつもそんな感じだった。亡くなってから遺品を整理したときも、特に何も残ってなかったって」

母の表情から、どれほど曾祖母を愛していたのかうかがい知ることができた。

「少し前にばあちゃんの夢を見たの」

母が続けて言った。

曾祖母は故郷の家の屋根に座って真夜中の月を見上げていたそうだ。「ばあちゃん!」と大声で何度呼んでも、母には目もくれずに月ばかり眺めている。母は地団太を踏みながら「ばあちゃん！　あたし、ミソンだってば！」とふたたび曾祖母を呼んだ。母は、自分が曾祖母に敬語を使わない幼子になったことを知った。「こっちを見てよ、ばあちゃん！」母が哀願すると、ようやく曾祖母がふり返った。その顔は月光を浴びて明るく輝いていた。「ばあちゃんは、あたしが憎いの？」母が尋ねると、曾祖母は面白いことを言うねといわんばかりに微笑んだ。「ばあちゃんは、あたしが憎いんだ」。泣き出しそうになりながら母がふたたび訊くと、曾祖母は口を開いた。そこで目が覚めた。

ばあちゃんは何を言おうとしてたんだろう。母は食事をしながら、テレビを観ながら、道を歩きながら、夢の最後の場面を想像した。そして幼い頃、陽が沈んでいく海岸に座っている自分を捜しにきた曾祖母の顔を思い出していた。

教師の中には、親がちゃんと守ってやれない家の子どもを選んで虐める者がいた。咎められないように神経を遣わなければならない、それが標的にされた子の生存方法だと母は本能で知っていた。やられないためには常に最善を尽くして堪える必要があると思うたびに、この世にたったひとり取り残された気分になった。家に帰らなきゃ、帰らなきゃと思うのだが、足を踏み出せずに海岸へ向かう日がよくあった。そのたびに曾祖母は母を見つけた。夕闇が迫る海岸でミソン、ミソンと呼びながらこちらに歩いてきた曾祖母の姿を覚えていた。そのときに感じた、会えて嬉しいという気持ち、自分を抑えつけていた思いが軽くなっていく気分、何よりも〈自分には誰かがいる〉という心のささやきを覚えていた。

大人になって曾祖母が亡くなってからも、そのささやきは消えることなく母の中に残っていた。

母はそこまで言うと、うつむいたまま立ち尽くした。

「お母さん」

私はどうしても近づけず、じっと立ったまま母を呼んだ。

16

イ・ジヨンさんへ

送ってくださったメールを、その場で何度もくり返し読みました。最初に申し上げたいのはありがとうという言葉です。連絡をありがとうございました。

私にはメールアドレスがふたつあり、ジヨンさんが連絡をくれたほうは仕事用に使っているものです。引退してからはアカウントを開くことが滅多になくて、ジヨンさんのメールを何ヵ月も経ってから見ることになりました。

ヨンオクお姉ちゃんの家の電話番号がなくなって随分になります。あんなに長い間使われていた番号がなくなるなんて、お姉ちゃんは死んだのではないかと心配していました。手紙を送ってもみたのですが戻ってきました。二〇〇三年に韓国へ行ったときにヒリョンを訪れてもみました。家はそのままでしたが、人は住んでいなかった。周囲に尋ねても、お姉ちゃんがどこに行ったのか知る人はいませんでした。あの界隈に住んでいた人のほとんどが移住した後でした。

長く生きていると、たまにそういうことがあります。理解しがたい別れも何度か経験しましたし、この程度は大したことないと思う年齢になったこともわかっていました。それでも納得できませんでした。捜すことを諦められない相手だったからでしょう。

ドイツに来て、もう五十年以上になります。最初はここに根を下ろすとは想像もしませんでした。留学生活を送る間に、私はずっと前に亡くなった父より年上になっていました。幼い頃からよく心の中で父に話しかけていました。私が忘れてしまったら、父は悲しむだろうという幼心からだったのでしょうが、それがいつの間にか習慣になっていました。素敵なものを見つけたりすると、父さん、あれ見てくださいって。父が生きられなかった時間を私の中で過ごしてほしいという願いからでした。外国に来てみると、自分よりも若かったときに、しかもお金を稼ぐために外国へ向かった父がもっと身近に感じられました。より良い未来のために選択した道のはずなのに、人生が思いどおりにいかなかった人。牛車に乗せて病院に行くとき、私はどうしてもついていけませんでした。ヒジャ、ヒジャ……と呼んでいた姿が、私の見た父の最後でした。当時から近視がひどかったので、牛車が村の入口を出ていく姿もぼんやりとしかわかりませんでした。

ヒジャ。私の名前は〈喜ぶ子〉という意味です。喜びの人生を送ってほしいという思いからつけたそうですが、私という子どもが父と母にとって喜びなのだという意味も込められていると聞きました。私はその思いを大切にしながら人生を乗り越えてきました。ヒジャ、ヒジャ……。床に入って天井を見ながら、自分の名前を静かに呼んでみたものでした。

私は母似なのですが、母が死の直前に撮った写真はまるで四十代の私のようです。鏡の中の自分を眺めながら五十代の母はどんなだったか、六十代の母はどんなだったかと想像することもしょっちゅうでした。強い信念の持ち主で、弱い姿を見られるのを嫌う人でした。晩秋に私を連れて大邱へと避難しましたが、母ががくがくと震えていたのを覚えています。いつも冗談を言いながら。寒いからではなく、怖くて震えているのだと私にはわかっていました。母は生涯、そんな感じでした。がくがく震えながらも、私の手を握って歩き続けました。母は、私が人生でもっとも愛した人でした。怖くて震えながらも歩みを止めない人。私は母のようになりたかった。

日が昇りはじめました。

ヨンオクお姉ちゃんはいつも言ってました。ひとりぼっちだと思わないで、あたしたちはあんたの家族だと。それがどういう意味かわからなかったわけではありません。母が死んだ後も、お姉ちゃんのお母さんは実の娘のように可愛がってくれたし、ヨンオクお姉ちゃんもいつも歓待してくれました。その気持ちを全部わかっていたのに、自分はあの家族の一員にはなれないという思いがあったようです。

それでも人生でもっとも幸せだった時期は、お姉ちゃんと過ごしたときでした。私はお姉ちゃんのすることなら、なんでも真似しようとする子でした。お姉ちゃんは背が高くて、足が速くて、面白い話をするのが上手でした。面白い話に涙が出るまで笑ったのも、一度や二度ではありませんでした。父が日本から戻ってきて、皆で一緒に開城で暮らしていたとき、お姉ちゃんと私で物語を作って家族の前で演劇を披露したことがありました。『カエルの家族』という題名だったのですが、お姉ちゃんもはっきりと覚えていると思います。大邱で一緒に暮らしていたときは戦争が終わったら何をするか、軒下で語り合ったりもしました。人が多いところに行くときは、必ずお互いの手を握り合いました。このすべての記憶を分かち合えるのは、この世にヨンオクお姉ちゃんひとりしかいません。

そうだね、私たちは終わりだ。最後にヨンオクお姉ちゃんと会った帰り道に立てた鋭利な誓いも、お姉ちゃんと私が交わした心を切り取ることはできなかったのだと、今なら理解できます。永遠にお互いを知り尽くすことはできないだろうという事実は若かった私を絶望させましたが、どういうわけか今の私には慰めになっています。

ジヨンさん、ありがとう、

韓国で会えたらと願っています。

二〇一八年三月、ハンブルクより　キム・ヒジャ

キム・ヒジャ博士のメールを読み返していると、ヒョンミが肩の上に乗ってきた。もう立派な成猫なのに、今でも自分を子猫だと思っているのだろうか？　ヒョンミはヒリョンを去る直前にスーパーの駐車場で保護した猫だった。ひどく寒かった日に片隅でうずくまっていたが、毛と顔の状態から長いこと母猫に面倒をみてもらっていないのは明らかで、目もろくに開けられなかった。もしやと思って待ってみたが母猫は現れず、雨まで降ってきたのでマフラーでくるんで家に連れて帰った。

クィリが死んだとき、私がいつかまた窮地に立たされた動物を見つけるだろうと獣医は言った。そのときはその言葉を信じていなかったけれど、クィリを埋葬してからいつの間にか自分でもそう思うようになっていた。獣医の言葉どおりにふたたび動物を保護することがあったら、クィリにしてあげたかったことをしようと。クィリに出会うまでは動物に興味もなかったし、育てる想像すらもしたことがなかったというのに。クィリが私をどう変えたのか、私の頬に顔をこすりつけるヒョンミを見ながら、以前は知らなかった温かな愛着を感じていた。

ヒョンミと大田に来て四ヵ月になった。自分のスピードでゆっくりとこの地に慣れていった。猫を飼っている同僚の集まりがあって、情報交換をしたり、家を空けるときはお

互いの猫の面倒を代わりにみたりもしていた。

あるとき遊びにきたジウが本棚に置いてある写真立てを見て訊いた。

「このツインテールの子がジヨン？」

「ううん、お姉ちゃん。私はこっちのおかっぱ頭」

「よく見たらそうだね。じゃあ、こちらがお母さん？」

「そう。今の私より若いときだね」

「本当だ、すごくあどけない。お姉ちゃんの隣は誰？」

「おばあちゃん」

「あ、じゃあ、この方がひいおばあちゃんだね。笑顔がジヨンとそっくり。不思議だね」

「本当に」

私がそう言って笑うと、ジウは写真と私を交互に見ながら言った。

「ちょっと見てよ、瓜二つなんだけど！」


できるだけ遠くに行きなさいとキム・ヒジャ博士に言ったセビおばさんの言葉の意味を、私はしばしば考えた。物理的な距離の話だけではなかったのだろう。自分の娘には別の次元に行ってほしいと願っていたはずだ。自分が感じていた現実の重力がこれ以上作用しない場所で、娘がもっと軽やかに、もっと自由に生きることを願ったセビおばさんの思いを、私はずっと考えていた。

地球からもっとも遠い距離に到達した宇宙探査機のボイジャー1号は一九七七年九月に発射された。地球を飛び立ったボイジャー1号は一九七九年三月に木星、一九八〇年十一月に土星を通過し、二〇〇四年十二月にはヘリオシースに到達した。そして二〇一二年に太陽圏の外に出ると星間空間に進入した。今もボイジャー1号は慣性によって、重力と摩擦力がほとんど存在しない宇宙空間を滑るように移動している。

ボイジャー1号の内部には三十センチのゴールデンレコードが搭載されている。金色の円盤の中には地球で撮影された百五十の画像、録音された音がアナログの状態で暗号化されて収められている。鯨の鳴き声、風の音、犬の鳴き声、人間の心臓の鼓動、子どもの泣き声、ベートーヴェンの『弦楽四重奏第13番』、五十五カ国の言語から成る挨拶……。

ひとりの人生を余すところなく収められるレコードを作ったらどうだろうか。生まれた瞬間から幼い頃の赤ちゃん言葉、乳歯の感触、はじめて感じた怒り、好きなもののリスト、夢と悪夢、愛、老いと死の直前の瞬間までのすべてを収めたレコードがあったら。ひとりの人間の最初から最後まで、あらゆる瞬間を、五感を総動員して記録することができ、無数の考えと感情をすべて収められるレコードがあったら。その人の人生と同じ大きさになるのだろうか。

それは違うと思った。非可視圏の宇宙がどれほどの大きさなのか、どんな姿をしているのか想像がつかないように、ひとりの人間の人生にも計り知れない部分が存在するはずだから。私は祖母に出会って話を聞くことで、その事実を自然と理解できるようになった。

私は今の年齢であると同時に二歳でもあり、十六歳でもある。私に捨てられた私は消えることなく、私の中にそのまま残っているという事実。その子は他の誰でもない私の関心を引きたくて、他の誰でもない私に慰められたくて、私のことを待っていた。

たまに目を閉じて子どものお姉ちゃんと私に会う。誰もいない家で学校に行く準備をしていた九歳の私にも、鉄棒にぶら下がって涙を堪えていた中学生の私にも、自分の体を虐めたい衝動と闘っていた十九歳の私にも、自分を粗末に扱う配偶者を容認していた私と、そんな自分を許せなくて自らを攻撃したがっていた私にも近づいて耳を傾ける。私だよ。ちゃんと聞いてるよ。ずっとしたかった話を聞かせて。ふたりの手を握ってみたり、陽が沈む公園のベンチに一緒に座って話したり。

私が大田に引っ越してから祖母は無料のコミュニケーションアプリの使い方を覚え、たまに撮った写真を送ってくるようになった。メッセージなしで写真だけ何枚か来ることもあった。そうすると私もヒョンミの写真や花の写真、木の写真なんかを送り、元気にしているか尋ねた。祖母はヒジャを待ちわびながら可愛いスニーカーを買ったと言った。私はインターネットで祖母に似合いそうな空色のワンピースを買って送った。

大田を出発するときは曇っていた空が、ヒリョンに近づくにつれて晴れてきた。キム・ヒジャ博士、今はヒジャおばあちゃんと呼ぶようになった人を迎えにいくところだった。彼女はソウルからバスに乗ってヒリョンのターミナルまで来ることになっていて、私は祖母の家に寄ってから一緒にターミナルへ向かうことにした。

祖母は私がプレゼントした空色のワンピース姿で出迎えてくれた。ヒジャを待ちながら修理したのだと、食器棚に新しくつけた扉を見せてくれもした。さっきまで下ごしらえをしていたのか、家中に生姜の匂いが充満していた。はじめてこの家に来たときも同じ匂いがしたのを思い出し、不思議だけど当時が近くて遠い日々のように感じた。

「座ってて。何か飲んでから行かないと」

私は久しぶりに祖母の家のソファに腰掛けて室内を見回した。テレビ台の上にはじめて見る写真立てが置かれていた。

近づいて覗きこんだ。亀の浜で私とお姉ちゃん、祖母と曾祖母が手をつないで立っている写真が入っていた。

「おばあちゃん」

シンク台の前でこちらを見つめる祖母に写真立てを持ち上げてみせた。

私が何を言おうとしているのかよくわかっているというように、祖母は微笑みながら頷いた。

あとがき

私にとってこの二年間は、大人になってから経験するもっとも苦しい日々だった。この期間の半分は文章が書けず、残りの時間に『明るい夜』を書いた。当時の私は人間ではなかったような気がするが、誰かがぽんと叩いたら溢れ出す、水を入れた袋のようだった気がするが、本作を書くという行為は、そんな私が自分の体を取り戻し、自分の心を取り戻して人間になっていく過程だった。

連載を目前にしても、自分がどんな小説を書くことになるのか見えないままだった。その頃、ある作家のアーティスト・イン・レジデンスに滞在する機会に恵まれた。部屋で荷物を解き、机に向かってノートパソコンの画面と向き合った瞬間を覚えている。窓の向こうに見えた雪原と、どこまでも続く静寂。そこに座って、私は『明るい夜』を書き始めた。あの気分をどんな言葉で表現できるだろうか。私はあの日、ふたたび物書きの世界へと招待され、そこでサムチョンに出会った。

サムチョンという人物の力に引かれて作品を始めることができた。人を恐れながらも人の温もりが恋しくて、小さな石を手にしたまま、トンム、トンムと呼んでいる幼いサムチョンの姿がありありと目に浮かんできた。寒い冬の日、踏み石に座ってサムチョンにもらったさつまいもをがつがつと食べている十七歳のセビが現れたとき、私はサムチョンの目でセビを眺めていた。

サムチョンとセビ、ヨンオク、ミソン、ヒジャ、ミョンスクおばあさん……。私はこれらの人物とともに四季を過ごし、その時間を通過した。そしてジヨンがいた。ジヨンがヒリョンに到着して少しずつ回復する物語を書きたかったのだが、そうするためには彼女が自身の傷と向き合う必要があった。だから時々、ジヨンを見るのが苦しかったりもした。そんなジヨンが、この小説のどんな人物よりも力をくれたのだという事実を忘れないようにしようと思う。

この小説を書きながら祖母のことをたくさん考えた。朝鮮戦争中に大邱(テグ)へ避難してきた祖母、冷蔵庫の段ボール箱を拾ってきて、幼い私におもちゃの家を作ってくれた祖母、これからは遠くへ行きなさいと地球儀を買ってくれた祖母の心が、この小説の世界を作った。聡明で明るく朗らかな私の祖母チョン・ヨンチャン女史が、今と同じようにずっと健康でいてくれることを祈る。

この本を準備する間、たくさんの方に助けられた。忙しい時期だったにもかかわらず、毎回最初の読者になってくれたジヘさんにありがとうと言いたい。私がArt Omiの机に向かえるようにしてくれた、そしてふたたび物書きとしてスタートできるように手助けしてくれた翻訳家のリュ・スンギョンさんもありがとう。オ・ジョンヒ先生の小説を読みながら夢見ることができた。先生が私の小説を読んでくださり、貴重な帯文を寄せてくださったという事実がいまだに信じられない。先生に感謝の気持ちを伝える。最後に連載当初から単行本化されるまで、この小説を深く読み込み、アドバイスをくれた文学トンネ編集者のキム・ネリさんと編集部にも深く感謝している。

三年ぶりに本を出す。小説が本という体を纏うと、私はいつもお別れをする気分になる。

『明るい夜』という作品が、自分を必要としている人たちの元に無事届くことを、自分ひとりの生命で、ほんの一時でも誰かの心に寄り添えることを願う。あとがきを書いている今、私の役割はここまでのようだ。本は本の運命を生きるだろう。

二〇二一年　夏

チェ・ウニョン

日本の読者の皆さんへ

こんにちは。小説を書いているチェ・ウニョンです。その後、いかがお過ごしでしょうか。初の長編『明るい夜』が日本で刊行されるという、うれしい報せを受け取りました。ちょうど四年前の今ごろ『ショウコの微笑』が日本で発売されましたが、この四年の間、私もさまざまな出来事を経験してきました。新型コロナウイルスは三年以上も私たちの生活を蝕み、一時期は韓国人と日本人が互いの国を旅することすらできなくなりました。そして今このときも、戦争によって多くの人びとが虐殺されています。こうした日々に感じる痛ましさや悲しみから逃れる道はありませんでした。人に対する人の凝り固まった暴力的な考え方や態度もまた、こうした日々の中でひどくなっていくことを、目の当たりにすると同時に体感してもいました。

他人が恐ろしく、自分の安全を守るためには孤立するしかないと考えたことも時々ありました。人が信じられないと思いましたし、私にそうした感情を植えつけた人たちを恨んだ時期もありました。でも、そんな時間を経て行き着いた事実、それは、自分はどうしようもなく人が好きで、他人との親密さを渇望していて、人の善意を信じているということでした。人を恐れ、その先にある嫌悪感や果てしない不信感を抱くことは、少なくとも私には不可能でした。

『明るい夜』に描かれている世界、韓国の近現代史は尽きることのない暴力で綴じられています。曾祖母、祖母、母が通り過ぎなければならなかった世界は、今を生きる私には想像することも困難で残酷な時間でした。そうした歴史をくぐり抜けてきた人びとの心に刻まれた傷跡が私の世代にまで及んでいるのは、ある意味では当然と言えるでしょう。身分の貴賤を問い詰め、まだ世の中をよく知りもしない幼子を〈卑しい人間〉だと馬鹿にして見下していた時代、誰からも護ってもらえない小さな子どもに対して、もっとも残酷なやり方で暴力を振るっていた時代、女に生まれたという理由だけで、ありとあらゆる差別と侮蔑を受けていた時代の痕跡が、その時代を生きたことのない私の心にも宿っているのは、そうした理由からです。

私を育ててくれた祖母は「私ひとりが自分を殺して生きれば、皆が楽になる」と口ぐせのように言っていたし、母は「一発殴られて終わりにすればいいものを、張り合うから二発、三発やられる」と言っていました。私はその言葉をおぞましいと思いながらも、そうした価値観や態度をいつの間にか吸収していました。他人の権利のために声をあげているのに、いざ自分の権利や欲求となると言い出しにくく、必要な対立すらも避けてしまっていました。私自身は相変わらず私自身のままで、心は燃えたぎっていました。

『明るい夜』を書く前の一年間、私は三十数年にわたって自分を欺いてきた代償を払いました。傷つきたくなくて、噂になりたくなくて、平凡になりたくて、自分の本心から目を背けてきた結果に、とうとうぶち当たりました。他者への怒りより耐えがたかったのは、自分に対する怒りでした。あんなに卑怯で、意気地なしで、いい加減な扱いをされても、諦めたまま無理やり我慢しながら生きていた自分自身が憎かった。『明るい夜』を書いている間も、自分で作った心の地獄に行くことが何度もありました。そこは感情のゴミが山のように積み上げられている、私の心の底でした。そんな自分の心を覗きこみ、問題を認めるのは苦しくて簡単なことではなかったけれど、いま振り返ってみると、どうしても必要な過程だったのだという気がしています。

『明るい夜』を書きながらジョンの早い回復を願いました。でもその度にジョンは願いを聞き入れてくれず、私はこの小説を執筆している一年の間、彼女の回復を祈ってきたわけです。この文章を書いている今からちょうど三年前、『明るい夜』の草稿を書き始めました。あの頃、『明るい夜』の冒頭を書き始めてくれた当時の自分にありがとうと言いたいです。そしてこうも伝えたい。一年が過ぎれば、草稿は完成するはずだし、三年が過ぎれば、あなたをあれほど苦しめていた心からも自由になるはずだと、今はまだ想像もできないだろうけど、あなたを毀損しようとしていたあらゆる悪意は、あなたの本質に一切手出しできなかった、あなたは変わらずあなた自身のはずだと。人を信じ、愛し、失望することはあっても絶望はしない、天性の姿のままでいるはずだと。人生はこれからも続き、自分の生を日に日にもっと愛するようになるはずだと。

翻訳を担当してくれた古川綾子さんに特別な感謝を伝えます。日本の読者の皆さん、ふたたび会えたことをうれしく思います。

二〇二二年 十一月

ソウルにて チェ・ウニョン

訳者あとがき

本書は二〇二一年七月に韓国で刊行された、チェ・ウニョン著『明るい夜』（原題『밝은 밤』文学トンネ）の全訳である。翻訳には初版九刷を使用した。

何度も公募に落ちながらも諦めきれずに書き続けていたという著者は、二〇一三年に文芸誌『作家世界』で新人賞を受賞して作家デビューを果たした。その三年後に受賞作を含む七篇が収録された初著書『ショウコの微笑』（文学トンネ）が刊行されると瞬く間にベストセラーとなり、将来が期待される逸材として注目を集めた。

日本では二〇一八年に『ショウコの微笑』（吉川凪監修、牧野美加・横本麻矢・小林由紀訳、クオン）、二〇二〇年に『わたしに無害なひと』（拙訳、亜紀書房）が刊行されており、今回の『明るい夜』は三冊目の邦訳となる。

二〇二〇年六月にオンラインで開催された日韓若手小説家対談「チェ・ウニョン×温又柔トークイベント」の際、著者は「曾祖母、祖母、母、娘の歴史を綴った女性の物語を書き上げたい」と抱負を述べていた。その言葉のとおり、二〇二〇年の春から一年にわたって季刊誌『文学トンネ』（一〇二号―一〇五号）にて連載され、その約半年後に単行本化されたのが『明るい夜』だ。

著者にとって初の長編小説となる本書は、幼い頃から憧れの存在だったという作家のオ・ジョンヒが「悲しみを癒し、包みこんでくれる、より大きな悲しみの力」と帯文を寄せるなど、発売当初から大きな話題を呼んだ。第二十九回大山文学賞を受賞した際には「女四代の物語を通して、公的な領域から排除されてきた女性の歴史が壮大に再現されており、新たな歴史を書き綴っていく足がかりを整えた」と評された。

物語は架空の地方都市ヒリョンからはじまる。傷ついた心を抱える主人公のジョンは、二十年以上も会っていなかった祖母と再会を果たす。そして朝鮮半島北部出身の祖母の昔話を聞きながら、これまでまったく知らなかった自分のルーツをひとつずつ辿っていくことになる。

日本の統治下（一九一〇―一九四五年）を生きた曾祖母。現在の北朝鮮に位置するサムチョンで生まれた彼女は、居住地や職業、結婚など、あらゆる面で差別を受けていた被差別民の白丁（ペクチョン）出身だった。その娘に生まれた祖母は朝鮮戦争（一九五〇―一九五三年）時、曾祖父、曾祖母とともに北の開城（ケソン）から南の大邱（テグ）に逃げてきた避難民だった。そして母は、曾祖母と祖母の歴史の被害者となった挙句、今も婚家から軽んじられている。

これまでは市井の人びとの弱さや醜さなどをつぶさに記すことで、読者の共感を呼ぶ作風が印象的だった。今回はそこにファミリーヒストリーがテーマとして加わり、どんな人にも低い空で星屑が瞬く明るい夜のような歴史があり、与えられた環境の中で今を生き、未来に向かっている、その誰ひとりとして蹴落とされたり、身分の尊さや卑しさを巡って差別されたりしてはならないのだというメッセージが、登場人物のひとりひとりから伝わってくる。

心に傷を負った主人公ジョンの一年間を追いながら、彼女の再生や成長と並行して、家父長制に翻弄されながらも植民地支配や朝鮮戦争という動乱の時代を生き抜いた女四代の人生をも描き上げた本書は「差別に物語で立ち向かいたい」「尊敬する祖母の生涯を書きたい」という著者の思いがすべて詰まった一冊と言えるだろう。

韓国では年齢を数え年で述べていることが多い。本書では基本的に満年齢で訳出してある点をご了承いただきたい。

二〇二二年の春に刊行された新作『애쓰지 않아도(仮題・無理して頑張らなくても)』(マウムサンチェク)は、本書とはがらりと趣が変わった掌編小説集だ。さまざまなテーマを扱った短い物語が美しい挿絵とともに収録されており、著者の新たな世界を堪能できる作品となっている。こちらも近いうちにご紹介できたらと願っている。

編集を担当してくださった斉藤典貴さん、校正を担当してくれた友人、『明るい夜』をこの世に生み出してくれたチェ・ウニョンさん、この本に携わってくださったすべての方に感謝申し上げます。

二〇二二年　十二月

古川綾子

⊰ 著者 ⊱

チェ・ウニョン

1984年、京畿道光明生まれ。2013年、『作家世界』新人賞に入選して作家活動を始める。第5回、第8回、第11回若い作家賞、第8回ホ・ギュン文学作家賞、第24回キム・ジュンソン文学賞、『わたしに無害なひと』で第51回韓国日報文学賞、本作『明るい夜』で第29回大山文学賞を受賞。著書に『ショウコの微笑』(吉川凪監修、牧野美加・横本麻矢・小林由紀訳、クオン)、『わたしに無害なひと』(古川綾子訳、亜紀書房)、共著に『ヒョンナムオッパへ』(斎藤真理子訳、白水社)がある。

⊰ 訳者 ⊱

古川綾子

ふるかわ・あやこ

神田外語大学韓国語学科卒業。延世大学教育大学院韓国語教育科修了。第10回韓国文学翻訳院新人賞受賞。翻訳家。神田外語大学非常勤講師。訳書にチェ・ウニョン『わたしに無害なひと』、キム・エラン『走れ、オヤジ殿』『外は夏』『ひこうき雲』、キム・ヘジン『娘について』『君という生活』、ハン・ガン『そっと静かに』、ユン・イヒョン『小さな心の同好会』、イム・ソルア『最善の人生』などがある。

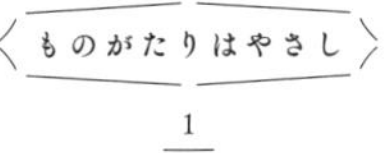

1

明るい夜

2023年2月1日　第1版第1刷発行

著者
チェ・ウニョン

訳者
古川綾子

発行者
株式会社亜紀書房
〒101-0051 東京都千代田区神田神保町1-32
TEL 03-5280-0261
https://www.akishobo.com

装丁
albireo

装画
西淑

印刷・製本
株式会社トライ
https://www.try-sky.com

Printed in Japan
ISBN 978-4-7505-1780-3 C0097

好評発売中

シリーズ　となりの国のものがたり

フィフティ・ピープル

チョン・セラン
斎藤真理子訳

痛くて、おかしくて、悲しくて、愛しい。五十人のドラマが、あやとりのように絡まり合う。韓国文学をリードする若手作家による連作小説集。

娘について

キム・ヘジン
古川綾子訳

「普通」の幸せに背を向ける娘にいらだつ私。ありのままの自分を認めてと訴える娘と、その彼女。ひりひりするような三人の共同生活にやがて……。

外は夏

キム・エラン
古川綾子訳

いつのまにか失われた恋人への思い、愛犬との別れ、消えゆく千の言語を収めた博物館など、韓国文学のトップランナーが描く悲しみと喪失の光景。

誰にでも親切な教会のお兄さんカン・ミノ

イ・ギホ
斎藤真理子訳

「あるべき正しい姿」と「現実の自分」のはざまで揺れながら生きる「ふつうの人々」を、ユーモアと限りない愛情とともに描き出す傑作短編集。

わたしに無害なひと

チェ・ウニョン
古川綾子訳

二度と会えなくなった友人、傷つき傷つけた恋人との別れ、弱きものにむけられた暴力……。言葉にできなかった想いをさまざまに綴る七つの物語。

ディディの傘

ファン・ジョンウン
斎藤真理子訳

多くの人命を奪った「セウォル号沈没事故」、現職大統領を罷免に追い込んだ「キャンドル革命」という社会的激変を背景にした衝撃の連作小説。

大都会の愛し方

パク・サンヨン
オ・ヨンア訳

喧騒と寂しさにあふれる大都会で繰り広げられる多様な愛の形。さまざまに交差する出会いと別れを切なく軽快に描いたベストセラー小説。

小さな心の同好会

ユン・イヒョン
古川綾子訳

やり場のない怒りや悲しみにひとすじの温かな眼差しを向け、〈共にあること〉を模索した作品集。こころのすれ違いを描いた十一編を収録。

かけがえのない心

チョ・ヘジン
オ・ヨンア 訳

幼少期、海外養子縁組に出されたナナは、フランスで役者兼劇作家として暮らす。ある日突然、人生を変える二つの知らせが届く……。